LOS SENTIMIENTOS DEL HIJO
Itinerario formativo en la vida consagrada

NUEVA ALIANZA
161

Otras obras de A. Cencini
publicadas por Ediciones Sígueme:

–*La vida fraterna: comunión de santos y pecadores* (NA 148)
–*Vida en comunidad: reto y maravilla* (NA 159)
–*Por amor, con amor, en el amor* (NA 173)
–*Vocaciones: de la nostalgia a la profecía* (At 12)
–*Amarás al Señor tu Dios. Psicología del encuentro con Dios* (At 16)
–*El presbítero en la Iglesia hoy* (At 17)

AMEDEO CENCINI

LOS SENTIMIENTOS DEL HIJO

Itinerario formativo
en la vida consagrada

TERCERA EDICIÓN

EDICIONES SÍGUEME
SALAMANCA
2003

*A p. L. M. Rulla
con sentimientos de hijo*

Cubierta diseñada por Christian Hugo Martín

Tradujo José María Hernández Blanco
sobre el original italiano *I sentimenti del Figlio.
Il cammino formativo nella vita consacrata*

© Centro Editoriale Dehoniano, Bologna 1998
© Ediciones Sígueme S.A.U., 2000
   C/ García Tejado, 23-27 - E-37007 Salamanca / España
   Tel.: (34) 923 218 203 - Fax: (34) 923 270 563
   e-mail: ediciones@sigueme.es
   www.sigueme.es

ISBN: 84-301-1423-8
Depósito legal: S. 1103-2003
Impreso en España / UE
Imprime: Gráficas Varona S.A.
Polígono El Montalvo, Salamanca 2003

CONTENIDO

Prologo. La formación, ministerio y misterio 9

1. La formación hoy, entre problemas y esperanzas 11

PRIMERA PARTE:
EL MODELO FORMATIVO

2. La formación hoy 27
3. «Tened en vosotros los mismos sentimientos de Cristo Jesús» 35

SEGUNDA PARTE:
LAS MEDIACIONES PEDAGÓGICAS

4. La mediación del formador 49
5. Comunidad educativa 63
6. Ambiente educativo interno 73
7. Ambiente educativo externo 83

TERCERA PARTE:
FORMACIÓN HUMANA

El misterio de la formación 94

8. La dimensión humana. 97
9. La vida como historia, la fe como memoria. 105
10. Madurez humana 115

CUARTA PARTE:
FORMACIÓN ESPIRITUAL

11. La dimensión espiritual. 129
12. El dinamismo de la fe 139

QUINTA PARTE:
FORMACIÓN CARISMÁTICA

13. La dimensión carismática. 163
14. El dinamismo del carisma 179

SEXTA PARTE:
DEL LADO DEL JOVEN

15. Disponibilidad formativa. 193
16. Hacia el descubrimiento del yo 203
17. Liberación del yo 215
18. El hombre nuevo 231
19. Libres de corazón 245
20. ¿Sólo? Jamás. 269

PRÓLOGO

La formación, ministerio y misterio

La vida consagrada en la Iglesia se ha distinguido siempre por su especial atención a la formación de sus miembros. Pero además, desde su nacimiento ha sido para todos «maestra de espiritualidad», prerrogativa que ni ha podido ni puede carecer sobre todo en ella de una contrapartida inmediata al servicio de los que han escogido esta opción.

Somos muy conscientes de los problemas que tiene planteados hoy día este sector, a los que se presta gran atención, pero aún con interrogantes para los que no se vislumbra una pronta solución. Junto a esto, sabemos también la gran esperanza que anima a tantos formadores y formadoras implicados en este tema. Una esperanza que supera con mucho la magnitud de los problemas.

Este libro es el fruto de la conciencia, profundamente interiorizada, de los interrogantes y de las expectativas confiadas, pero también del anhelo de compartir una experiencia que se está llevando a cabo desde hace tiempo y que, por encima de los inevitables cansancios y de las cambiantes peripecias, me parece un don enorme e inmerecido.

Lo primero que tengo que decir es que ni soy, ni me propongo ser en estas páginas, un experto en plan de enseñar. Lo único que pretendo es reflexionar en voz alta sobre un itinerario en el que aún estoy comprometido, para descubrir los errores, incertidumbres e incumplimientos, y también para entrever la dirección a tomar tanto ahora como en el futuro. Porque la formación no es ni un asunto privado, ni un tema propedéutico, ni algo que se reduce a un momento concreto, una especie de etapa de la aventura de la vida. La formación tiene que ver con el pasado, el presente y el futuro no sólo de la persona, sino también de la institución. La formación es a la vez inicial y permanente, un método pedagógico que prepara a la consagración a Dios y también un modo teológico de concebir la vida consagrada, ya que ésta no es *en sí misma* sino un largo proceso formativo, más aún un proceso que nunca termina.

La formación es ante todo *ministerio*, un servicio fraterno que se ofrece desde el principio a quien descubre en sí un plan que viene de arriba y que no sólo le implica a él sino que tiene que compartir con otros. Y también *misterio*, una acción divina que el Padre realiza con la fuerza del Espíritu para plasmar en quienes llama la imagen de su Hijo.

Un ministerio que hace de mediador del misterio. Pues bien, las páginas que siguen son parte de esta mediación.

1

La formación hoy, entre problemas y esperanzas

Partimos de un presupuesto previo, a saber, que la formación para la consagración no es algo sencillo y automático, sino que requiere que se preste atención a distintos aspectos y que intervengan activamente varias personas. Es obra de Dios y del hombre, de quien la propone y de quien la «recibe», en un tiempo especialmente dedicado a ello y luego para toda la vida. Hay que afrontarla, pues, sabia y concienzudamente, y también con la humildad y discreción de quien sabe muy bien que se encuentra, en definitiva, ante el misterio de Dios que crea y plasma, y de la criatura que libre y responsablemente acepta o no ser modelada por él.

1. *Complejidad de la acción educativa*

Quizás pueda ayudar en nuestra reflexión que clarifiquemos ya desde ahora los elementos que, desde la perspectiva de la institución, caracterizan la acción educativa y formativa. Y, para que haya formación, es indispensable que concurran estos cuatro elementos.

a) *Un cuadro de referencia teórico y práctico*

Como base debe haber un *cuadro de referencia teórico y práctico, teológico y antropológico*, donde se definan claramente los objetivos finales e intermedios, así como el método y las estrategias de intervención. Pues, a la hora de la verdad, no hay nada más práctico que una buena teoría que logre que el proceso temporal sea continuo y sistemático, concretando las etapas y las modalidades de acción en las distintas fases de la vida, para que se desarrolle de acuerdo con el fin general de la vida consagrada en cuanto tal, y con el fin específico de la familia religiosa a la que se pertenece.

b) *Red de mediaciones pedagógicas*

El segundo elemento indispensable es *una red de mediaciones pedagógicas* que parten del formador o formadora, de su competencia y preparación para un servicio tan cualificado, y de su disponibilidad efectiva y afectiva tanto en tiempo como en dedicación. Otras mediaciones importantes son la comunidad educativa, con su articulación de roles, y un ambiente adecuado que con sus circunstancias y estímulos facilite la acción educativa. Pues aunque Dios es el único formador, todo el que trabaja en la formación hace de colaborador y mediador, un rol indispensable para ayudar al joven a dejarse convertir y modelar por la gracia.

c) *Pluralidad convergente de dimensiones y niveles*

Todo proyecto educativo ha de contemplar y articular una *serie convergente de dimensiones y niveles*, es decir, debe prestar atención a diversas áreas y contenidos que han de estar presentes en el camino formativo. Pensemos, por ejemplo, en la dimensión espiritual y carismática (con sus componentes místico, ascético y apostólico); en la dimensión humana, cultural, afectiva y sexual (con sus componentes conscientes e inconscientes); en los niveles mental, volitivo y emotivo («con todo tu corazón, con todas tus fuerzas y con toda tu mente»); y finalmente en las dimensiones psíquica e interpersonal (o social-relacional), comunitaria y extracomunitaria. Estas dimensiones, planos o niveles no pueden faltar en una dinámica formativa, ni pueden concebirse como si vinieran uno tras otro, sino que deben influir unos en otros para converger en un único objetivo que es la maduración del hombre o de la mujer, del creyente y del consagrado.

d) *Tres dinamismos pedagógicos*

Finalmente, se prevén tres tipos de intervenciones, *tres peculiares dinamismos* que podemos colegir del significado de los tres verbos relacionados con la tarea pedagógica: educar, formar y acompañar. *E-ducar* significa etimológicamente «sacar fuera», traer a nivel de conciencia lo que la persona es, para que se realicen lo más posible todas sus potencialidades. Desde esta perspectiva, la acción educativa conduce al conocimiento y a la plena realización del yo. *Formar* significa, en cambio, disponer de un modelo preciso, de una forma o de un modo de ser que la persona aún no tiene pero que debe ir adquiriendo poco a poco, y que constituirá su nueva identidad. Por consiguiente, la formación no es tanto un dinamismo de autorrealización como de autotrascendencia; no sólo es conocimiento de uno mismo, sino también descubrimiento de un nuevo y más verdadero yo, modelado de acuerdo con la verdad, bondad y belleza del ideal. *Acompañar*, por último, significa no sólo ir al lado de alguien durante un trecho del camino, sino hacer el camino realmente juntos, es decir, compartiendo «el pan del camino» de la fe, de la experiencia de Dios y de la sabiduría del espíritu. En este sentido, el proceso formativo global no sólo consiste en dar algunas ideas o en señalar el camino que hay que andar (o en indicar la dirección), sino que incluye también que el formador se implique y «confiese» su fe.

TABLA 1. *Elementos constitutivos del proyecto educativo*

Cuadro teórico-práctico de referencia

Tres dinamismos pedagógicos — **Formación en acto** — *Red de mediaciones pedagógicas*

Pluralidad convergente de dimensiones y niveles

Las posibilidades y cualidades de la formación dependen de la presencia de estos elementos y de la armonía con que se integren en un diseño unitario.

2. Discurso propositivo

Resultaría ahora extraordinariamente fácil contrastar las indicaciones teóricas, tan marcadamente idealistas, con la realidad práctica de un servicio realmente difícil, que por otra parte jamás será perfecto, quizás para terminar concluyendo en plan pesimista y derrotista que todo va mal y que hay que comenzar de nuevo.

Nosotros queremos adoptar otra postura radicalmente distinta, una postura positiva y propositiva. Queremos evitar los melodramas pesimistas sobre las cosas que no van, para centrar la atención en lo que hay que hacer y que ya se entrevé. Esta actitud es la que necesita hoy la vida consagrada, en un tiempo como el nuestro de transición entre dos épocas en el que se sientan las bases del futuro. Somos muy conscientes de la dificultad que entraña el servicio de la formación y de la enorme distancia que existe entre el ideal y la realidad. Y también lo somos de la desilusión del formador ante unos resultados inferiores e incluso contrarios a sus expectativas, frustración que algunos se encargan de alimentar desde fuera sugiriendo con mala idea determinadas cosas.

Por otro lado, queremos añadir inmediatamente que la situación al fin y al cabo no es tan negativa, porque jamás se ha invertido en formación tanto cono ahora, bien en la preparación de los formadores, bien en la formación en cuanto tal, sobre todo en la formación inicial (no así, desgraciadamente, en la formación permanente).

3. *Ya no...* damnatos ad pueros

Si, como alguien escribió en un latín algo macarrónico, en algún tiempo se consideró a los formadores como *damnatos ad pueros*, aunque se les escogía «de entre los mejores de la institución» (al menos esto es lo que solían decir pomposamente muchas *Constituciones* o *Reglas de vida*), el formador de hoy ni se siente inferior a nadie ni está dispuesto a que se le tome el pelo.

Por eso las instituciones ya no mandan a nadie por las buenas, un poco ingenua y cruelmente a la vez, a desempeñar un ministerio de tanto compromiso. Porque ya no basta que el que trabaje en la formación sea una persona buena, casta y dócil para con los superiores. Incluso nos atrevemos a decir que ni siquiera basta con que sea santo... por su cuenta, es decir, «santo en privado» (si es que eso es posible). Pero eso sí, tiene que ser capaz de transmitir la pasión por un ideal utilizando las mediaciones y dinamismos humanos que hacen que se contagie la santidad y que requieren una competencia específica. Su santidad es *también* esa competencia, o por lo menos prepararse seriamente es para él un deber moral, sabiduría de lo alto, docilidad al Espíritu, liberación de sí mismo que libera para el otro. Entonces se da cuenta de la necesidad de formarse y vive su servicio de formación (inicial) como formación personal (permanente), siendo a la vez educador y educando.

Por esto y por muchos otros motivos, creo que se puede decir que la formación, tanto en su contenido como en sus formas, ha mejorado sensiblemente respecto a otros tiempos. Algunos elementos (el conocimiento del carisma, una nueva concepción de la espiritualidad, una mejor integración de los aspectos antropológicos y teológicos...) han hecho que la propuesta educativa que se ofrece a nuestros jóvenes haya experimentado un indudable salto cualitativo.

Pero hay problemas, viejos y nuevos, que siguen ahí y que queremos abordar a la luz de esos cuatro componentes esenciales que integran el proceso formativo, con el firme propósito de sugerir propuestas viables de formación para la vida consagrada y de encontrar alternativas positivas a los posibles fallos actuales.

4. «Vidimus Dominum!»

Pero antes de seguir adelante quisiera decir algo sobre la generación actual de jóvenes.

Para ello quisiera partir sobre todo de un dato real, quizás no suficientemente subrayado, a saber, que a mi juicio ninguna institución ha tenido ni las posibilidades ni las oportunidades que nosotros tenemos. Porque en lo referente a la duración del camino, a los medios, contenidos, estímulos, historia, puntos de referencia, objetivos, ambientes, experiencias y modelos..., disponemos de un riquísimo acervo al servicio de nuestros jóvenes y por tanto podemos intervenir eficazmente en sus vidas. Y eso es un privilegio y una responsabilidad que hay que aprovechar al máximo por el bien de la Iglesia, de los jóvenes y de nuestras instituciones.

Pero es que, además, a pesar de lo mucho que de ellos pueda hoy decirse (y las numerosas encuestas sobre el mundo juvenil no le son muy favorables), los jóvenes, si se les sabe provocar, responden con generosidad y entusiasmo. No es verdad que esta generación sea peor que la anterior; al menos un auténtico formador no puede partir de este presupuesto ni debe ampararse en él para explicar y justificar posibles fallos o resultados desalentadores.

Esta generación tiene grandes problemas, como suele decirse, pero también grandes recursos. No sólo experimenta dudas e incertidumbres, sino también sed de belleza y de verdad; no es cierto que tiene miedo y carece de ideas, sino que espera que alguien sepa colmar su necesidad de indicaciones precisas y de modelos creíbles; no es que esté cansada de vivir, sino que es incapaz de aguantar la escualidez, también humana, que observa a su alrededor...

El que dudara de todo esto y desconfiara de nuestros jóvenes de hoy, ahí tiene para recuperar la confianza el grandioso espectáculo ofrecido por cerca de 850 jóvenes religiosos y religiosas de todo el mundo, pertenecientes a unas 700 instituciones, durante el Primer Congreso Internacional de jóvenes consagrados y consagradas celebrado en Roma a principios de 1997 bajo el lema: «*Vidimus Dominum*». Desde luego que una semana de reuniones no refleja ni la complejidad ni la dificultad de la vida de cada día, pero de todos modos los jóvenes religiosos y religiosas han emitido mensajes muy concretos que quizás nos obliguen a revisar la idea que tenemos de ellos. Examinemos brevemente algunos de estos mensajes.

En el panorama juvenil moderno el joven religioso es *algo realmente original*. Las encuestas sociológicas sobre el tema cada vez son menos fiables a la hora de describir al joven religioso llamado a la vida consagrada y el misterio de su respuesta. Mientras que, por ejemplo, califican a este joven de frío e imperturbable, en el Congreso se ha visto cómo estos jóvenes reaccionaban con un entusiasmo incontenible ante ciertas provocaciones. Se afirma que estos jóvenes tienen serios problemas de identidad, pero como si quisieran responder a esta afirmación, los jóvenes italianos se pronuncian así en el mensaje final:

> Somos jóvenes, hombres y mujeres, que han descubierto que ser consagrados es una belleza que llena la vida. Por eso, la certeza de nuestra identidad no nos plantea el más mínimo problema: creemos en nuestra vocación porque llena nuestra vida de felicidad y de sentido. Y queremos transmitir a todo el

mundo la belleza que hemos visto y conocido, que hemos tocado[1].

El joven de hoy no es, ni mucho menos, el contestatario de finales de los años sesenta y comienzos de los setenta, lo cual tiene sus ventajas y sus inconvenientes. Pero para un formador lo más importante es que *a este joven ya no lo podemos considerar hijo del Vaticano II*, mal que le pese a algunos:

> Para los jóvenes religiosos el concilio Vaticano II cuenta poco, o en todo caso mucho menos que para nosotros los adultos[2].

No podemos pues seguir dando por supuestas algunas intuiciones, sensibilidades y perspectivas, ni pretender que vean tan claras ciertas cosas o susciten en ellos el mismo entusiasmo que en la época inmediatamente posterior al Concilio.

Y, sin embargo, este joven cree en la vida consagrada. No le interesa mucho despejar la manida cuestión de su papel en la Iglesia-institución, pero siente una especie de congenialidad entre su juventud y la vida consagrada, que es *como el alma perennemente joven de la Iglesia*. Hay pues una intuición juvenil de la vida consagrada que recupera su núcleo central: la vida consagrada como opción por una vida libre y alegre, creativa y siempre inédita para Dios, que lleva lo humano a su dimensión más auténtica y plena.

¿Cuál es el aspecto o provocación ante la que más han reaccionado los jóvenes? La *fraternidad*, sin duda alguna. Podríamos decir que ha sido el común denominador, el elemento más vinculante entre las diversas sensibilidades que han salido a flote.

---

1. Del mensaje final del entorno italiano, en F. Ciardi-T. Merletti, *Volare si può. Reportage dal mondo delle giovani e dei giovani religiosi*, Padova 1988, 77. Este texto es una lectura interesante del Congreso hecha por los dos moderadores del «entorno» italiano.

2. Es lo que piensa, entre otros, el padre Arnaiz. Cf. E. Brena, *Religiosi di oggi e non del futuro*: Testimoni 18 (1997) 18.

La comunidad es esencial para la vida religiosa apostólica y para la comunión en la misión: es un punto firme para los jóvenes, junto a un subrayado concreto a su modo actual, a saber, que la diversidad es una riqueza. Si se quiere llegar a la unidad y a la comunión, no se puede insistir en la uniformidad. Se debe más bien estar abiertos a la unidad en la pluralidad y buscar en ella la comunión[3].

En cuanto a la *formación*, los jóvenes religiosos han manifestado clara y francamente la necesidad de tener junto a ellos *formadores preparados*. Algunos incluso sugirieron un Congreso internacional expreso para ellos. Otros, en cambio, hablaron de

> guías decididos que no tengan miedo de pedirnos una profunda conversión... y bien formados para esta tarea.

No sé si esta exigencia nos lleve a pensar en una formación débil, poco incisiva, quizás de grupo y sólo de grupo, incapaz de pedir lo máximo...[4] Personalmente me ha impresionado observar cómo los jóvenes han captado la idea de la *lucha religiosa*, lucha con Dios y con sus proyectos, lucha en la que vence el que acepta ser derrotado, y lucha que hay que distinguir de la inútil lucha psicológica[5].

Por lo que se refiere a los formadores, se hizo insistentemente hincapié en la necesidad de disponer no de simples transmisores de doctrina, sino de hermanos mayores que convivan de verdad, mediando en la vida de cada día y en contacto con la humanidad de cada uno la riqueza de la propuesta carismática.

---

3. *Ibid.*
4. Quién sabe si puede aplicarse a superiores y formadores lo que cierta pedagogía actual afirma de la generación presente de padres, que serían la última generación de hijos que han obedecido a sus padres, y la primera generación de padres que obedecen a sus hijos...
5. Este fue un tema que se abordó en la primera relación tenida en el mismo Congreso. Cf. A. Cencini, *Quando Dio chiama. La consacrazione: scommessa e sfida per i giovani di oggi*, Milano 1998, 22-27.

Ya no bastan ni los maestros ni los testigos. Es preciso un humilde trabajo de mediación: ponerse junto a los jóvenes, dialogar sin imponerse, ayudarles a confrontarse...[6]

Se necesitan sin duda alguna *nuevas estrategias educativas*, nuevos itinerarios pedagógicos, y es interesante constatar como incluso los mismos jóvenes sienten su necesidad.

Hay que pasar de la preocupación exclusivamente educativa, con vistas a la pura autorrealización, a la tensión *formativa*, que propone una forma como novedad trascendente de vida. Pero lo que más se necesita es encarnar la inmensa riqueza de la espiritualidad ligada al carisma y a la historia en itinerarios pedagógicos concretos que tengan en cuenta los cambios de las situaciones sociales y culturales a la vez que prestan una renovada atención a lo humano. Incluso alguien se ha atrevido a decir sin pelos en la lengua que desde este punto de vista «lo que falta es una auténtica formación»[7]. El punto débil de hoy no es la teología sino la pedagogía[8].

Lo que se pide a los superiores es que tomen las medidas oportunas para que las *Ratio formationis* no se reduzcan pura y simplemente a repetir el contenido teórico del carisma, sino que traduzcan a líneas pedagógicas la espiritualidad de la institución según las diversas fases de la formación inicial y permanente.

Todavía más, y siguiendo con el tema de la formación, se ha subrayado una y otra vez la necesidad de una formación *integral* a nivel humano (antropológico-psicológico, afectivo-

---

6. F. Ciardi-T. Merletti, *Volare si può*, 38.
7. Testimonio de sor Miriam, citada por L. Gallus, «*Vidimus Dominum*». Congreso internazionale dei giovani religiosi e delle giovani religiose: Consacrazione e servizio 11 (1997) 86.
8. La necesidad de itinerarios pedagógicos concretos, sin los que la espiritualidad corre el peligro de quedarse en las nubes y no tener nada que ver con la experiencia, la confirmó alguien que mientras todos cantaban y gritaban en varias lenguas «Hemos visto al Señor», tuvo la valentía de admitir públicamente que él jamás había visto al Señor, aunque le gustaría verlo, y que esperaba que algunos de los que le han visto, es decir, los formadores, le indiquen qué ha de hacer para verlo y no se conformen con recomendarlo...

sexual...), teológico (bíblico y espiritual) que esté en sintonía con la *misión* y que haga posible una *conciencia crítica frente a la realidad*, a la vez que *una capacidad de diálogo benevolente y abierto* con la cultura de nuestro entorno.

En nuestras reflexiones tendremos en cuenta, en lo posible, ese escenario algo novedoso del universo religioso juvenil.

Por eso mismo nos dirigimos tanto a formadores y formadoras como a los jóvenes que inician el camino de la primera formación, pero también a todo el que sigue siendo tan joven espiritualmente que está dispuesto a seguir este camino durante toda su vida.

PRIMERA PARTE
El modelo formativo

En esta primera parte queremos abordar el problema de la formación desde una perspectiva institucional, es decir, desde lo que hace la institución para educar, formar y acompañar el camino de los que quieren consagrarse a Dios y pertenecer a la familia religiosa.

Desde esta perspectiva, la formación es un don y un privilegio tanto para quien es llamado personalmente a encargarse de estos caminos, esto es, para los formadores y formadoras, como para los que son educados, formados y acompañados en ellos. Ahora bien, sólo es realmente un don y un privilegio si se respetan los requisitos y condiciones que ya hemos indicado para un proceso propedéutico efectivo a la vida religiosa.

El primer elemento de todo proceso formativo es la definición, lo más precisa posible, de un *modelo formativo*, es decir, de un diseño general y también específico que contenga el *objetivo* que se quiere alcanzar y el modo de alcanzarlo, o sea, las *modalidades y estrategias de intervención*.

Este *cuadro teórico y práctico, teológico y antropológico de referencia*, constituye el tejido vinculante que ordena el proceso evolutivo y formativo y fundamenta profundamente todos sus elementos y componentes a lo largo de la formación inicial y permanente para que tenga coherencia y armonía.

2
La formación hoy

En la larga y rica tradición de la vida consagrada existe un modelo formativo que se puede reconocer con bastante facilidad tanto en sus objetivos de fondo como en sus estrategias pedagógicas. En cierto sentido, este modelo ha sido común a las distintas tradiciones y corrientes carismáticas, como si las trascendiera. Pues las líneas formativas fueron en un tiempo sustancialmente similares en las diversas instituciones.

Pero, ¿cuál es la situación actual?

Tras la primavera del concilio y la reflexión carismática por él promovida, se ve cada día más la necesidad de redefinir en cierto modo ese modelo, reafirmando su vertiente esencial e inamovible, el corazón de esta opción, pero identificando al mismo tiempo con mayor precisión sus implicaciones concretas y metodológicas que tienen que ver con el carisma pero también con los cambios generales de la situación actual. Hay quien dice que el cuadro teórico-práctico que fundamenta y resume un proyecto formativo parece hoy definido de un modo más bien sumario y genérico, a menudo también más teórico que práctico, más estático que dinámico. En la formación actual, el *modelo teológico y antropológico de referencia*, que debería constituir su base, parece débil y poco bien precisado.

Indefinición del modelo

En efecto, a menudo el punto teórico de llegada de un proyecto formativo (la perfección o el seguimiento) está bien claro y es bien conocido, pero no siempre pasa lo mismo con *el punto de partida*, que consta en primer lugar del concepto de hombre y de camino evolutivo. En concreto, no está nada claro cómo la llamada a una consagración especial lleva a interactuar en la persona llamada gracia y naturaleza, debilidades y aspiraciones, consciente e inconsciente. Ya no basta hoy con repetir que la gracia supone la naturaleza, sino que hay que saber expresar en términos precisos, es decir, pedagógicos, el sentido de esa relación. ¿Pues para qué sirve un plan ideal final que no permita entrever el recorrido que conduce a él? Cuando no está claro algún elemento del modelo, no está bien definido el modelo en su conjunto.

1. *Ambigüedad del objetivo*

Las consecuencias de la indefinición del concepto antropológico de partida pueden ser notables, sobre todo *en el mismo punto de llegada*, que por encima de la apariencia correrá el riesgo de ser igualmente genérico, no bien definido justamente en lo que debería constituir el objeto de un camino de formación, es decir, la «composición» entre lo divino y lo humano en un carisma concreto, o la posibilidad de vivir en plenitud la propia humanidad, en la lógica de la cruz y de la felicidad, en un proyecto de consagración[1]. Cuando falta este modelo o no ha definido suficientemente sus implicaciones, surge un clima de incertidumbre e inestabilidad ciertamente poco educativo.

Pensemos, por ejemplo, lo que puede suceder cuando no está claro el concepto de libertad afectiva en la vida de la persona virgen. Todos decimos que el voto debe llevar a esta libertad, pero ¡cuántas veces ni siquiera el mismo formador sabe muy

---

1. Cf. S. Recchi, *La formazione: istanze di rinnovamento*: Consacrazione e servizio (1995) 18-20.

bien en qué consiste este concepto tan rico, ni qué ascesis comporta normalmente, o lo interpreta de forma más bien aproximativa y subjetiva! A veces se tienen salidas equivocadas y deformantes, bien porque el educador subraya excesivamente lo negativo y rigorista haciendo que el joven virgen se preocupe demasiado de su virtud y se convierta en un ser aislado; o bien porque interpreta un poco «alegre» e ingenuamente la libertad de un corazón virgen, que dejará al joven sin defensa ni control, creyendo que todo le está permitido con tal de ser amigo de todos y de todas. Y lo mismo pasará con otros temas que habría que definir con precisión y proponer de forma orgánica durante la primera formación (como la autonomía en las decisiones, la identidad positiva, la integración del mal, la disciplina inteligente, etc.). La incertidumbre o la ambigüedad del formador lo único que hace es crear jóvenes débiles y sin certezas.

2. Confusión en las etapas intermedias

Otra consecuencia estrechamente ligada a lo que hemos visto hasta ahora es *la ausencia sustancial del concepto de gradualidad* en la formación, que debería llevar a definir una serie de objetivos intermedios para cada fase educativa, de acuerdo con la meta final. Sin embargo a veces se tiene la impresión de que en todos los periodos (postulantado, noviciado, etc.) se tiene que hacer todo para llegar de inmediato a la plena madurez. O al contrario, se deja siempre todo para la fase siguiente, esperando que algo se mueva y se produzca la conversión. O se espera que el tiempo, la experiencia o el nuevo ambiente actúen de forma mágica... Lo fundamental es sin embargo saber descubrir la progresión del crecimiento, los pasos propios de cada etapa según la edad, la experiencia anterior, la madurez de cada uno y las exigencias propias de un camino propedéutico que tiene sus leyes y sus fases. El resultado final de la plena madurez sólo se consigue mediante el logro de una serie de objetivos previos, dispuestos según un orden lógico y progresivo[2].

---

2. Es el concepto latino de *orden*.

Es decir, que no se puede pedir a un postulante o a un novicio lo que se debe pedir a un profeso. Y si sucede que el postulante o novicio adopta la actitud de un profeso por su gran experiencia y madurez de vida, lo menos que puede hacer el formador es dudar de la autenticidad de su postura e investigar si por casualidad ese joven espiritualmente «precoz» se ha... saltado u «olvidado» algo (que le resulta más difícil). Como también ha de comprobar al mismo tiempo que todos los candidatos hayan realizado los «deberes evolutivos» propios de cada fase, sin miedo a hacer esperar a algún «tardío».

Las distintas cadencias con sus correspondientes pasos (del postulantado al noviciado o de la profesión temporal a la perpetua) no hay que calcularlas ni por el anágrafe ni por los cursos escolares superados (o por los títulos conseguidos), sino mediante una valoración más global de un proceso de madurez específica que se está llevando a cabo. La vida espiritual tiene también sus estaciones, con sus frutos y sus... intemperies climáticas, y quien no las tiene en cuenta corre el peligro de no degustar jamás el fruto maduro y sabroso de cada estación. La confusión a este respecto sólo puede crear caminos educativos indistintos en sus fases e improductivos, vaciando de contenido todo discurso sobre la formación permanente.

3. *Pobreza de indicaciones metodológicas*

Pero la peor consecuencia tiene que ver con el *método*. La falta de un cuadro conceptual concreto de referencia conlleva también normalmente la imposibilidad de hallar un itinerario pedagógico adecuado para transmitir un valor. Quizás sea este el punto débil de la formación de hoy.

Es una situación realmente llamativa y quizás inédita la que hoy nos toca vivir, pues mientras disponemos de numerosos modelos teológicos de vida consagrada, todavía no hemos definido con precisión suficiente *cómo* realizar un camino de adhesión a estos modelos. Es decir, que *somos ricos en modelos teológicos, pero pobres de solemnidad en itinerarios pedagógicos*.

Hay gente que habla de lo

inaguantable y pesada que es la formación. Pesada, pesadísima... Su importancia capital nadie la discute. No hay quien se atreva a hacerlo, todos están archiconvencidos. Pero se trata de una importancia cubierta de retórica, de «invencible vaguedad», de «tonos optativos». Y no hay que olvidar que, en la gramática griega, el optativo es el modo de las aspiraciones. Bueno, y de las veleidades[3].

Así pues, en nuestros programas hay una especie de «hipertrofia de fines» que incluso a veces está orgullosa de sí misma, y se vuelve exagerada y rimbombante, para gozo y tranquilidad del que cree que en el tema de la formación basta con formular unos fines altísimos y vagos, aunque se ignoren los medios, es decir, las personas, los contextos y los métodos.

Digamos en seguida que por método no entendemos pura y simplemente un conjunto de técnicas o una serie de procesos que el educador pone en marcha y que funcionan como condicionamientos psicológicos genéricos –aunque eficaces–; ni tampoco una praxis educativa sometida a los criterios de maduración humana, individual o grupal, pero que al final es sustancialmente independiente de la maduración cristiana o está más o menos alejada de las exigencias específicas de la consagración a Dios.

Para nosotros el método es una realidad intermedia entre teoría y práctica, con estas tres características:

— *está estrechísimamente ligada con el contenido*, que en nuestro caso es el modelo teológico, y es connatural al carisma, porque en él halla sus raíces;
— es la *lógica e inevitable consecuencia operativa* de ese modelo, su división en etapas distintas o en objetivos intermedios, con un recorrido gradual que permite conseguir ordenada y progresivamente el objetivo final;
— pero ya en sí mismo, como etapa y meta intermedia, es *parte integrante y esencial* del diseño final, una especie

---

3. G. Angelini, en U. Folena, *Formazione, 'imperativo' del pastorale*, en «Avvenire», 26 febrero 1997, 16.

de anticipación que permite también una degustación progresiva.

Veamos ahora la diferencia que existe entre técnica y método. La técnica educativa es una serie de operaciones ordenadas a la consecución de un objetivo pedagógico (normalmente actitudinal), pero que pueden separarse fácilmente de toda inspiración ideal, como si no tuvieran «ni alma» (ni raíces); una especie de método neutro, que justamente por eso puede aplicarse en contextos distintos (independientemente de cualquier opción de fe). Se aplica de modo uniforme y repetitivo, delegando en él la responsabilidad del resultado, consecuencia automática e infalible de su correcta aplicación.

El método educativo es, por el contrario, un modelo teórico que se aplica de forma coherente e inteligente, siendo fiel tanto a sus raíces inmutables como a las personas y al contexto social cambiante, y en el que participan plena y complementariamente el educador y el educando sin delegación alguna y sin automatismos de ninguna clase.

Pero todavía es más importante recalcar que si el método es en cierto modo la concreción natural y la traducción operativa del modelo, entonces un auténtico objetivo educativo que nosotros definamos a partir del modelo teológico-carismático, tiene que poder convertirse en método, tiene que saber trazar un camino que lleve a él, porque de otro modo no es un verdadero objetivo educativo (ni tampoco teología). Más aún, digamos que incluso *la formación es esencialmente método* en el sentido pleno del término. Y podríamos seguir en esta dirección diciendo que si una espiritualidad no se convierte en pedagogía, no es una espiritualidad auténtica; si no logra señalar un itinerario en el que todos puedan tener experiencia de Dios, no es un don de lo alto otorgado a la comunidad de creyentes, sino una exhibición narcisista del individuo o una veleidosa pretensión pseudomística.

Este es precisamente el problema que hoy tienen muchos tipos de formación. Porque todos los carismas son una auténtica mina de sabiduría espiritual, de mística y ascética, pero ¿hasta qué punto somos capaces de concretar este magnífico depósito en un itinerario pedagógico para que el joven se forme en él y pueda recorrer por su cuenta la experiencia del fundador o de la fundadora? En consecuencia, ¿estamos realmente seguros de que nuestra formación posee y sigue un método muy concreto, es decir, «carismático», o nos contentamos con aplicar distintas técnicas genéricas o esquemas precocinados (en temas de oración, de vida comunitaria, de maduración intelectual...), o con repetir al pie de la letra módulos pedagógicos obsoletos, o incluso tiramos adelante sin ningún programa metodológico concreto? ¿Hasta dónde logran nuestras *Ratio formationis* traducir a pedagogía detallada todo el capital de sabiduría espiritual que tienen nuestros carismas?

Porque sería propio de la *Ratio* llevar a cabo esta magnífica tarea pedagógica, pero la verdad es que no siempre lo logra. El hecho es que hoy disponemos de buenas *Reglas de vida*, pero no de otras tantas *Ratio formationis* igualmente buenas. Es decir, que muchos programas formativos de numerosas instituciones no son auténticos planes de formación, sino que se conforman con repetir la regla, limitándose a añadir y subrayar las normas canónicas generales para pasar de una fase de la formación inicial a la siguiente. Por lo tanto, la *Ratio* no logra su objetivo, que es eminentemente pedagógico, y en consecuencia casi no sirve para nada.

Es una impresión que hemos ido madurando al leer algunos programas de formación, ciertamente correctos al exponer y reexponer el contenido del carisma, pero tremendamente genéricos, inconsistentes y repetitivos a la hora de esbozar el método de formación, escasamente inspirados (y con poco fundamento) e igualmente pobres en cuanto a creatividad carismática.

Que no se sepa proponer el ideal que se tiene como algo que se puede lograr aquí y ahora, para que los demás vean en él un camino auténtico que lleva a través de fases bien articuladas al encuentro con Dios, es algo realmente preocupante. Y no es desde luego un signo de fidelidad carismática para quienes ya viven en una institución, ni por supuesto algo que atraiga vocacionalmente a quienes lo observan y podrían ser llamados a vivir ese carisma.

3
«Tened en vosotros los mismos sentimientos de Cristo Jesús»

La exhortación postsinodal *Vita consecrata* presta cierta atención a la formación inicial y permanente, y en ricos párrafos de sabiduría antigua y nueva[1] afronta, aunque implícitamente, el problema del modelo teológico-antropológico y ofrece, al menos, algunas indicaciones muy útiles para diseñar un proyecto educativo global.

«Mirando hacia el futuro»

Así titula el documento la parte dedicada a la formación, donde se recuerda, por si acaso fuera necesario, que por su propia naturaleza la formación se proyecta hacia el futuro de la vida consagrada, la condiciona y determina su calidad. Por eso es importante definir correctamente el sentido de un proyecto global educativo en lo referente a su objetivo y método así como a su compaginación entre lo humano y lo divino. Desde estos elementos y mediante estos componentes es como luego cabe remontarse a ese modelo teológico-antropológico que es el corazón que impulsa el mismo diseño formativo.

Pues bien, según ese documento, el *objetivo* central del camino formativo es

---

1. Cf. *Vita consecrata*, 65-71.

la preparación de la persona para la total consagración de sí misma a Dios en el seguimiento de Cristo, al servicio de la misión[2],

y el itinerario que lleva a eso es «asimilación de los sentimientos de Cristo hacia el Padre»[3].

Para darse cuenta de la importancia que el documento da a esta última afirmación baste recordar que en sólo tres párrafos se repite cuatro veces. En ella y desde ella podemos identificar y elaborar elementos significativos relacionados bien con el modelo teológico-antropológico y con una estrategia general de intervención, o bien con un fin general educativo, con su correspondiente método, y con sus etapas intermedias.

1. *Modelo teológico-antropológico*

Ante todo se presenta enseguida con suma claridad el modelo bíblico, teológico-antropológico, que se esconde tras la afirmación en cuestión, y que no es otro que el icono de Cristo que se da por completo al Padre y a los hermanos. La cita se refiere a las palabras que preceden al himno de la *kénosis* del Hijo (Flp 2, 5), una magnífica referencia para definir el contexto natural y evangélico del proceso formativo, la razón de ser de la vida consagrada, el objetivo que persigue.

Toda la actividad educativa tiende a crear en el joven la misma disponibilidad radical y el mismo sentimiento de inmenso amor que movió al Hijo a hacerse hombre, a convertirse en un siervo humilde, obediente y libre para dar su vida por amor. El documento se decanta por una opción concreta que hay que entender en toda su riqueza de sentido y en toda su originalidad. Aquí se propone un modelo concreto de hombre y de consagrado del que sólo una mirada superficial sería incapaz de ver toda su importancia o podría dar por descontado[4].

---

2. Cf., *Vita consecrata*, 65.
3. *Ibid.*
4. Resulta un poco sorprendente a este respecto que algunos textos y reflexiones recientes sobre la exhortación apostólica no hayan comprendido la importancia estratégica de esta referencia al ámbito de la formación.

No olvidemos que este texto es fruto de una reflexión sinodal del máximo nivel eclesial y que podría haberse decantado por otras opciones. Pero la realidad es que el cuadro teológico de referencia que asume la exhortación para un proyecto de vida consagrada no es ni el modelo cultual, ni el de la habilitación apostólica, ni el de la perfección personal (como sucedía aún no hace mucho, con todos los falsos problemas sobre la «precedencia» en relación con las otras vocaciones), sino el modelo del Hijo, de una persona viva, de sus sentimientos y deseos, de su forma de vivir y de su coraje de morir. Tampoco se propone un «seguimiento» genérico, por clásico que sea, sino un modo «especial» de seguir a Jesús, el modo de la *kénosis*, símbolo y clave interpretativa del vivir y del morir por amor, de no guardarse celosamente nada para sí, ni siquiera el amor recibido del Padre, sino de concebirse en todos los sentidos como don, llegando incluso a entender la muerte como don y a decidir donar la propia vida.

Este es un modelo teológico, pero también antropológico, porque los «sentimientos» manifiestan la parte más humana del yo, desvelan sus sueños y motivaciones, son a menudo instintivos e inmediatos, pasajeros y fugaces[5], pero también pueden ser evangelizados y ser la expresión de una conversión vital, tan estable y radical que llega hasta los ámbitos psíquicos más profundos de la persona y de su vida instintual y emotiva, tanto a nivel consciente como inconsciente. Pues los hombres y mujeres espirituales no son los que han eliminado los instintos y pulsiones, los movimientos del alma y las tendencias interiores, sino los que dejan que la luz misteriosa del Espíritu ilumine todo esto. Los sentimientos desvelan, pues, por un lado la vertiente débil del hombre, eso que a menudo ni siquiera pasa por la criba de la reflexión. Pero por otro, y justamente por eso, son la fotografía o el test más fiable de lo que es realmente el

---

5. Hay que decir a este respecto que en el texto bíblico original el sentido es mucho más fuerte que en la traducción castellana, pues el verbo griego *fronein* significa el modo profundo de sentir una persona y no sólo las emociones y «sentimientos» pasajeros.

ser humano, de lo que hay en su corazón, de la profundidad de su conversión interior. Pues podemos controlar las palabras y los gestos, pero no los sentimientos, que inmediatamente nos dicen si y hasta dónde nos identificamos con el corazón de Cristo, con su pasión de amor, con su evangelio...

Más aún, lo más interesante para nosotros es que este modelo teológico-antropológico, que se basa totalmente en el misterio de la humanidad asumida por el Verbo eterno, revela justamente una prodigiosa posibilidad de relación entre gracia y naturaleza, una compenetración recíproca que incluso afirma y propone como objetivo de un itinerario formativo creyente y consagrado, como elemento que la autentifica. Es como decir que no es completa ni evangélica la formación que no logra tocar ni purificar, transformar ni evangelizar no sólo los valores expresamente proclamados o los comportamientos visibles, sino tampoco los sentimientos, deseos, disposiciones interiores, proyectos, simpatías, gustos, sueños inconfesados, atracciones, memoria, fantasía, sentidos internos y externos..., es decir, todo, a imagen del Hijo que se inmola por amor. Al menos como tensión ideal en el joven y como proyecto consecuente del formador[6].

¿Cuáles son sus consecuencias desde el plano de las estrategias y del itinerario metodológico?

2. *Estrategias generales: ley de la totalidad y de la dinámica experiencial-sapiencial*

El documento es muy preciso y explícito:

> Siendo éste el objetivo de la vida consagrada, el método para prepararse a ella deberá contener y expresar *la característica de la totalidad*[7].

---

6. Cf. A. Cencini, *Una istituzione al servizio della formazione*, en F. Imoda (ed.), *Antropologia interdisciplinare e formazione*, Bologna 1997, 592-593.
7. *Vita consecrata*, 65.

Una totalidad referida sobre todo a la *persona*: la formación

> deberá ser formación de toda la persona, en cada aspecto de su individualidad, en las intenciones y en los gestos exteriores[8].

Durante demasiado tiempo la formación se ha centrado en la vertiente externa de la persona y se ha conformado con pedir gestos nuevos y conducta nueva, sin prestar la atención necesaria a lo interior, al corazón, al sentir profundo incluso inconsciente, a las motivaciones del obrar. Y luego se ha encontrado con jóvenes dispuestos a cumplir órdenes, al menos ciertas órdenes, pero carentes de pasión y a menudo inconsistentes y contradictorios.

Totalidad, pues, en relación con las *distintas dimensiones educativas*:

> Para que sea total, la formación debe abarcar todos los ámbitos de la vida cristiana y de la vida consagrada. Se ha de prever, por tanto, una preparación humana, cultural, espiritual y pastoral, poniendo sumo cuidado en facilitar la integración armónica de los diferentes aspectos[9],

sobre todo del humano y psicológico con el espiritual y teológico, aspectos sobre los que volveremos más adelante.

La ley de la totalidad tiene que ver, finalmente, con *toda la vida* de la persona y por tanto con la *formación permanente*. Si hay que formar el corazón humano para que sepa amar como el divino, está claro que el proceso debe durar toda la vida. Pero, además, hay que advertir que si el objetivo educativo es asimilarse al «corazón» del Hijo, la formación no es solamente, como suele entenderse, *método pedagógico* (relacionado exclusivamente con la fase inicial), sino, como ya hemos dicho, *método teológico* de pensar la vida consagrada en todas sus fases, porque la consagración es *en sí misma* formación, lenta e interminable gestación del hombre nuevo que aprende a tener los mismos sentimientos del Verbo encarnado.

8. *Ibid.*
9. *Ibid.*

Añadamos aún que si el objetivo educativo es suscitar en el joven los mismos sentimientos del Hijo, la formación no es sólo *ministerio*, sino *misterio*, no sólo un servicio que un hermano mayor en la fe presta a otro que ha de crecer en su adhesión creyente, sino también una discreta entrada en la acción misteriosa del Espíritu en el corazón del joven.

Estamos ante una serie de puntos importantes e incluso puede que relativamente nuevos, pero todos de gran proyección no sólo en la vertiente formativa, sino también en la concepción de la vida consagrada.

Otra estrategia educativa general estrechamente relacionada con la imagen bíblica de Flp 2, 5 es la *dinámica experiencial-sapiencial*. Su principio general es que sólo hay formación donde los valores y contenidos que se proponen *pueden ser y de hecho son experimentados y gustados* por la persona que se está formando, hasta el punto de ser para ella un nuevo modo de leer la realidad, una especie de nueva norma de vida, una *sabiduría interior* original. El peligro permanente de la formación es quedarse exclusivamente en la teoría («eso sí, muy bella», como algunos dicen con cierta ironía), en una especie de simposio intelectual distante y a veces desmentido por la realidad de la praxis.

Si lo que se quiere es formar en la línea de la *kénosis* de Cristo Jesús, lo que hay que hacer es favorecer la experiencia concreta proponiendo y exigiendo una implicación afectiva y efectiva de la persona. Por consiguiente, será la comunidad donde habrá que experimentar y manifestar el amor que se hace servicio y misericordia; el ambiente educativo interno deberá confirmar coherentemente los valores de la *kénosis*, como la humildad, la pobreza y la obediencia, para que el joven pueda ejercitarse en ellos. Pero además será importante que experimente «la intrínseca dimensión misionera de la consagración»[10], que realice experiencias apostólicas que sean acordes con su situación y que se evalúen, que se ejercite en el difícil arte de unificar la vida, que descubra y guste la nobleza liberadora que comporta ser un siervo humilde y el

---

10. *Ibid.*, 67.

nombre nuevo que el Padre le da, que aprenda la sabiduría de la cruz y guste a la vez de la bienaventuranza de una santidad humilde y alegre... Volveremos sobre estas estrategias educativas cuando hablemos de la segunda y tercera condición de nuestro proyecto.

3. *Método educativo: formación para la libertad*

Si las estrategias generales apuntan al horizonte global, el método educativo indica qué clase de intervención sería la adecuada para moverse en este horizonte y en función de él.

Ya hemos dicho que un proyecto es formativo cuando dispone de un método específico expresamente escogido para un objetivo concreto. También hemos formulado la sospecha de que quizás el método sea hoy el punto débil de la formación para la vida consagrada. No nos proponemos resolver aquí el problema en cuatro líneas, sino limitarnos solamente a las luminosas indicaciones que nos da el documento postsinodal. Y lo que este documento nos dice sustancialmente es que el hombre nuevo es un hombre «auténticamente libre», y que por tanto exige que se le forme en la libertad[11].

El diseño es realmente coherente, y no sólo desde la vertiente del contenido, sino también desde el plano estratégico de la relación entre contenidos teológicos y metodología educativa. Porque si lo que la formación persigue es la configuración con los sentimientos del Hijo, es evidente que el proceso educativo no puede ser sino una verdadera y propia *formación para la libertad*. Si lo que la formación pretende es sólo preparar para un apostolado concreto o para tener ciertas virtudes, es claro que la metodología educativa podría seguir cualquier otro itinerario. Pero si lo que se persigue es formar el «corazón» en el sentido bíblico y pleno del término, no hay más camino que el de la libertad. Si el modelo teológico-antropológico de referencia es la humanidad de Jesús como expresión

---

11. Cf. *Ibid.*, 66.

máxima de una libertad que se trasciende en el amor, entonces el método de formación no tiene alternativas. Al corazón es claro que no se le puede obligar, pero sí se le puede y debe educar para que primero sea capaz de descubrir qué grande es la llamada y qué bella la respuesta, y para que luego tenga fuerza para responder con la libertad con que Cristo respondió al Padre en donación total. Tener sus mismos sentimientos no significa en absoluto tratar de imitarlo exteriormente, sino captar la densidad de su misterio y descubrir en él el propio misterio: la libertad es la realización de esta «misteriosa» identidad. Más adelante veremos los aspectos metodológicos y prácticos de esta formación. Limitémonos ahora, por tanto, a reseñar brevemente sus fases a lo largo del periodo inicial.

La articulación que ahora presentamos no hay que entenderla rígidamente ni en el sentido de que una excluya a la otra. La idea central es que en todas las fases del itinerario clásico educativo hacia la consagración hay que prestar alguna atención desde el punto de vista educativo al problema de la libertad, que primero es... *liberada de...* todo lo que la ahoga e inhibe (prenoviciado), luego es *edificada sobre...* un cimiento sólido (noviciado) y finalmente es *realizada y orientada* según una perspectiva bien definida (postnoviciado). Todo ello, evidentemente, sin correspondencias absolutas y definitivas, como si fuera posible, por ejemplo, liberar totalmente al joven en el prenoviciado. En cierto sentido estas tres articulaciones están siempre presentes y son consecutivas, aunque con distintos acentos, en sus fases correspondientes. Esto, por lo que se refiere a la secuencia dinámica.

Pero aún es más importante observar el modelo que fundamenta esta secuencia dinámica. Si el modelo teológico-antropológico del proceso formativo son los sentimientos de Cristo en su *kénosis* de donación al Padre, es lógico que la formación en la libertad se base *en el modelo pascual*, marcado por las tres fases del triduo: muerte, descenso a los infiernos y resurrección. La coherencia del plan así lo exige. Y cuando se respeta esta coherencia, el plan resplandece en toda su belleza y armonía formal.

a) *Pre-noviciado: libertad «de»*

En primer lugar hay que ayudar al joven a *tomar conciencia* de sus condicionamientos internos, conscientes e inconscientes. Para ser exactos, este proceso tendría que *comenzar* antes del noviciado, aunque sin tratar de que termine ahí o en un breve periodo de tiempo. Es importante que el joven entienda cuanto antes que la formación comienza justamente con este costoso proceso de conocerse a sí mismo, de identificar los propios monstruos y de aceptar las propias heridas; es preciso que abandone lo antes posible toda presunción sobre sí mismo y todo tipo de autosuficiencia; que entienda que la formación no es un paseo, sino un duro viaje hacia Jerusalén; que se convenza de que su libertad empieza con el descubrimiento de sus esclavitudes, y de que el hombre maduro es también un hombre herido.

Hay, pues, una muerte que afrontar: la muerte de los sueños de perfección, de la pretensión de ser ya suficientemente buenos y santos, de esa ambición espiritual tan propia de quien comienza el camino y que si no se descubre y se combate a tiempo puede acompañar y entorpecer todo el resto del camino.

Es el momento de la *desestructuración*[12], es decir, del cambio estructural y radical, de un modo de verse y obrar. Un momento difícil, pero inevitable, como si hubiera que dar un vuelco total a como se vivía hasta ahora. Tampoco se puede pretender que la liberación siga inmediatamente al conocimiento de las esclavitudes, pero será un indudable signo vocacional la disponibilidad y el coraje de la persona en este viaje al interior del yo, al descubrimiento de lo que en él hay de inmaduro e inconsistente.

Se suele decir que el postulantado termina con la verificación vocacional recíproca y cruzada del llamado y de la institución, y con la decisión de aquél, aceptada por ésta, de iniciar una experiencia específica en la familia religiosa por la que se

---

12. Sobre la experiencia espiritual en las tres fases de la desestructuración, subliminalidad y reestructuración, cf. A. Cencini, *Amarás al Señor tu Dios. Psicología del encuentro con Dios*, Madrid ⁴1997, 93-138.

ha optado. Sería muy deseable, en estos casos, que el objeto de discernimiento y verificación fuera no sólo la correspondencia ideal entre los valores del individuo y de la Congregación, sino también –con más realismo– todo el cúmulo de debilidades e inconsistencias, inmadureces e infantilismos que hacen que la vocación sea menos auténtica, y menos libre la respuesta que se le otorga. Da la impresión que impera por ahí un optimismo ingenuo (y quizás no totalmente desinteresado) cuando hay que decidir el paso del postulantado al noviciado.

Y no se trata solamente de un problema vocacional. Pues pensemos cuánto más productivo y eficaz sería el noviciado si todo el mundo llegara a él conociéndose un poco a sí mismo y conociendo también la raíz de su egoísmo. ¡Cuánto tiempo se ahorraría y cuántas crisis se evitarían!

b) *Noviciado: libertad «en»*

Una vez descubierto el falso cimiento sobre el que se ha pretendido edificar la vida, es el momento de echar el cimiento auténtico y de empezar a construir.

Es el tiempo del noviciado, tiempo estratégico para desmantelar las viejas construcciones y construir un nuevo modo de ser, más libre y verdadero. Tiempo espléndido, porque en él debería saltar la chispa del contacto *experiencial* con Cristo Jesús como «mi Señor», como el Maestro, el único que tiene palabras de vida y que puede decirme la verdad de mi vida, aquel sin el que vivir no es ya vivir... Tiempo también de lucha, vivida y sufrida en la propia piel, etapa que se vive en una cierta *subliminalidad*, como dicen los maestros de espiritualidad, porque el hombre viejo aún no ha cedido terreno y el hombre nuevo es aún joven, y quizás también débil e inseguro. Todavía pasa por momentos de dudas y oscuridades, y mientras unas veces se siente sinceramente unido a Cristo, otras experimenta una gran incertidumbre, un gran temor.

Pero, de todos modos, es también un tiempo de profunda resonancia interior. No sólo tiempo de conocimiento, como en la fase precedente, sino de *experiencia*, de sentir profundamente que ya no puede evitar el cara a cara con aquel que le llama y abre su vida hacia horizontes nuevos que él sería incapaz de imaginar, con aquel que es un misterio y sin el cual todo es un enigma. Es una especie de apuesta al borde de dos abismos que paradójicamente se abren a la vez ante la sorprendida mirada del joven: el abismo ascendente de la intimidad con Dios y el abismo descendente del viaje hacia el infierno, hacia el propio infierno.

A este respecto el noviciado es realmente formativo.

Lo decisivo es que el joven empiece a ver que puede edificar su nueva vida y su libertad «en Cristo» y que vea también que ser libre no equivale a ser independiente de todos y no tener ningún vínculo, sino a depender en todo de aquel a quien se ama y por quien se ha sido llamado a amar. Amar, pues, a Cristo significa que nuestros gestos, comportamientos, palabras, deseos, sueños y proyectos tiene que ver con él... Significa vivir partiendo una y otra vez de él. Porque él es la verdadera identidad del joven, porque el joven llega a tener sus mismos sentimientos... Como Pablo: «...ya no vivo yo, sino que es Cristo quien vive en mí» (Gál 2, 20).

Sólo entonces al noviciado logra su objetivo. Pero quizás debemos decir que este noviciado dura toda la vida, que es la estructura que sostiene la experiencia espiritual y la formación permanente. Recuerdo muy bien que ya me lo dijo mi viejo padre maestro la víspera de mi profesión: «Recuerda que siempre serás novicio»...

c) *Post-noviciado: libertad «para»*

La mirada se amplía, la mente se abre a nuevos horizontes y el corazón se siente cada vez más atraído.

Se ha hecho una opción que ha cambiado la vida, la ha complicado y ha de *extenderse a toda la vida y a todos los ámbitos de la personalidad*. En la medida en que esta opción es confirmada por la existencia y por las pequeñas y grandes decisiones cotidianas, la libertad se va transformado poco a poco en una gran riqueza de deseos y en la capacidad de asimilarlos a los deseos de Dios.

Pero también aumenta la calidad objetiva de la apuesta, se hace más arriesgada y vertiginosa, porque se llama al corazón del joven no sólo a amar a Dios, sino a amar ¡al estilo de Dios! Y eso no se logra sin una *reestructuración*, sin un trabajo paciente y continuo de reconstrucción.

La experiencia anterior, el contacto íntimo y profundo con Cristo ha sido algo extraordinario, pero esa experiencia ha de convertirse ahora en *sabiduría*. En sabiduría de vida, y no sólo en sensaciones y emociones, por vivas y profundas que sean, pero siempre episódicas y parciales. En algo así como un nuevo sistema existencial, con sus parámetros y valores, pero también con sus correspondientes gustos y sabores, tendencias y atracciones.

En este sistema, la experiencia espiritual de la nueva libertad en Cristo es cada vez más constante y total, se sitúa en el centro del yo, dura toda la vida y abarca poco a poco todo lo vivido, dando origen a un nuevo modo de ser y obrar, de amar y sufrir. Es la libertad de ser pobre, casto y obediente; la capacidad de disfrutar del lujo de ser siervo, de lavar los pies a los otros sin sentirse humillados; la comprensión como bienaventuranza de la dulzura, de la pobreza de espíritu y de la pureza de corazón.

Este es el auténtico hombre nuevo, al que el padre da un nombre nuevo. Este es el hombre que, como dice también la exhortación citando a san Agustín, puede y debe decir no sólo que es de Cristo, sino que «se ha hecho Cristo»[13].

---

13. *Vita consecrata*, 109.

Segunda parte
Las mediaciones pedagógicas

4
La mediación del formador

Ya hemos dicho en el capítulo primero que el segundo elemento de un proyecto formativo es una *red de mediaciones pedagógicas*.

Y no es nada difícil identificarlas, porque son clásicas en la historia de la formación para la vida consagrada. En primer lugar, el *formador* o *formadora* (o maestro de postulantes, novicios o profesos); luego la *comunidad educadora* con sus diversas tareas y su propuesta educativa implícita o explícita; y finalmente el *ambiente* o *los ambientes humanos* (escuela, experiencia apostólica, cultura ambiente...) con la correspondiente serie de condiciones y estímulos, a veces provocadores, que acompañan a la tarea educativa.

En este capítulo estudiaremos la primera mediación, es decir, al formador y a la formadora.

1. *La Trinidad, único formador*

Cuando se habla de mediación se quiere decir que el sujeto primero y el autor de la formación no es ninguno de los tres elementos mencionados, sino el Dios-Trinidad. Es el Padre quien modela en el joven la imagen («los sentimientos») del Hijo mediante la acción del Espíritu.

Para ello la intervención divina se sirve de la acción humana según un esquema normal en la acción salvífica: a Dios le gusta llegar al hombre mediante otro hombre utilizando caminos y medios siempre frágiles y limitados, muy inferiores a la meta que se propone e «inútiles», como dice el mismo Jesús. Es la lógica de la encarnación, donde una pobre carne mortal es llamada a revelar el misterio divino. Es la ley divina de la mediación humana.

Por otro lado, Dios no permite que a nadie le falte lo necesario para su salvación ni, en nuestro caso, para realizar su proyecto vocacional. Por eso es preciso que ya desde el comienzo del camino formativo quede bien claro el sentido teológico de la mediación para que por una parte se capte mejor su importancia y su carácter insustituible, y por otra se reduzcan ciertas expectativas irreales y perfeccionistas respecto a ella.

Porque hoy tenemos por un lado jóvenes acostumbrados al «elige por ti mismo» también en lo espiritual, que no ven la necesidad de mediación alguna para captar la voluntad de Dios, que la rechazan cuando les parece demasiado exigente, o que son tan exigentes en sus pretensiones espirituales que no se conforman con las mediaciones ordinarias y «caseras», exigiendo quién sabe qué perfección y competencia en quienes los dirigen (algo así como Naamán, el sirio, que se sintió decepcionado ante las propuestas demasiado normales del profeta) y estando dispuestos para ir a buscarlas no se sabe adónde. En este punto no caben los equívocos ni se puede esperar a que estas cosas se aclaren en el noviciado o en el postnoviciado (pues sería muy embarazoso que se obligara al formador a clarificar estas cosas, dando casi la impresión de querer ligar al otro a su persona). El joven tiene que entender muy pronto, casi inmediatamente, qué es la formación y dejar que en su caso le ayuden a liberarse de estas pretensiones y expectativas.

La mediación formativa es, por su misma naturaleza, imperfecta. Además, lo normal es que Dios intervenga con los medios ordinarios; aceptarlo es dejarse formar por Dios en todos los momentos de la vida. No aceptarlo significaría no entender y rechazar el misterio de la encarnación.

Institucionalmente es importante que el formador o formadora acepte gustosamente este planteamiento, que no olvide ni un solo instante que es sólo mediador o mediadora, que no asuma ni responsabilidades ni cargas excesivas y que viva con serenidad su condición de siervo o sierva que cumple a fondo con su deber para después sentirse inútil. Un educador demasiado atento a sí mismo y excesivamente preocupado por su trabajo corre el peligro de no llegar a ninguna conclusión y de volverse insoportable. El modelo o patrono del formador no es ciertamente Atlante, que cree llevar a todo el mundo sobre sus hombros, sino Juan Bautista, que señala y anuncia a Otro, y no apunta a sí mismo; que prepara a la gente para que reconozca al que ha de venir, sin ponerse en su sitio; que hace todo lo posible para disminuir, porque Él es quien debe crecer en el corazón de sus discípulos.

2. El formador, «cultivador directo»

Es pues una ley divina muy concreta, en el sentido de que responde a un estilo de Dios, pero es también una exigencia muy subrayada hoy por las ciencias humanas y muy sentida por los mismos jóvenes formandos, como se afirmó en el Congreso internacional de octubre de 1997:

> No rechazamos la riqueza que puede venirnos de la teología. En los pupitres de la universidad se nos ofrece cada día un montón de contenidos. Pero lo que nos falta son las mediaciones. Lo que echamos de menos son personas que nos ayuden a convertir la doctrina en vivencias existenciales personales[1].

Ya hemos insistido en que normalmente nuestros jóvenes reciben hoy en la escuela magníficos contenidos (teológicos, bíblicos, antropológicos, filosóficos...) –lo ven también los educadores en su tarea cotidiana–, pero ¿qué proporción de este material didáctico se convierte en auténtica mediación formativa? ¿No se queda a menudo en un simple «contenido escolar que hay que estudiar para el examen» o que hay que asimilar con cierta vanidad para aumentar el propio acervo cultural?

---

1. Testimonio oral de un joven participante en el Congreso. Citado por F. Ciardi-T. Merletti, *Volare si può*, 38.

No estamos, sin embargo, ante un problema exclusivamente didáctico y escolar, sino que tiene que ver con la formación en sí misma y con la persona del formador en cuanto tal, porque él es quien ha sido llamado a llevar adelante esta obra formidable mediante una relación personal inmediata con el joven formando. Él es el «cultivador directo» en la viña del Señor.

Vale, pues, la pena que veamos cómo se configura en concreto esta mediación. Subrayamos para ello tres aspectos que retoman los típicos dinamismos psicológicos a los que ya hemos aludido en el capítulo introductorio, a saber, *educar, formar* y *acompañar*.

a) *Educar*

La mediación del educador debe ante todo e-ducar, es decir, *e-ducere*, sacar fuera o e-vocar la verdad de la persona, lo que ella es en su consciente e inconsciente, con su historia y sus heridas, con sus dotes y debilidades, para que pueda conocerse y realizarse lo más posible[2].

Se trata, pues, de intervenir directamente en el *yo actual* del individuo.

En este sentido, educar es propio del Dios Padre creador, que extrae, que saca fuera las cosas del caos y las criaturas de la nada para establecer un orden y trasmitir la vida. O cuando educa a su pueblo sacándolo de la esclavitud de Egipto con mano poderosa y brazo extendido, vinculándolo a él con lazos de bondad y ternura, pero también corrigiéndolo como un padre hace con su hijo (cf. Dt 1, 31; 6, 21; 9, 26...) para llevarlo hacia la tierra prometida.

> Lo halló en una tierra desierta, en la soledad rugiente del desierto. Lo abrazó y cuidó de él. Lo guardó como a las niñas de sus ojos. Como el águila que incita a su nidada..., así desplegó sus alas y los tomó (Dt 32, 10).

---

2. Cf. C. Nanni, *Educazione*, en AA.VV., *Dizionario di scienze dell'educazione*, Roma 1997, 340.

Educar significa, pues, participar en la obra creadora y constructora de Dios, algo que normalmente se realiza a largo plazo, que es fruto de un amor fuerte y tierno, que requiere paciencia y benevolencia infinitas. La paciencia del campesino que espera y respeta los ritmos naturales, pero también la energía del hombre acostumbrado al duro trabajo del campo, una energía capaz de superar el posible rechazo de quien prefiere la inercia de la dependencia al coraje de descubrir y afirmar su identidad.

Esta mediación comporta una serie de operaciones que no son nada simples ni automáticas, sino que exigen que el formador tenga una preparación específica.

— Ante todo, ha de *conocerse a sí mismo*, especialmente los puntos menos fuertes y libres de su personalidad para evitar que se proyecten en los otros. Y saber también cómo superarlos.

— Ser capaz de *discernir en el otro la presencia de conflictos y faltas de madurez*. No basta, pues, con observar su conducta externa, ni con esperar a que sea el otro quien manifieste el problema (la mayoría de nuestros jóvenes no sabe cuál es su problema básico), ni tiene que contentarse con lo que el otro dice de sí mismo (pues la mejor sinceridad no siempre equivale a la verdad). El formador de verdad es el que, por encima de la conducta observable y las costumbres de la persona, es capaz de advertir sus *actitudes*, sus predisposiciones a actuar y sus estilos de vida preparados para actuar como un esquema fijo (su forma de reaccionar, por ejemplo, ante una ofensa). Y también sus *sentimientos*, lo que siente en las diversas circunstancias de su vida (no basta, por ejemplo, con que perdone, sino que hay que ver además qué siente en su interior hacia el otro). Finalmente, el buen educador llega a las *motivaciones*, es decir, trata de entender qué hay en el fondo del sentimiento y de la acción, de ciertas decisiones e incluso de la misma opción vocacional (¿amor a Dios u otras cosas?, ¿abandono en las manos de Dios, intento de actuar por propia cuenta, o algunos miedos?). Se trata así de descubrir la *inconsistencia* (o inmadurez) básica que, cuando es inconsciente, ocupa el centro de la vida psíquica y desde allí «chupa» como una hidróvora una cantidad notable de energía. Es indispensable que el educador sea capaz de descubrirla lo antes posible para poder tomar a tiempo las medidas oportunas, no perder ni fuerzas ni tiempo y evitar que el problema se vuelva crónico e insoluble. Pues toda educación que se precie de tal, es siempre preventiva.

— Pero todo esto valdría bien poco si el educador no estuviera en condiciones de ayudar a la persona a *descubrir las raíces y consecuencias de su inmadurez*. La tarea del mediador consiste justamente en preparar poco a poco al otro para que pueda «obrar por sí solo», ofreciéndole un método que le enseñe a conocerse y descifrar sus estados de ánimo, a no contar mentiras y a saber de dónde vienen sus problemas. Aquí empieza la libertad de la persona.

— Finalmente, se pide también al educador que sepa ayudar al otro a *resolver sus dificultades*. No en el sentido de eliminar de un plumazo todas sus inmadureces (pues esto casi nunca es posible), ni de evitar que sienta alguna vez alguna atracción inconsistente, sino en el sentido de adoptar ante sus actitudes inmaduras (o ante su inmadurez) una postura distinta, más consciente y responsable, cada vez menos dependiente y repetitiva. El buen educador jamás propone al joven metas psicológicamente imposibles ni lo engaña con promesas ambiguas en el plano espiritual. Lo que hace es educarlo para ser consciente de que ante Dios sus debilidades son un instrumento misterioso para encontrar y experimentar la misericordia divina, capacitándolo así para superar la pretensión de que se merece el amor divino, y para reconocer y aceptar su fragilidad. De esta forma aceptará y comprenderá también las debilidades de los demás.

Educar significa, pues, en esta fase llevar al conocimiento de sí mismo y a la aceptación del otro. Es pasar *de la sinceri-*

dad a la verdad, del descubrimiento subjetivo de lo que uno siente al descubrimiento objetivo de la propia realidad interior, del simple reconocimiento de los sentimientos de cada uno al coraje de llegar a las motivaciones que hay detrás de ellos e identificarlas. Es educar para la oración «en espíritu y verdad» (Jn 4, 24), para la oración como lugar ideal donde la verdad sobre uno mismo resuena ante la verdad de Dios, donde el creyente puede contar a Dios «toda la verdad» (como la hemorroísa al verse descubierta), y al sentirse acogido, puede él también acoger a su vez a los demás y toda su verdad.

b) *Formar*

No basta con educar, hay también que formar, proponer un modelo concreto, un nuevo modo de ser o una «forma» que constituye la nueva identidad del consagrado, lo que es llamado a ser, su *yo ideal*.

Para algunos, las últimas décadas han sido tiempos de reticencia y ambigüedad, si no de silencio, sobre el *contenido* de este modelo. La acción pedagógica, en nuestros ambientes, ha tenido una impronta más educativa que formativa y se ha contentado con pedir a cada uno que se conociera para poder «ser él mismo». Pero ha corrido el riesgo de quedarse en el horizonte algo neutro y poco relevante de la autorrealización, como si el primer y único mandamiento fuera el de afirmarse en la vida, incluso compitiendo y perjudicando a los demás, sin nada nuevo para un yo condenado a repetirse infinitamente. Pero sólo cuando se propone un modelo auténtico se señala al joven una dirección nueva y concreta, que moviliza sus mejores recursos, pero que también le da mucho y lo atrae porque es la fuente de su verdad a la vez que le propone un camino liberador (aunque costoso) de conversión[3].

Por consiguiente, si educar evoca la verdad del hombre, formar comporta una *pro-vocación* del mismo, una propuesta que exige dar el máximo de uno mismo y que revela, por tanto,

---

3. C. Nanni, *Formazione*, en AA.VV., *Dizionario di scienze dell'educazione*, 432-435.

hasta dónde puede llegar cada uno. Sea lo que fuere, lo cierto es que toda auténtica actividad formativa tiene efectos rompedores: es una novedad que sorprende y a veces intimida, que suscita nuevas expectativas y estímulos, que produce tensión y a veces insatisfacción, que exige cambiar de actitudes y superar los viejos modos de vivir, que impulsa hacia adelante, hacia metas insospechadas el equilibrio de la persona, que inicia una nueva fase de la vida y provoca también resistencias y posturas defensivas... Si educar es roturar la tierra, formar es introducir en ella la vitalidad de la semilla, una fuerza que irrumpe y genera nueva vida. La semilla que cae en la tierra, muere y fructifica.

Pero sigamos adelante. Si educar es cosa del Padre, formar parece ser actividad clave del *Hijo*, claro que sin exclusiva de ningún tipo. Ya hemos dicho que «los sentimientos del Hijo» constituyen el modelo típico de la vida consagrada. Y si esto es así, ¿quién mejor que el Señor Jesús para llevar a cabo esta paciente tarea formativa en el corazón del joven consagrado?

Es, pues, muy importante, y no sólo sugerente, que nuestros jóvenes sientan así su relación con Cristo, verdadero (padre) Maestro de su vida, el camino, la verdad y la vida, el único que puede «implantar» en su corazón su forma de sentir, hacer que su amor los haga vibrar, contagiarles su pasión por el Reino... Si él y sus sentimientos son el objetivo final de la formación, sólo él podrá ser el alfarero, del que habla el profeta Jeremías, que trabaja con infinita y testaruda paciencia en el torno moldeando y dando forma a la vasija, perfeccionándola y embelleciéndola, hasta «hacerla a su gusto» (Jer 18, 4). «Señor, nosotros somos la arcilla y tú el alfarero» (Is 64, 7).

Ya hemos dicho que Cristo es el formador por excelencia. Veamos, pues, ahora algunos aspectos relacionados con el formador terreno como mediador del único formador divino. En realidad, su intervención va en dos direcciones, a saber, la objetivación y subjetivación del valor en sí mismo.

— Mediante la *objetivación* el formador ayuda al joven a ver en la verdad, belleza y bondad de Cristo, y también en sus «sentimientos», el valor supremo de la vida. Pero para ello es preciso que se den dos condiciones. Ante todo, que el formador esté realmente *enamorado* de esa belleza, de manera que pueda decir que todo lo que propone a los demás ya lo ha experimentado él como algo apetecible, satisfactorio y fuente de plenitud. Así pues, el consumidor oculto, aunque sólo por deseo, de propuestas o productos alternativos, no puede ser formador. Y luego, que sea capaz de *compartir* la felicidad de pertenecer a Dios. Por eso tampoco puede ser formador quien sea incapaz de alegrarse, quien en su opción vital no tenga suficiente experiencia de felicidad y serenidad, aunque individualmente sea un asceta y una persona pía. Si formar es un arte, el formador tiene que ser un artista, seducido por el «Logos artista»[4] para difundir y contagiar su belleza.

— La *subjetivación* es… el contagio efectivo, la acción mediadora del formador que lleva al joven a reconocer en Cristo *su verdadera identidad*. Entonces la verdad, belleza y bondad del valor se convierten poco a poco en la verdad, belleza y bondad de la persona, y los sentimientos de Cristo pasan a ser cada vez más los sentimientos del joven. Es el punto neurálgico de todo el proceso pedagógico y requiere en el formador la destreza, realmente artesanal, de intervenir con tacto y sabiduría sobre la *totalidad* de las fuerzas psíquicas: sobre el corazón, para que se enamore de Dios; sobre la mente, para que lo contemple; y sobre la voluntad, para que aprenda a anhelar sus deseos. La formación así concebida es ante todo *libertad*. Libertad para dejarse atraer por la belleza del Hijo y de sus sentimientos, rayana pues con la mística, y libertad también para dejarse modelar por el Espíritu del Padre, y por tanto libertad que tiene mucho que ver con la ascética. El formador es quien pone en marcha estas tareas, pero actúa realmente como mediador y facilitador del encuentro en la medida en que él mismo conoce a fondo esa mística y esa ascética. El formador es un esteta de lo divino hasta el punto de saber diseñarlo en

---

4. Gregorio Nacianceno, *Discurso* 8, 8: PG XXXV, 797.

lo humano, incluso en esa realidad tan humana que son los sentimientos.

c) *Acompañar*

Llegamos al tercer elemento, que en cierto modo constituye el estilo pedagógico general. El educador-formador de que hemos hablado es un hermano mayor, tanto en la experiencia de la vida como en el discipulado, que se junta a un hermano menor para compartir con él un tramo del camino y de la vida, para que pueda conocerse mejor a sí mismo y el don de Dios, y para que pueda tomar la decisión de responder a él libre y responsablemente[5]. El yo al que aquí se presta especial atención es el *yo relacional*.

El acompañamiento es el estilo de Emaús, icono de todo acompañamiento en la fe. Pero es, sobre todo, el estilo del *Espíritu santo*, el «dulce huésped del alma», la compañía de Dios en nosotros, el iconógrafo interior que modela con infinita fantasía el rostro de cada uno según la imagen de Jesús.

> Su presencia acompaña siempre a todos los hombres y mujeres para hacerles discernir su identidad como creyentes y llamados, para plasmar y modelar esa identidad según el modelo del amor divino. El Espíritu santificador, paciente artífice y «perfecto consolador» de nuestras almas, es quien trata de reproducir en cada uno ese «sello divino»[6].

Es pues fundamental que el joven vea en el Espíritu un amigo fiel, la memoria de Jesús y de su Palabra, alguien que le llevará al pleno conocimiento de la verdad y a la sabiduría del corazón, el guía celoso de Jesús y de los llamados por él para convertirlos en testigos suyos.

---

5. Cf. A. Cencini, *Vida consagrada. Itinerario formativo*, Madrid ²1994, 55ss.
6. Obra pontificia para las vocaciones eclesiásticas, *Nuove vocazioni per la nuova Europa. Documento finale del Congresso sulle vocazioni al sacerdozio e alla vita consacrata in Europa*, Roma 5-10 de mayo de 1997, n. 18b.

La conciencia de que le «acompaña» el Espíritu y el contento que ello le provoca harán que el joven consagrado esté cada vez más dispuesto a que le acompañe un hermano mayor sin pretender que sea perfecto. Pues quien se fía del Espíritu se fía también de sus mediaciones; quien sabe entregarse al Espíritu no tiene miedo, mientras es joven, de compartir un tramo de su historia, poniéndola en manos de un hermano mayor. Mañana, cuando sea anciano, aceptará que otro lo ciña, que lo lleve adonde él no sabe... La confianza, el abandono y la entrega de sí se convierten, pues, en las virtudes típicas, fruto de esta intervención pedagógica.

Desde una perspectiva vocacional, si educar implica e-vocar la verdad subjetiva, y formar es pro-vocar a la persona, acompañar es *con-vocarla*, bien porque se la invita a caminar juntos para llevar a cabo un proyecto vocacional, bien porque se invita a todo su ser y al conjunto de sus estructuras intrapsíquicas, corazón, mente y voluntad, a responder a la llamada del Espíritu. Desde una perspectiva... «agraria», tras la roturación del terreno (=educación) y la siembra de la buena semilla (=formación), el acompañamiento incluye todas las atenciones que el buen campesino presta a la pequeña planta que está creciendo. La cuida, la protege, no la pierde de vista, es como si la viera crecer poco a poco, como si su mirada le diera un impulso hacia arriba.

Tres son las características esenciales del acompañamiento como método pedagógico:

— La primera es *compartir real y físicamente la vida*. Para observar la conducta de alguien y llegar de ahí a sus actitudes, sentimientos y motivaciones es indispensable vivir codo a codo con él y prestarle una atención inteligente. La vida cotidiana y la convivencia son la mejor fuente de información para conocer a una persona, porque permite acceder a ciertos matices del comportamiento, como reacciones, simpatías, antipatías, emociones, depresiones, costumbres, humor, cosas que no se aguantan, olvidos, nerviosismos, preferencias, extrañezas... Es decir, posibilita obtener un panorama relativamente completo que permite a su vez identificar

más fácilmente la situación general y la inconsistencia básica.
— La segunda es la *competencia y preparación* del educador formador. Porque si lo que pretende es acompañar a un hermano por los caminos del espíritu, además de tener sabiduría espiritual debe conocer el corazón humano y las leyes de la evolución psicológica. Es decir, todo lo que le permita intervenir no sólo para indicar el punto de llegada, sino para percibir la verdad de la persona tanto a nivel consciente como inconsciente, para sugerir un método que solucione sus problemas y ayudarle a que se deje formar por la acción del Espíritu, superando todas las resistencias y miedos que se le presenten. Es evidente que una competencia de esta clase sólo puede lograrse mediante un itinerario formativo regular y sistemático. No se trata aquí de la competencia del psicólogo, sino del hombre espiritual que, precisamente por eso, se sirve también de las ciencias humanas para disponer su corazón a la acogida del Espíritu.
— Finalmente, el elemento quizás más peculiar de la idea de acompañamiento. Por el latín medieval sabemos que acompañamiento viene de *cum-panio*, «el que comparte el pan»[7]. Acompañar a un joven a la consagración no es sólo conferir una dirección (espiritual) a su vida, o enseñarle cosas o entablar una relación en un único sentido. Acompañarle es también hacer o celebrar una experiencia, siempre nueva e inédita por ser experiencia de Dios, entre dos personas que han recorrido o están recorriendo un camino hacia él. Acompañar es esencialmente *compartir*, compartir «el pan del camino», es decir, la propia fe, la memoria de Dios, la experiencia de la lucha, de la búsqueda, del amor a Dios... Con esto no queremos decir que el formador tenga necesariamente que desvelar su interior, como si la relación de acompañamiento fuera solamente de corte amical, sino que ha de ser siempre

---

7. G. Devoto-A. Oli, *Nuovo vocabolario illustrato della lingua italiana*, Firenze 1988, 679.

consciente de que es inevitable la implicación personal de su itinerario de creyente para estar cerca de la persona a quien acompaña y para compartir con ella lo que a su juicio es importante para encontrar a Dios y dejarse amar por él. Un formador convence de verdad cuando es capaz de confesar su fe, porque entonces no sólo educa la fe del joven sino que en cierto modo se enrola en ese mismo camino para experimentar a Dios de un modo nuevo y dejarse formar por él. Hermano mayor y hermano menor, ambos acompañados por el Espíritu de Dios, el único formador. Su amistad no es una pura y simple amistad, sino amistad y compañía del Espíritu[8].

Podemos decir por tanto que al acompañar a un joven por los caminos del Espíritu, el formador lleva a cabo su formación permanente.

Expongamos ahora, sintéticamente, los tres dinamismos pedagógicos con sus características esenciales.

---

8. Cf. A. Cencini, *Accompagnamento*, en AA. VV., *Dizionario di scienze dell'educazione*, 22-23.

TABLA 2. *Los tres dinamismos pedagógicos fundamentales: educar, formar, acompañar*

	EDUCAR	FORMAR	ACOMPAÑAR
SUJETO TRINITARIO	EL PADRE	EL HIJO	EL ESPÍRITU
ACTIVIDAD PEDAGÓGICA ESPECIFICA	E-vocar la verdad del yo para que sus potencialidades se realicen lo más posible.	Pro-vocar a la realización de un proyecto trascendente como forma y norma de vida.	Con-vocar corazón, entendimiento y voluntad, «todo» el hombre, y llevar por un camino de conocimiento, experiencia y sabiduría.
NIVEL DEL YO	*Yo actual*	*Yo ideal*	*Yo relacional*
ICONO BÍBLICO	Dios Padre-Creador que e-voca de la nada a la existencia; que e-duce a Israel de Egipto e-ducándolo en el desierto.	La *kénosis* del Hijo; o el Hijo que, como el alfarero, modela sus sentimientos en el corazón del consagrado.	El Espíritu, guía y amigo, que ayuda a reconocer a Jesús cuando explica las Escrituras y parte el pan.
RECORRIDO PEDAGÓGICO	*De la sinceridad a la verdad*	*De la verdad a la libertad*	*De la libertad a la entrega*
MODALIDAD EDUCATIVA	Conocimiento y superación por el guía de sus puntos débiles para llevar al joven por el camino de liberación.	Proponer a Cristo y su verdad, belleza y bondad objetivas, para suscitar en el corazón, en la mente y en la voluntad una adhesión subjetiva.	Compartir con el joven un tramo del camino y de la vida, para compartir sobre todo la fe y los bienes del Espíritu, junto a la propia competencia.

5
Comunidad educativa

Entre la red de mediaciones pedagógicas indispensables para un proceso formativo hemos incluido también a la comunidad, como lugar y sujeto de formación para la vida consagrada.

Un elemento que forma parte de la tradición más auténtica es que la comunidad es quien se hace cargo del proceso de maduración del joven candidato y que el hermano mayor responsable de este proceso manifiesta el cuidado y la atención de la familia religiosa por quien pide pertenecer a ella. La *fraternitas* es el ámbito natural del camino de crecimiento, y a la vez el sujeto agente de la formación, no sólo en la etapa inicial, sino durante toda la vida del religioso.

Es muy significativo a este respecto que en la exhortación apostólica sobre la vida consagrada, la sección sobre la formación esté en el capítulo segundo, que trata de la comunidad (*signum fraternitatis*), para dejar bien clara la titularidad natural educativo-formativa de la comunidad para con sus miembros.

Sin embargo, en la práctica no hay que dar por supuesta esta dimensión formativa de la comunidad, pues para que la fraternidad religiosa sea educadora ya en la etapa inicial, y también después, deben darse ciertas condiciones, tanto estructurales como dinámicas.

1. *Elementos estructurales*

Esta comunidad debe disponer de *recursos pedagógicos internos* y de un ágil acceso a recursos formativos *externos* al alcance real de *todos y cada uno* para hacer posible *una experiencia personal y global* de maduración y crecimiento según los distintos niveles, de acuerdo con el *modelo carismático institucional* y la *fase de desarrollo* del joven.

Estas condiciones constituyen las *estructuras* de una comunidad educativa, los elementos que la sustentan.

Concretando, podemos decir que recursos internos son, por ejemplo, el *clima espiritual* (que comprende la animación litúrgica, los valores que se proponen, la coherencia entre valores y vida comunitaria, un orden global y una sabia disciplina comunitaria..) y unos *formadores bien preparados*. Recursos externos son en general todas las *provocaciones* que vienen del lugar, de la realidad social en que está inserta la fraternidad, para que la formación no ande tan por las nubes que no pise tierra y el joven aprenda en seguida a buscar y encontrar a Dios en la realidad histórica, y a consagrarse en la Iglesia y en el mundo y para la Iglesia y para el mundo.

Recursos externos importantes pueden ser también los Centros de estudios teológicos u otros Centros culturales donde se lleva a cabo la formación *intelectual*; los ambientes especiales de la Institución donde el joven puede tomar contacto con *el apostolado peculiar* de la misma; la parroquia como experiencia de *Iglesia y de servicio* a la comunidad creyente; comunidades religiosas concretas, grupos y movimientos que posibiliten algunas experiencias *espirituales y de intimidad con Dios*; ambientes *de laicos* donde se pueda entrar en contacto con *mentalidades y culturas de distinto signo*; y finalmente situaciones de sufrimiento y marginación donde tanto la fe como la consagración del joven se ven sometidas a una dura prueba. Todos estos recursos son un magnífico patrimonio de la comunidad formativa. Pero lo más decisivo desde una perspectiva estratégica es que todas estas experiencias, desde la escuela hasta el aprendizaje apostólico, tengan un único punto de convergencia y estén vinculadas de varias formas con el proyecto formativo. Aún más, es preciso que se las considere parte del mismo y sean escogidas con esmero, evitando que quiten excesivo espacio y tiempo a la formación y absorban al joven demasiadas energías.

Si esto es así, la experiencia rebasa el nivel de la pura información y lleva poco a poco a la sabiduría del corazón, a ese modo nuevo de sentir y querer que marca el nacimiento y crecimiento del hombre nuevo. Pero, además, la formación no correrá el peligro de quedarse en la pura teoría o en una opción subjetiva.

Finalmente, la comunidad educativa debe saber conjugar estabilidad y creatividad, es decir, la fidelidad al carisma y al modelo institucional con la capacidad de acoger y provocar, si fuera necesario, la tensión connatural al joven, sus sueños y sus ganas de ir hacia lo mejor. Lograr el equilibrio entre estabilidad estructural y observancia de la regla por un lado, y dinamicidad y flexibilidad objetivas por otro no es nada fácil, pero sí muy importante para que la casa de formación, con la excusa de eliminar conflictos y tensiones y para lograr el orden, no se parezca jamás a «una casa de reposo», como me dijo una vez un joven profeso.

2. *Elementos dinámicos*

Una vez vistos los elementos estructurales, vamos a definir ahora los elementos dinámicos, es decir, los principios según los cuales las comunidad puede desempeñar de hecho su tarea educativa. Los centramos en tres elementos estratégicos: la titularidad pedagógica de la comunidad, la distinción de los papeles y la complementariedad de los mismos.

a) *Titularidad pedagógica de la comunidad*

La exhortación postsinodal dice que la comunidad es «el lugar privilegiado»[1] de la formación. Y también podemos decir, remitiéndonos a una distinción que ya conocemos, que es

---

1. *Vita consecrata*, 67.

el lugar por excelencia del proceso pedagógico *de la educación, formación y acompañamiento*.

Ante todo, la comunidad *educa*, porque vivir junto a otros hace que descubramos los aspectos *menos maduros* que hay en nosotros. Cuando se vive solo, uno puede incluso sentirse y creerse bueno, pero cuando uno se relaciona con los demás empieza a descubrir en su interior una serie de monstruos: el egoísmo y el narcisismo, el miedo y la desconfianza frente a los demás, las ganas de poseer y de imponerse, la envidia y los celos. En este sentido, la comunidad e-duca, saca fuera algunas cosas que de otro modo quedarían ocultas e inconscientes, con el riesgo de jamás ser educadas. Pero también es verdad lo contrario, a saber, que vivir con otros obliga a sacar *lo mejor de uno mismo*, incluso a veces lleva a descubrir fuerzas inéditas, en cierto modo evocadas por la relación con un tú que nos hace ser conscientes del yo. Se trata de una ascesis realmente dura, pero muy saludable para la maduración personal.

Desde una perspectiva más teológica, la comunidad no sólo educa, sino que es un lugar privilegiado de *formación*, porque es la depositaria del carisma como forma de vida de la persona consagrada. Este fue uno de los puntos en que más se insistió en el Congreso internacional de jóvenes religiosos:

> la comunidad es donde el espíritu de nuestro fundador está totalmente vivo. Es donde el carisma y el espíritu se viven y manifiestan en concreto[2].

Por venir justamente de lo alto, es por lo que el don del Espíritu se otorga a la comunidad y sólo en ella resplandece con todo su esplendor y belleza. Nadie puede erigirse en su único y exclusivo intérprete, igual que es imposible toda lectura del carisma que prescinda de la historia pasada y presente, de los humildes y a menudo ocultos ejemplos de tantas personas consagradas, tan «expertas» en el carisma. Es la comunidad quien, con la aportación de todos, muestra y hace atractivos los distintos aspectos: espiritualidad, ascesis, servicio de caridad, modo de relacionarse... Aun con todas sus limitaciones y con-

---

2. A. M. Mukamwezi, *Comunità, comunione, missione: il fuoco dell'amore vissuto e amato*, en F. Ciardi-T. Merletti, *Volare si può*, 51.

tradicciones, es sólo la comunidad quien puede sugerir y proponer esta forma de vida y quien dispone de los recursos básicos para llevar a cabo un programa de formación inspirado en el carisma.

He aquí algunos de los elementos que facilitan un comportamiento así. En primer lugar, *la relación personal y el trato afectivo*, sobre todo si están libres de expectativas egoístas e infantiles, son los mejores instrumentos para transmitir con agilidad tanto la pregunta como la respuesta educativa. Luego, la conciencia de tener *en común con los demás hasta la identidad* no sólo genera un gran sentido de fraternidad, sino que hace que se vea en el carisma lo que se nos llama a ser juntos, que no es sino sentirnos a la vez responsables y necesitados de los demás, sin rebajar la tensión ni reducir el objetivo según la medida o los miedos de cada uno. En tercer lugar, la *regularidad y estabilidad* de la vida comunitaria, con sus momentos de oración, reflexión y convivencia, hace que crezca en todos, sin prisa pero sin pausa, el hombre espiritual con una identidad específica, creando una sintonía natural entre sus miembros. Y finalmente, el uso sistemático de *instrumentos de integración del bien* (colación, proyecto común de vida, discernimiento comunitario...) y *del mal* (corrección fraterna, revisión de vida...) posibilita realmente progresar juntos hacia una santidad común[3].

La comunidad *acompaña* en este camino de crecimiento, o mejor, hace que no se recorra este camino en solitario, sino en com-pañía, que etimológicamente significa compartir con otros hermanos el «pan del camino», la misma fe, el mismo carisma, la misma alegría de pertenecer a Dios. De esta forma, poco a poco se irá viendo a la comunidad como nuestra madre, como nuestra nueva familia, como nuestra casa, donde la mesa está siempre puesta para comer el pan de la fraternidad. Y eso, para toda la vida.

Pero estas tres cosas sólo se dan en la medida en que se logra transmitir la idea de la titularidad pedagógica de la comu-

---

3. Sobre el uso de estos instrumentos, cf. A. Cencini, *La vida fraterna: comunión de santos y pecadores*, Salamanca ²1999.

nidad. Esto no quiere sólo decir, por supuesto, que la comunidad es siempre educativa, sino que lo es cuando el joven asume la responsabilidad de edificar la comunidad, de construir comunidad y por tanto de no limitarse a consumir comunidad[4]. La comunidad se convierte entonces en «mi» lugar de crecimiento, en mi ocasión actual, en el don propicio de Dios. El joven postulante, novicio o profeso debe comprender que huir de la comunidad, tanto física como psicológicamente, equivale a impedir que influya en él educativa y formativamente, contando incluso con sus contradicciones y expectativas, y a impedir también su contribución constructiva personal, incluso con sus debilidades y cosas que no soporta[5].

b) *Distinción de papeles*

Otra condición decisiva para la dinámica educativa de la comunidad es la correcta distribución e interpretación de los papeles.

Esto supone en primer lugar mucha *claridad* a la hora de asignar las responsabilidades educativas. Empezando, por supuesto, por la primera de todas en una comunidad educativa, a saber, por el ministerio del auténtico educador-formador, del maestro o maestra de novicios y novicias o de profesos y profesas, o de quien haya de encargarse del camino de acompañamiento personal de cada uno.

El joven debe *saber con certeza* quién es el hermano mayor que la institución pone en su camino como mediador de la obra formadora del Padre.

Por tratarse de una relación absolutamente personal, y por tanto de atenciones, energías y tiempos dedicados a cada uno, estas comunidades no deben ser numerosas, y el número de jóvenes formandos no debiera superar el de la primera comunidad educativa de la historia cristiana. Si en algún sitio la

---

4. Cf. *La vida fraterna en comunidad.* «*Congregavit nos in unum Christi amor*», Madrid [6]1995.
5. V. Bosco, *Il ruolo educativo della comunità religiosa*, Torino 1978, 5.

comunidad fuera especialmente numerosa (¡ojalá hubiera muchas!), habría que dedicar varios hermanos al acompañamiento.

En la tradición religiosa el maestro ha sido siempre el responsable de todo el proceso formativo, el que vive con los jóvenes y fija el programa y el desarrollo de las actividades educativas. Pues bien, todavía hay buenas razones para seguir con esta tradición, incluso desde el plano estrictamente psicopedagógico, como ya hemos indicado (por el trato más directo con el joven y en consecuencia por un mejor conocimiento del mismo, y también por la correspondencia entre la intervención en el individuo y en el grupo, la coherencia del diseño educativo, una mayor eficacia en la transmisión de los valores, la fuerza impulsora del testimonio personal...).

Esto no choca, por supuesto, ni con la idea ni con la praxis del *equipo educativo*, que enriquece la propuesta y comparte la responsabilidad, garantizando además intervenciones más específicas e incisivas. Pero hay que tener cuidado en que el equipo no se convierta en una *coartada* para esos «peregrinos» especializados en ir de un educador a otro, contándole a cada uno parte de sus problemas, pero sin confiarse ni abrirse a nadie por completo. Y también hay que desenmascarar el truco de esos «clandestinos», que dicen al responsable que tienen a alguien que los «sigue», pero lo que pasa en realidad es que campan por sus respetos, ocultándose en el grupo y evitando la más mínima confrontación con alguien.

¿Se puede tener un guía espiritual que no pertenezca a la propia comunidad (e incluso a la propia institución)? Teóricamente, por supuesto que sí. Lo importante es que al joven se le haga un seguimiento personal; además, ningún formador tiene por qué sentirse dueño de la vida de nadie. Pero no hay que olvidar, en la práctica, que de ese modo pueden desaparecer todas las ventajas ligadas al hecho de que formador y formando compartan la vida, con el riesgo de malentender o dejar que se malentienda el sentido de la formación como mediación. No en vano ya hemos dicho varias veces que el joven que busca esta mediación en otra parte es ese tipo de joven con un paladar espiritual superfino que no se siente satisfecho «con lo que hay en el convento» y busca un padre espiritual «extra-comunitario», si es posible famoso y desde luego mucho más capaz que el de casa. ¿Y cuál es el resultado? Pues que la relación cada vez es más general y abstracta, que cada vez tiene menos que ver con la realidad y con los problemas de la persona. Pero, además, el joven se va alejando cada vez más de la lógica divina y es posible que así se vaya incapacitando para entender alguna vez el misterio de gracia que se esconde tras la debilidad humana. Una cosa es que el formador sea competente y tenga cierta preparación, y otra muy distinta que el joven pretenda tener un formador perfecto...

Un caso muy distinto es que, por los motivos que sea, exista ya una relación significativa entre el padre espiritual «de fuera» y el joven (porque se conozcan de antes o porque ahora lo esté tratando como psicólogo). Porque en estos casos lo normal es que los caminos «externo» e «interno» no se contrapongan; pero en todo caso las esferas de intervención pueden ser distintas y complementarias buscando el bien de la persona.

Es importante que el formador no desempeñe *varias funciones*, ni en la esfera espiritual (confesor, por ejemplo) ni en la gerencia de la comunidad (como superior). Porque si así fuera, aparte de concentrarse en una sola persona muchas responsabilidades (con la subsiguiente sobrecarga de trabajo) y mucho poder (con el peligro de emitir mensajes ambiguos), habría también interferencias entre los distintos niveles de intervención, lo que podría entorpecer la tarea educativa y desde luego no ayudaría a nadie.

c) *Complementariedad de tareas*

Un elemento absolutamente indispensable, decisivo en toda comunidad educativa, es que reine la *armonía* sobre todo en el equipo educativo, pero también entre los profesos de votos perpetuos que forman la comunidad, que pueden desempeñar otras tareas no inmediatamente relacionadas con la formación, o que están allí descansando o como ancianos. Sea lo que fuere, lo que está claro es que todo el que pertenece a esa comunidad tiene un cometido educativo. Conviene, pues, no olvidarlo y asumir hasta el final la responsabilidad correspondiente.

Que quienes forman la comunidad den testimonio de fraternidad y entiendan profundamente las diferencias es el primer factor formativo, desde luego más convincente que muchas predicaciones y llamadas de atención. Pero también es importante que haya una convergencia específica sobre el *modelo de referencia, el programa educativo y las estrategias de intervención*. Esta convergencia ha de ser explícita, y por tanto visible y operativa, en todos los que están directamente implicados en la formación, e implícita al menos en todos los demás.

Por eso los superiores han de cuidar con esmero quiénes integran estas comunidades, garantizando una homogeneidad básica. Y por ese mismo motivo es preciso que sus miembros compartan algunas cosas, sobre todo en lo que se refiere a los valores de fondo y a la metodología básica, pero también en lo que toca al camino de crecimiento de los jóvenes. Sin entrar en detalles ni violar ningún secreto, el maestro de formación puede comunicar a los demás algunos aspectos del proceso evolutivo de cada uno, que conviene que los demás educadores conozcan, para que actúen en consecuencia y todos los formadores ofrezcan el mismo mensaje.

Si, por ejemplo, un joven está atravesando un momento difícil, porque se siente afectivamente solo o porque no soporta sus limitaciones, y el maestro trata de hacerle ver una inédita presencia de lo divino en el imprevisto desierto en que se encuentra y en el descubrimiento de su debilidad, lo lógico es que los demás educadores sigan la misma dirección y que nadie se preste a hacer... de ángel consolador o a hacerle unas buenas rebajas. Pues cuando llegan dobles mensajes, se diluye la acción educativa. En cambio, cuando en la postura de los educadores hay coherencia y sintonía, es inequívoca y eficaz la provocación educativa.

Pero, además, la aportación que el equipo educativo en su conjunto puede dar para comprender a fondo al joven y su camino educativo es también muy importante, porque cada uno de sus miembros puede ver algunos aspectos que se les podrían escapar a los demás y que pueden ser decisivos para entenderle y ayudarle mejor. Por eso es también tan importante la comunicación no sólo dentro del equipo educativo, sino también entre los formadores de las distintas fases.

Pero todavía es más importante captar el carácter central que tiene la comunidad en el ministerio de la formación.

6
Ambiente educativo interno

Además de las mediaciones pedagógicas del formador y de la comunidad, la *mediación del ambiente* es otra realidad educativa importante y necesaria. Una realidad a menudo ignorada o infravalorada desde el punto de vista educativo, pero que a veces influye decisivamente, quizás precisamente porque no se le presta la atención suficiente. ¿Qué es el «ambiente educativo» en general?

Por ambiente educativo entendemos un conjunto de características y condiciones sobre todo *internas*, que dependen de las personas que forman la comunidad educativa y de la calidad de las relaciones (el tono educativo, el aire que se respira en la comunidad, la organización interna, la transparencia de los valores en el estilo de vida, la clase de mensajes que circulan...). Pero con esta palabra también nos referimos al ambiente *externo*, al lugar donde radica la comunidad educativa, que debe reunir algunas condiciones para que en todas y cada una de las fases del recorrido formativo se pueda lograr su objetivo.

En este capítulo vamos a centrarnos sobre todo en el ambiente interno.

Siguiendo la reflexión que hemos hecho hasta aquí, podemos decir que las condiciones ecológicas internas más importantes de una comunidad de formación son las siguientes.

1. *Coherencia*

Lo que desde luego siempre debe haber es una *profunda coherencia general* entre los mensajes educativos explícitos y la realidad concreta de la vida.

Porque lo que el formador pide o presenta como valor y objetivo comunitario es tanto más vinculante para cada uno cuanto más confirmado lo ve en la vida, en la tensión, en la organización y en la convicción de la comunidad. Cuando en las charlas de formación o en las clases académicas, en las recomendaciones públicas o privadas, en las homilías o en el proyecto comunitario de cada año se propone un ideal y luego no se sacan las consecuencias prácticas, o no se subraya una y otra vez, o no se reacciona cuando se falta a él, o se deja que transcurra la vida comunitaria como si nada hubiera que cambiar, o cuando no se somete a revisión, o no se anima a vivirlo, o no se destacan los ejemplos positivos... entonces estamos ante una situación profundamente contradictoria que vacía las palabras de toda eficacia educativa.

Es el fenómeno de los *dobles mensajes*, una contradicción que no tiene nada de eventual, e indudablemente una de las más graves y nocivas para la formación. El ambiente tiene que confirmar el modelo indicado, más aún, tiene en cierto modo que identificarse con él formando un todo indivisible con los valores que implica ese modelo.

Es preciso que el joven perciba que *todos* los elementos que conforman su ambiente le mandan los mismos mensajes. Que no sólo es cosa del formador, sino que se nota en el estilo general y en el ejemplo de todos (empezando por los más viejos), en los hábitos y opciones comunitarias, en ciertas atenciones e insistencias sólo aparentemente irrelevantes, hasta en el horario.

Es el principio psicológico de la *redundancia*, según el cual la capacidad de penetración de un mensaje es directamente proporcional a la variedad y diversidad de los modos y momentos en que resuena en el ambiente, y también de la convergencia y complementariedad de esas modalidades. De ahí que no sólo haya que verbalizar el valor, sino practicarlo en las muchas versiones que puede tener, y mostrarlo mediante la vida y el testimonio de muchos, para que penetre más profundamente y pueda educar y formar la mente, el corazón y la voluntad.

Resulta, pues, inútil y muy frustrante, por ejemplo, que se hable de pobreza y sobriedad, mientras se consiente, quizás sin darse cuenta, un estilo de vida prácticamente burgués, que inculca poco a poco en el joven la idea pagana de que puede y debe tener aquí y ahora todo lo que necesita. En el fondo no es sino una aplicación más de aquel principio de Guardini que dice que el primer factor educativo es «lo que el educador *es*; el segundo, lo que el educador *hace*; y sólo en tercer lugar lo que el educador *dice*»[1], sobre todo si es el único que lo dice, o todavía peor, si es el primero que no lo hace...

2. *Belleza*

Dentro de esta coherencia general hay un aspecto que merece una atención que con frecuencia no se le presta, a saber, la capacidad que tiene el ambiente para mostrar *belleza*, la belleza de una vida consagrada al Señor.

Si la belleza es incluso una clave para interpretar la vida consagrada, como afirma expresamente la reciente exhortación apostólica, lo lógico es que la casa de formación tenga que ser «bella», o al menos sepa manifestar esta belleza, debe estar en cierto modo «transfigurada» por ella (recogemos así la lógica del documento)[2] y debe formar para ella.

No se trata de hacer Dios sabe qué, sino de vivir los distintos momentos y situaciones de la vida cotidiana en un ambiente formativo, siendo todos muy conscientes, sobre todo el formador, de la belleza inherente a la vida consagrada, capaz de transfigurar todos los instantes, así como de la posibilidad de experimentarla y hacer que otros la experimenten. Si, como ya hemos dicho, el formador es un esteta de lo divino y está a la vez capacitado para reflejarlo en lo humano, debe saber transmitir la pasión por la belleza de Dios y por todo lo que le rodea, es decir, la liturgia, la capilla, las celebraciones, el canto, el hablar de Dios, servirlo y estudiarlo. Pero no sólo eso, sino también la fraternidad, el trabajo manual (sobre todo si es comunitario), el estar juntos, el saber sonreír, el trabajar juntos

---

1. R. Guardini, *Le età della vita*, Milano 1992, 55.
2. *Vita consecrata*, 35.

en su nombre, el ser siervo de los otros, el quererse bien, bien de verdad... Que Dios es bello y es muy dulce amarlo, es una constante afirmación que el formador debe hacer con sus ojos, con sus palabras y con su sensibilidad para impregnar todo el ambiente y todas las sensibilidades.

Educar, formar y acompañar no es sólo cuestión de atender y actuar con cada uno en particular, sino también una impronta general de la vida de la comunidad, una atmósfera especial que se respira en su interior y que permite cantar de verdad qué alegre y bello es estar juntos para seguir a Cristo, Belleza suprema. Toda comunidad religiosa que sea incapaz de crear esta liturgia de la belleza, entra en contradicción consigo misma[3] porque no prepara al joven consagrado para percibir y gustar la belleza espiritual, para ver las cosas y escuchar su relato, ese cántico de la creación que habla incesantemente de Dios.

Esta formación para la belleza no significa que haya que hacer cosas extraordinarias y mucho menos artificiales o pesadas. De lo que se trata es de educar y formar el corazón para percibir y gustar una belleza que no es de este mundo, pero que puede embellecer todos los retales de la existencia. Una belleza que es orden y armonía, nobleza y finura de ánimo en las relaciones, buen gusto y creatividad en la oración y en la acción, capacidad para sorprenderse y conmoverse, libertad para hacer las cosas con amor y pasión, acogida de la mirada del Padre que ve en lo secreto, compartir esta mirada y descubrimiento –gracias a esa mirada– del lado oculto de las cosas y personas, donde hay una belleza pura e incontaminada, completamente humana pero capaz de remitir a la belleza divina que la ha creado.

Mientras se es capaz de valorar esta belleza, se permanece joven y eso se nota. Igual que en seguida uno se da cuenta cuándo en la casa de una fraternidad impera la belleza, por sencillas y sobrias que sean sus habitaciones, también se advierte en seguida por desgracia cuándo en una comunidad reina el

---

3. Cf. M. I. Rupnik, *Dall'esperienza alla sapienza. Profezia della vita religiosa*, Roma 1996, 47.

desaliño y el abandono estético que hacen la vida gris y monótona, los gestos repetitivos y faltos de fantasía, que presenta unos miembros todos viejos y un testimonio y atractivo vocacional muy pobres (y claro, ¿quién se va a meter en un sitio así donde estar no tiene nada de hermoso?).

Pero lo que de verdad sorprende y desconcierta es que aún haya gente a la que todo esto que tiene que ver con la belleza le parezca tan irrelevante e incluso tan inútil y superfluo, sin que caiga en la cuenta de la estrecha relación que existe entre belleza y verdad, como una especie de emanación de ésta[4]. O que, como dice von Balthasar, haya aún gente que cuando oye hablar de belleza

> dibuja una sonrisa en sus labios como si fuera una pamplina de un pasado burgués. Pues bien, de lo que podemos estar bien seguros es de que, tanto en público como en privado, bien pronto esta gente será incapaz de orar y también bien pronto ni siquiera de amar[5].

Lo menos que se puede pedir es que esta gente no se ponga a formar a nadie...

3. *Capacidad de provocación*

El ambiente educa y forma en la medida en que *pro-voca*, que etimológicamente significa ir más allá, avanzar sin cesar en el camino y superarse, impidiendo que uno se pare y se conforme con el tramo que ha hecho.

---

4. Es interesante, a este respecto, esta reflexión de Pifano: «La belleza resplandece sobre el terreno de la verdad. Y la verdad, en sentido bíblico, es 'fidelidad' del hombre y del cosmos al diseño de Dios, a la *imago Dei*. Lo que es verdadero según esta *'imago'* es también 'bello' según la forma. Vivir, pues, en la belleza es vivir *kath'eikòn*, o sea, componiendo y recomponiendo la *imago Dei* y reencontrando así nuestra forma original de creaturas e hijos de Dios Padre» (P. Pifano, *Sulla bellezza*, Napoli 1983, 61), y la forma específica ligada al carisma religioso de cada uno.

5. H. U. von Balthasar, *Gloria. I. La percezione della forma*, Milano 1985, 11.

Todo responsable de formación tiene que saber que, desde esta perspectiva, el ambiente influye mucho y crea un clima que todo el mundo respira y que a menudo condiciona lo que se hace. El formador debe ser realista y saber que su mensaje educativo pasa también por el filtro de ese poderoso mediador que es el ambiente, por la mentalidad que poco a poco se ha ido generando, por las costumbres cada vez más arraigadas, por las comodidades implícitamente justificadas, por los mensajes que circulan muchas veces sin la más mínima interferencia y que llegan siempre a su destino. Es decir, que la *presión del grupo* está ahí, una especie de fuerza neutral que puede mover y orientar tanto hacia el entusiasmo de una opción creativa como hacia la inercia de la más escuálida y confortable mediocridad.

¡Cuántas veces la única razón para hacer algo (o para saltárselo) es «que todo el mundo lo hace»! ¡Y cuántas veces también, la resistencia a cambiar ciertas costumbres muy arraigadas o a eliminar ciertas «perezas comunitarias» se justifica con el acostumbrado «es que siempre se ha hecho así»! Pero ¿es que no es verdad que la gente joven aprende ciertos valores y estilos de vida precisamente de lo que ven en sus hermanos mayores?

Todo grupo es una entidad social que si se le deja abandonado a sí mismo, tiende a funcionar *al ralentí*, a las menos revoluciones posibles. Ralentí que funciona más o menos así: primero se fija, aunque no explícitamente, un nivel nada exigente que esté al alcance de todos; luego lo recibe el grupo, que en seguida difunde y promueve en su interior ciertos mensajes que confirman que el listón está nivelado (a la baja); y finalmente procurará evitar todo aquello que pudiera modificarlo al alza, con el coste correspondiente. Pues bien, ni siquiera la comunidad educativa se ve libre del «impulso» de esta inercia, y mucho menos en una cultura como la nuestra tan familiarizada con los analgésicos y la mediocridad, que tiende a eliminar todo lo que suene a costoso y exija algún sacrificio.

Así pues, es muy importante que el formador sepa todas estas cosas y les preste alguna atención. Ante todo, debe saber tantear el tono de la comunidad para descubrir en su caso ese estilo algo pagano que tiende a primar los equilibrios minimalistas y a pedir el mínimo esfuerzo. Muchas veces este estilo adopta unas formas muy sutiles y aparentemente correctas. Y es precisamente aquí donde está el problema. Porque el ideal de una comunidad formativa no radica en esa serenidad producto de la ausencia de tensiones o de unas pobres relaciones, ni en ese clima algo ridículo donde todo el mundo trata de complacerse bajo la guía de un formador inofensivo y satisfecho, sin que nadie provoque a nadie para que cada vez sea más evangélica la respuesta al don que se ha recibido. La fraternidad que educa no es un lugar de complacencia, sino de mutua edificación. El educador es, por tanto, el primero que tiene que ser consecuente, situando a cada uno ante sus responsabilidades, y a todos ante la realidad de una vida consagrada que sólo es bella y se puede asumir cuando se vive desde la radicalidad del don.

Pero tampoco es fácil acabar con algunas viejas y cómodas costumbres para embarcarse en otras más nuevas y comprometidas. La verdad es que todos se sienten mejor cuando se respiran nuevos aires y se corta ese diabólico clima de inercia que llena de pereza y sueño la vida, y que se burla de los sueños de los jóvenes a la vez que acaba con la esperanza de los ancianos.

Es cierto que el grupo tiende a funcionar al mínimo nivel, pero si se es capaz de pro-vocarlo puede convertirse en un potente activador de energía y en una enorme fuerza de arrastre, incluso para la gente de paso más lento. El educador sabio es, pues, el que sabe provocar a tiempo y el que provoca a quien tiene que provocar, es decir, al grupo. Es decir, debe saber provocar justamente un escalón por encima del nivel que ya tiene el grupo; o sea, no se debe pasar ni demasiado por arriba, ni estar por debajo de sus posibilidades. Porque si provoca demasiado, no se entendería o parecería excesivo (y en caso de realizarse, sería un fuego de artificio); y si provoca demasiado poco, no atraería lo suficiente y no facilitaría el crecimiento. Desde esta perspectiva, el formador debe ir siempre algo más adelante para señalar el camino y marcar el paso.

Hay otro punto al que prestar atención. La persona que acompaña en el camino educativo y formativo no debe conformarse con estimular a cada uno, sino que debe mover al grupo a que asuma el dinamismo y viveza que lo convierten en educador de sí mismo y de sus miembros.

Si esto se logra, el grupo, como entidad real y bien visible, es un poderoso aliado en la formación. Y es que la provocación del ambiente puede ser aún más eficaz y contundente que la del formador.

4. *Sentido de responsabilidad*

Finalmente, el ambiente es educativo sólo si es capaz, en general, de crear poco a poco personas adultas y responsables. Y más en particular si fomenta en ellas el *sentido de responsabilidad ante la comunidad* para que sea realmente educativa y formativa.

Es un aspecto relevante y digno de atención, porque es frecuente que el joven llegue a la casa de formación con un montón de expectativas implícitas y quizás ni siquiera verificadas, pero que da por supuestas y defiende vigorosamente si alguien le lleva la contraria. Esas expectativas tienen que ver a menudo con su pretensión de que la comunidad sea perfecta o al menos de que disponga de todos los instrumentos, oportunidades, recursos y condiciones que la faculten para formar. Es decir, el joven concibe la fraternidad como un producto terminado que simplemente hay que consumir, en tanto que él sería una especie de sujeto pasivo y un simple usuario que espera y se aprovecha de la acción de los demás.

Sabemos muy bien adónde conducen a largo plazo estas expectativas. Por eso mismo, y para evitar ahora y luego la falta de compromiso, la privacidad, el derrotismo, la reivindicación permanente y siempre acusatoria, es preciso que poco a poco, pero desde el primer momento, se transmita la idea de que *la comunidad de formación será la que sea capaz de crear la responsabilidad de sus miembros*[6]. Porque todos los miembros de la comunidad han recibido el mismo don, cada uno a su medida y en consecuencia según un aspecto e impronta originales. La comunidad es el conjunto de estos dones o de los matices del mismo don. Y es formadora, por tanto, en la medida en que cada uno manifiesta responsablemente su don y acoge el don del otro.

En concreto, la acción educativa deberá invitar a todo joven a recordar que

- antes de servirse de la comunidad, ésta *merece que se la sirva y ame por lo que es y por lo que está llamada a ser*[7], por la riqueza de gracia que revela y que es llamada a vivir en plenitud, en la que a cada uno se le otorga el don de descubrir su identidad y de realizarse según un modelo concreto de vida;
- antes de exigir una y otra vez a la comunidad, antes de exigirle permanentemente, *hay que descubrir y apreciar a la comunidad por lo que ya ha dado y sigue dando a cada uno*, y que será siempre más de lo que recibirá de él;
- antes de acusar a la comunidad o de quejarse de las debilidades de los hermanos o de las diferencias de carácter y mentalidad, de origen y sensibilidad, deberá recordar que *por la comunidad es por donde le llega el amor del Padre*, y que lo que le une a sus hermanos es siempre mucho más que lo que le separa.

En resumen, para concluir no sólo este párrafo sino toda la reflexión sobre el ambiente educativo, subrayamos que *el grupo educa y forma sólo y en la medida en que él mismo es educado y formado*. Es decir, que no sólo hay que prestar al individuo atención educativa y formativa, sino también al grupo en cuanto tal.

---

6. Cf. *Potissimum institutioni*, 27.
7. *Ibid.*, 26.

7
Ambiente educativo externo

No solo educa el ambiente interno, sino también el ambiente *externo*, que es el conjunto de condiciones y características que facilitan y hacen más incisivo el proceso de maduración del joven profeso. No podemos decir que en el pasado no se haya prestado atención a este tema, pero la intervención de las ciencias sociales ha hecho que hoy seamos todavía más conscientes del influjo del ambiente que nos rodea y vemos la importancia de una reflexión sistemática sobre él.

En el capítulo anterior hemos definido el ambiente educativo externo como el contexto social y territorial donde vive la comunidad formativa, que debería garantizar las condiciones concretas y ofrecer los estímulos adecuados para que en todas y cada una de las fases pueda conseguirse el objetivo correspondiente.

Esta definición descriptiva expresa correctamente el papel y la naturaleza del ambiente externo, como parte de la red de mediaciones pedagógicas por las que pasa el dinamismo educativo y formativo. El ambiente no es, pues, el titular de la acción educativa, pero sí un valioso instrumento de la misma, a la que no sólo debe confirmar, sino enriquecer y estimular todavía más. Por otra parte, el ambiente externo, justamente por estar tan ligado a la dinámica formativa, no es un lugar más, sino un contexto territorial específico que debe ofrecer a cada fase del camino el reto correspondiente a la naturaleza del periodo de formación de que se trate.

Veamos, pues, cómo el ambiente externo puede contribuir realmente a la educación en las tres fases canónicas de la formación religiosa inicial.

1. *Pre-noviciado:* «*Venid y veréis*» (Jn 1, 39)

El objetivo *general* del prenoviciado es que madure realmente la capacidad de la persona para que pueda elegir con libertad de creyente la vida consagrada como ideal personal. Objetivos *específicos* son, en primer lugar, que tanto la congregación como el candidato comprueben la autenticidad de la llamada, primero cada uno por su lado y luego cruzando la información; y también que madure en el joven una disposición anímica nueva y eficaz que rompa con su situación vital anterior y sintonice con la dinámica del seguimiento en una institución determinada. Podríamos decir que es el periodo de la primera experiencia, que culmina en la decisión de entrar en el noviciado.

Un ambiente adecuado es el que permite que la persona se conozca a sí misma y también a la institución, que sea consciente de sus actitudes personales y de las exigencias de la congregación, del don recibido del Espíritu y del espíritu institucional (talante apostólico, ascética y mística...). Ahora bien, esta clase de conocimiento sólo puede ser experimental, fruto de una experiencia directa sobre el terreno, porque sólo así permitirá no sólo al interesado, sino también a la institución, constatar si de verdad hay una llamada de lo alto y si a esa llamada corresponde el joven con una respuesta adecuada.

Cuando el joven está realmente dispuesto a romper con ciertas posturas de su vida anterior (renuncias) y a asumir un nuevo estilo de vida (coraje y libertad de opción), disposición que también puede deberse al ambiente que lo acoge, es que su actitud ante la vocación tiene un importante grado de madurez.

Por estas razones es preciso que la sede del prenoviciado sea una casa de la institución que permita llevar a cabo esta *experiencia directa* y donde sean evidentes y perceptibles los aspectos más específicos del carisma. Así es como se provoca la libertad de la opción. Porque ni el asentimiento interior suscitado por la lectura de la regla ni una vaga atracción emotiva bastan para verificar que estamos ante una vocación auténtica y específica. Y tampoco sería respetuoso (ni inteligente) admitir al noviciado a quien no haya experimentado lo suficiente en su propia piel la convergencia entre su ideal personal y el ideal de la institución. Si esto es así, la comunidad de acogida y de formación para el noviciado no es ni debe ser una casa de oración y de retiro del mundo, y todavía menos un sitio donde lo que se pretende es disminuir la tensión tratando de facilitar absolutamente todo para... lograr así el asentimiento (ni que decir tiene que estos engaños perjudican luego de verdad tanto a la persona como a la institución).

Hay que tener también en cuenta que sería absurdo pretender que el joven adquiera ya ahora una experiencia totalizante, que comparta todo o que esté capacitado para vivir la consagración en todos sus aspectos. Ahora bien, la experiencia debe permitir hacerse una idea prudente y ya constatable sobre su idoneidad, aunque susceptible aún de una formación ulterior. En este sentido, el ambiente no deberá imponer nada, aunque sí favorecerá que la opción sea libre sobre todo mediante el acompañamiento personal y unos estímulos ambientales llenos de coherencia.

Por eso la *Potissimum institutioni* recomienda que se acoja a los postulantes «en una comunidad de la institución, aunque sin compartir todavía su vida en todos los aspectos»[1], y que no se les haga «creer que ya son miembros de la institución»[2]. Pero recomienda igualmente que la comunidad de acogida no sea la comunidad del noviciado, porque tanto su dinámica como sus fines educativos son distintos.

2. Noviciado: «...y pasaron aquel día con él» (Jn 1, 39)

El noviciado es la etapa de la *iniciación integral* en la clase de vida que eligió el Hijo de Dios y que se propone en el carisma de la institución[3]. Como dice la exhortación postsinodal,

---

1. *Potissimum institutioni*, 44: *EV*12/54.
2. *Ibid.*
3. *Lumen gentium*, 44.46: *EV* 1/406.412; *PI*, 45.

señala *la puesta en marcha del proceso de asimilación de los sentimientos del Hijo* (Flp 2, 5), meta del itinerario formativo[4]. Esto implica toda una lógica serie de iniciaciones posteriores: al conocimiento profundo y vivo de Cristo y del Padre (y a la oración personal, bíblica y litúrgica); al misterio pascual de Cristo (y a la renuncia a sí mismo, sobre todo en la práctica de los votos); a la vida fraterna evangélica, a la espiritualidad y a la misión propias de la institución (con la posibilidad de periodos de práctica apostólica)[5].

Pero el elemento central y peculiar del noviciado sigue siendo la posibilidad de entablar una relación absolutamente nueva con la persona viviente del Señor Jesús, desde el aspecto remarcado por el carisma.

Es evidente que luego habrá que vivir esta relación en todas sus vertientes y dimensiones, en todos los instantes de la vida, en medio de la vorágine de la actividad apostólica y de un montón de relaciones humanas. Y justamente por eso es indispensable que en la vida del joven creyente haya un tiempo largo en que *lo único que se oiga sea la palabra del Señor mientras calla todo lo demás*. Un tiempo en que las relaciones con los otros y la necesidad de compañía no llenen por completo su vida, en que el joven pueda encontrarse a sí mismo y ver lo que hay en su corazón, un tiempo en que su atención no se centre exclusivamente en lo inmediato y sensible, en los intereses de aquí y de ahora, en el trabajo que da imagen y resultados, sino que acepte situarse ante el misterio, descubra la Belleza y sea raptado por ella.

Todo esto es don del Espíritu, pero como todo don que viene de arriba necesita mediaciones humanas. Pues bien, el ambiente exterior es una de ellas y debe garantizar plenamente silencio, reposo, orden y soledad:

> el tiempo y el lugar del noviciado han de organizarse de tal modo que los novicios puedan encontrar en ellos un clima propicio para arraigarse profundamente en la vida con Cristo[6].

---

4. *Vita consecrata*, 65-69.
5. *PI*, 47: *EV* 12/57.
6. *PI*, 50: *EV* 12/62.

Es evidente que no todos los ambientes propician este clima. Además, sería absurdo pretender que el joven logre en seguida una relación tan plena con Cristo, y por consiguiente se le ponga indiscriminadamente a hacer cosas y se le meta en la barahúnda de las relaciones humanas. Este será el objetivo terminal de la formación, pero si de veras se quiere llegar a él hay que garantizar un espacio de soledad, incluso física, de tiempo *vacans*, vacío e inútil, que el joven llegue a descubrir como «morada» de lo divino.

El ambiente puede jugar un papel importante en la experiencia de la transfiguración, de la visión en el monte, del poder decir: «¡qué bien se está aquí!». Una experiencia nada fácil, que exige «hacer mucha oración»[7], que implica tener el valor de dejar el mundo de las voces y rumores, y que conlleva el aguante de estar a solas ante Dios incluso cuando parece más pesado y se siente la gran tentación de emplear ese tiempo en tareas productivas y si fuera posible apostólicas.

El ambiente donde está el noviciado debería «fomentar» y facilitar lo más posible este valor y este aguante, porque todo lo que hay en él, desde al ambiente físico hasta las condiciones de vida, debe colaborar a encender el deseo de Dios. Y si esta chispa no salta ahora, difícilmente saltará después. Lo que quedará será el riesgo de que toda la formación posterior no encuentre ya terreno fértil, roturado por el duro arado de una búsqueda esencial de Dios. De la misma forma que hay que respetar los tiempos y estaciones naturales, también hay que hacerlo en la maduración psicológica y espiritual. Y si la relación con Dios no echa raíces profundas durante el noviciado, jamás madurará el fruto de la intimidad divina, y tendremos unos consagrados perennemente ácidos e irremisiblemente fríos. ¿Es que no anda por ahí un montón de consagrados y consagradas que a este respecto parece que no han pasado por el noviciado?

Por lo tanto, sigue diciendo el documento sobre la formación, se desaconseja totalmente pasar el tiempo del noviciado en

---

7. *Ibid.*

comunidades «insertas» [es decir, en estrecho contacto con urgencias apostólicas, porque] las exigencias de la formación deben prevalecer sobre algunas ventajas apostólicas de la inserción en un ambiente pobre[8].

De ahí que todas las demás actividades y ocupaciones relacionadas con la iniciación integral a la vida consagrada han de orientarse rigurosamente hacia este centro vital como corazón latiente. Por eso también los periodos de práctica apostólica a realizar fuera de la comunidad del noviciado hay que computarlos, como recomienda el Código, *además* de los doce meses canónicos[9]. Con esto no se pretende, por supuesto, infravalorar la importancia de las experiencias apostólicas, sino de que quede claro el sentido y la función del tiempo del noviciado, que no es otro que aprender a dar la prioridad a Dios y disponerse a vivir también el apostolado como «morada» suya.

3. *Post-noviciado: «...e inmediatamente lo siguieron»* (Mc 1, 18)

El tiempo que sigue a la primera profesión y que precede a la profesión definitiva es un periodo en que el dinamismo del seguimiento abre dos procesos fundamentales en el joven consagrado: la *personalización integral* del carisma y la *extensión* de la nueva identidad a todas las áreas de la personalidad.

En el fondo no son sino los dos caminos para lograr tener los sentimientos del Hijo. El primero implica un movimiento *intensivo*, el segundo un movimiento *extensivo*. Por un lado, el joven debe entender cada vez más el carisma como su propia identidad, como el proyecto de Dios con el que debe configurarse; por otro, se le pide llevar a la práctica de forma coherente y global, pero también valiente y creativa, eso a lo que se ha comprometido para seguir al Señor dondequiera que lo llame (cf. Ap 14, 4).

Es decir, en esta fase debe lograrse una síntesis entre estabilidad y objetividad, por un lado, y creatividad y subjetividad

---

8. *Ibid*.
9. Can. 648 &2: *EV* 8; Cf. PI, 47: *EV* 12/57.

por otro. El ambiente tendría que reflejar de algún modo esta síntesis ofreciendo tanto la estabilidad estructural, la regularidad y sistematicidad de una comunidad que vive en su interior la fidelidad al carisma (ya nos hemos referido a ello), como la posibilidad de aprovechar experiencias y de tener acceso a recursos educativos externos que suponen cierta capacidad de movimiento y cierta iniciativa.

Este periodo es, en efecto, un tiempo de preparación cultural y pastoral, de diversos contactos y experiencias apostólicas, de apertura a los problemas de los hombres y de la sociedad, y por consiguiente de un estilo de vida necesariamente menos estructurado y más libre. La sede del post-noviciado debería estar, pues, desde un punto de vista logístico, a la vez cerca y lejos de la comunidad humana, como signo de la característica esencial de este periodo, a saber, la síntesis personal de una serie de aspectos formativos. Y si en el noviciado esta síntesis era solo inicial e insistía como punto de partida en la relación con Dios vivida en el silencio y la soledad, incluso aislándose del mundo, el joven ha de aprender ahora el difícil arte espiritual de buscar a Dios en la acción, en el apostolado, en el trato con la gente, en el estudio e incluso en la Babel lingüística del hombre de hoy, comprobando así que no sólo la oración es el alma del apostolado, sino que también el apostolado es el alma de la oración[10].

El estudiantado (o escolasticado) no es el noviciado y ha de preparar poco a poco al profeso para vivir la auténtica espiritualidad apostólica *uniendo máxima contemplación y máxima entrega apostólica*. La síntesis se hace sólo entre valores máximos, dejando a un lado los niveles mediocres tanto en lo que respecta a la madurez en la oración como a la madurez apostólica.

Se trata de un importante desafío para nuestros jóvenes perezosos y poco apasionados, pero es a la vez el complejo equilibrio de una casa de formación de profesos temporales, en la que en teoría todo debería estar estudiado para favorecer la riqueza y convergencia, la facilidad y la unidad de la estimulación.

10. Cf. *Vita consecrata*, 67.

Concretando, se precisa sobre todo un ambiente específico para este «periodo explícitamente formativo»[11]. Pues no es nada bueno insertar inmediatamente a los profesos temporales en una comunidad apostólica, como por desgracia suelen hacer muchas instituciones femeninas y algunas masculinas, pensando quizás que así los jóvenes aprenderán en seguida a vivir como religiosos, porque la síntesis a que nos hemos referido no tiene nada de espontáneo, ni es producto automático del tiempo, sino que requiere determinadas atenciones formativas que sólo puede aportar un contexto ambiental específico.

No bastará con fomentar, quizás indiscriminadamente, experiencias apostólicas y contactos de diverso género con la realidad externa. Y tampoco con organizar cursos escolares garantizados sobre todo por la calidad cultural de la teología que en ellos se enseña. Repetimos una vez más que lo decisivo es la convergencia de todo esto, que todo sea expresión de la fe recibida, orada, celebrada, continuamente redescubierta, estudiada, compartida con los hermanos, transmitida. Es decir, que todo se convierta de algún modo en mediación formativa.

Para lograr esta convergencia, muchos formadores creen que el Estudio teológico, quizás intercongregacional, orientado explícitamente al fin educativo (del futuro presbítero en general, pero no sólo eso) es preferible a la universidad pontificia, más prestigiosa desde luego, pero que tiene unos objetivos mucho más amplios y a la hora de la verdad muchas veces dispersos.

Si el fin de la educación es la unidad de la persona en Cristo, el ambiente externo tiene que formar también parte de esta unidad.

---

11. *Ibid.*, 68.

Tercera parte

Formación humana

El tercer elemento que caracteriza la acción educativo-formativa está constituido por «una serie de dimensiones convergentes entre sí, es decir, un conjunto de atenciones a diversas áreas y contenidos que han de estar presentes en el camino formativo». Ya lo hemos dicho en el capítulo primero.

Si se quiere formar para consagrarse a Dios libre y responsablemente, hay que formar a «toda» la persona, tener presente todo lo que es, tratando de que todas las actitudes educativas conduzcan a *un único objetivo: la maduración del hombre, del creyente y del consagrado*, sin divisiones ni compartimentos estancos, sin fragmentar el camino en tramos rígidamente articulados que se suceden unos a otros.

Se trata de un principio fácilmente admisible en teoría, pero nada fácil de llevar a la práctica. Pues si bien es cierto que la fe y la entrega de uno mismo a Dios hacen que nuestra humanidad madure por completo, históricamente no siempre ha sido así en cierto tipo de consagrados, más «santos» que hombres, en quienes un deseo sincero de santidad iba acompañado de grandes vacíos y problemas de madurez humana.

Por otro lado, la consagración a Dios no es sólo ecología intrapsíquica, ni higiene de la mente e inmunización de los sentidos, ni siquiera autorrealización humana basada exclusivamente en criterios contingentes, sino algo que supone, promueve y supera radicalmente todo lo humano.

Tratemos ahora de ver las implicaciones educativas de esta conexión, procurando no quedarnos en la pura teoría.

El misterio de la formación

Podemos comparar los distintos elementos del proceso educativo con lo que Pablo dice del misterio de Cristo, que no puede definirse desde una sola dimensión y cuya anchura, longitud, altura y profundidad (Ef 3, 18) nos invita a contemplar. Si, como más adelante diremos, la formación pretende llevar al conocimiento de este amor y a conformarse con él, tendrá que reproducir de algún modo su diseño global con sus... líneas arquitectónicas.

A nuestro juicio, estas líneas corresponden a algunos presupuestos que a su vez exigen y suponen algunos contenidos y dinamismos concretos.

1. Los *presupuestos* son ante todo los *niveles* o *dimensiones* del ser humano en cuanto hombre, creyente y consagrado, con sus *potencialidades* específicas en cada uno de los niveles humano, espiritual y carismático. Estos presupuestos que el hombre tiene en su interior originan tres perspectivas distintas de maduración que convergen entre sí y a las que deberían corresponder otros tantos planes específicos y unitarios de intervención.
2. Los *contenidos* afectan a la vez a las áreas y propuestas formativas según los distintos niveles. Son pues el «alimento», lo que nutre a ese nuevo ser que debe aflorar de la formación y también el lugar donde ejercitarse. Los contenidos son propuestos desde fuera, pero pueden hacer madurar plenamente las potencialidades de cada nivel. Contenidos educativos son, por ejemplo, el conocimiento de sí mismo y la madurez afectiva (nivel humano), la conformación con los sentimientos de Cristo (nivel espiritual) y los distintos componentes del carisma (nivel carismático).
3. Los *dinamismos* corresponden a los distintos *itinerarios educativos* que de algún modo hacen que cuadren objetivos y método, dimensiones y contenidos, intervención externa e interna. El método para conocerse a sí mismo y saber controlar las propias debilidades es, por ejemplo, un dinamismo típico del primer nivel, mientras la expe-

riencia diaria del carácter central y circular del acto de fe pertenece a los dinamismos del segundo nivel. Luego cada uno podrá ver la necesidad de proponer estos métodos en el camino formativo, pues ¿para qué sirve si no conocer y hacer que se conozca perfectamente el fin educativo si luego no se sabe *cómo* llevar a él? Pues cuando falta el método o no se sabe muy bien cuál es, el riesgo de que la formación termine en «frustración» es bastante grande.

En realidad es como si los presupuestos, con sus correspondientes niveles y recursos, remitiesen al *yo actual* (lo que la persona ya es, y que hay que «e-ducar», sacar fuera), los contenidos al *yo ideal* (lo que debe y quiere ser, que hay que «formar»), mientras que los dinamismos ayudarían a vivir bien, como colmando o recorriendo cada día la distancia o la relación entre ambas estructuras señalando la pedagogía adecuada. Aquí el interlocutor es el *yo relacional*, al que en este camino pedagógico hay que «acompañar» en dos direcciones: hacia la capacidad de relación intrapsíquica (entre el yo actual y el yo ideal) y hacia la capacidad relacional interpersonal (con la figura del formador).

Todavía más, los presupuestos (con sus dimensiones y potencialidades) corresponden a lo que podríamos llamar *elementos arquitectónicos*, o estructuras que sostienen el proyecto formativo. Los contenidos y dinamismos representan, por su parte, los *elementos hermenéuticos* que nos ayudan a entender y explicar el funcionamiento de los componentes y la relación entre ellos.

Presupuestos y dimensiones, contenidos y dinamismos deben estar pues bien delimitados porque, por su propia naturaleza, es lo que estimula, garantiza y verifica el trabajo formativo. Y, además, de ese conjunto bien coordinado de presupuestos, contenidos y dinamismos es de donde sale el *modelo educativo antropológico* que todo educador debe tener muy definido y por supuesto siempre presente. La ausencia o indefinición, la incoherencia o la composición interna carente de armonía de ese modelo traería consecuencias muy negativas a la hora de formar, haciendo esta tarea vaga y contradictoria, sin más criterios y fines concretos que las fórmulas de los documentos copiadas literalmente en una *Ratio formationis* que no vale para nada.

En los tres capítulos siguientes veremos la primera dimensión, es decir, la dimensión humana.

TABLA 3. *Componentes formales del modelo pedagógico*

	Nivel del yo	*Dimensión pedagógica*	*Componentes estructurales*
Presupuestos	Yo actual	Educar	Elementos arquitectónicos
Contenidos	Yo ideal	Formar	Elementos hermenéuticos
Dinamismos	Yo relacional	Acompañar	

8
La dimensión humana

Retomando la imagen paulina de las dimensiones del misterio, podríamos decir que la dimensión humana es la *profundidad*, es decir, los recursos energéticos que tiene el hombre en cuanto tal, aunque a veces esas riquezas sean menos visibles o parezca que la persona misma las ignora y haya que «recuperarlas» en profundidad. Estos recursos constituyen también los elementos arquitectónicos de la madurez humana.

1. *Presupuestos*

La formación parte justamente de estos presupuestos y de la conciencia por parte del sujeto del magnífico potencial que posee y por tanto de los retos y responsabilidades consiguientes. Pues en realidad podría suceder que estos recursos o no se emplearan, o no se emplearan constructivamente.

Podemos concentrar estos presupuestos en los puntos siguientes. La persona humana

    a) es un ser *consciente y libre* llamado a crecer tanto en la conciencia que conduce al *dominio de sí mismo* como en la libertad que abre a *responsabilidades*;
    b) es una realidad *dividida en sí misma* que se mueve en direcciones opuestas[1], progresivas y regresivas (virtud y

---

1. Cf. *Gaudium et spes*, 10.

pecado, amor y egoísmo, conciencia e inconsciencia, libertad y esclavitud…) y se realiza en la medida en que opta por la polaridad progresiva sin pretender eliminar la negativa;
c) es un ser llamado a vivir la *relación interpersonal* como lugar de realización de sí mismo por lo que da y recibe de los otros;
d) es un ser capaz de *trascenderse* hasta abrirse a lo divino, sentirse amado por él y amarlo a su vez.

Es posible que todo esto parezca una obviedad. Pero yo me pregunto, por ejemplo, hasta qué punto somos muy conscientes, en la formación que damos, de la división interna que hay en el hombre (o cuántas veces damos por supuesta cierta bondad o cierta libertad). Además, no estoy muy seguro de que siempre se considere a la realización interpersonal como lugar donde el yo se realiza y no como un simple ejercicio de virtud que uno puede hacer o no.

Es evidente, además, la presencia en este diseño, aunque no siempre en la práctica, de una apertura progresiva y lineal del yo a sí mismo y del yo al tú, hasta llegar al Tú de Dios, que ciertamente supone el recorrido anterior, con todo lo que comporta en cuanto a contenidos y dinamismos.

2. *Contenidos*

Pasamos ahora a los elementos hermenéuticos. Si los presupuestos ligados a la dimensión humana son los cuatro que acabamos de ver, la formación deberá hacer un cierto tipo de propuesta.

a) *Conocimiento de sí mismo*

El objetivo básico de todo camino educativo es el *conocimiento de sí mismo*. Y el primer objetivo de este conocimiento, como solemos decir y repetir, debe llevar al joven *a identificar su problema central*, lo que le impide darse libre y totalmente. Pero no sólo esto.

El conocimiento de sí mismo es una operación global que tiene por objeto que cada uno *asuma e integre* su vida, su pasado con toda su carga positiva y negativa, para reconocer y valorar lo primero y dar sentido a lo segundo. La finalidad de esta lectura de la vida no se reduce, pues, a detectar algunos datos útiles para conocer las raíces y anticipos del presente o para tratar de reconciliarse con ciertos fantasmas del pasado. Va más allá, pues se propone descubrir el significado único e irrepetible de la historia de cada uno, es decir, llegar a *conocerse históricamente a sí mismo*. Conocimiento que será global y genérico al comienzo del camino educativo, pero luego cada vez más puntual y pegado a lo vivido.

Se trata de un significado que todo evento esconde, que a veces es claro y se puede leer fácilmente, pero otras se lee con más dificultad, e incluso algunas veces podría atribuirse libre y responsablemente a acontecimientos aparentemente sólo negativos.

Pongamos un caso. Puede que alguien se queje simplemente de la vida (o del «destino») por haber vivido su infancia en la pobreza y en la penuria, pero también es posible que dé gracias al cielo por haber vivido desde muy pronto ciertas dificultades que han contribuido a reforzar su carácter o le han enseñado a captar ciertos valores. Lo primero supone un rechazo del pasado, mientras lo segundo descubre en él un significado quizás importante para su vida presente y futura. Todavía más, al rechazar una parte de la propia historia se rechaza una parte de uno mismo, pero aceptándola en su sentido más hondo se logra el pleno conocimiento de sí mismo.

Una tarea nada fácil, pero importa que el joven la emprenda para entender que su historia esconde el sentido de su yo, y que esa historia no es pura y simplemente una serie de sucesos imborrables que hay que soportar o, en el mejor de los casos, aceptar, sino que es un misterio que hay que escrutar y una presencia que hay que descubrir. De este modo la dimensión humana se va abriendo espontánea y paulatinamente a una dimensión ulterior, mientras la vida y la historia son el escenario donde se aprende a madurar unas actitudes cada vez más adultas, más creativas, más maduras y más capacitadas para descubrir las huellas del misterio en nuestro propio pasado.

Es decir, el objetivo no es sólo conocerse a sí mismo (y los fallos que uno tiene). El verdadero objetivo es conocer o descubrir una historia personal que marca el comienzo de una relación completamente nueva con Dios. Una relación que no se basa exclusivamente en la teoría o en lo que se ha oído decir, sino que tiene un carácter histórico basado en la propia experiencia o en una teofanía absolutamente personal, oscura o poco clara aún, pero en disposición de desvelar a la vez el nombre de Dios y del yo[2]. Quizás no estemos todavía ante una fe realmente auténtica, pero sí ante la primera fase de la misma, con todas las dudas y fatigas que comporta esta operación cuando es genuina.

Es obvio que este ejercicio de la memoria creyente habrá que irlo profundizando una y otra vez a lo largo de las distintas fases educativas. Pero siempre ha de considerarse típico de la dimensión humana, porque la fe sólo es auténtica si nace de una experiencia vital y retorna a ella. Más aún, antes que nada es fe en la existencia misma y en todo lo que ella esconde. Sucede igual que con la mística y la capacidad de contemplar, que son completamente falsas si no están empapadas de vida y de historia personal.

Hay que preparar al joven para que pueda confrontarse atenta y respetuosamente con su historia, con la «zarza» ardiente de su existencia, que arde por una presencia divina que jamás «se apaga», que jamás podrá reconocerse por completo.

Desde esta perspectiva, la maduración humana puede considerarse la primera etapa de la madurez creyente.

b) *Madurez de mente, corazón y voluntad*

El segundo contenido formativo de la primera dimensión es una propuesta de *madurez humana* del corazón, de la mente y

---

2. Sobre este tema, cf. A. Cencini, *La storia personale, casa del mistero. Indicazioni per il discernimento vocazionale*, Milano 1997.

de la voluntad, estrechamente unida a la operación histórica que se acaba de poner en marcha. La propuesta es una consecuencia de ella y como tal se presenta, para subrayar la exigencia intrínseca de santidad que sale discreta pero firme de dentro de la propia historia.

La madurez no es un paquete de buenas acciones o intenciones sino la adhesión inevitable a la llamada irresistible de la verdad, belleza y bondad que la persona ha aprendido a leer y que halla a su alrededor, sobre todo en sus días, como parte de un don sorprendente. Esa madurez tampoco depende solamente de una norma externa y objetiva, sino en todo caso del descubrimiento de que esta norma está escrita desde mucho antes en el corazón y en la mente, en la vida vivida y en las experiencias. Una madurez que hay que descifrar con esmero, sin percepciones subjetivas que la distorsionen.

Habrá entonces una madurez de la *mente*, que empieza a descubrir poco a poco cómo un misterioso diseño lógico y coherente se despliega a lo largo de sus días y le lleva a comprender la verdad de su vida y de su persona.

Habrá también una madurez del *corazón*, un corazón que late atraído por la belleza de este proyecto, que le hace ver quién es y lo hace partícipe de una belleza que viene de lo alto.

Y habrá finalmente una madurez de la *voluntad*, que decide hacer suyo este modelo verdadero y bello, como un don que hace que tanto la vida como la persona sean buenas.

Pero lo realmente importante es la coherencia y el carácter lineal de la propuesta educativa. Si se ha educado al joven para leer en su historia su proyecto personal o ha visto cómo la trama de su vocación ha salido poco a poco de su vida, *allí* es donde hay que educarle para que capte la llamada de la verdad, belleza y bondad de la vida. Y si va aprendiendo pacientemente a ver en el pasado la presencia de Dios, esa llamada acabará cada vez más espontáneamente con la invitación del Espíritu a hacer lo que es bueno, agradable a Dios o perfecto. Y eso sin necesidad de recurrir a otros elementos ascéticos o de echar mano de argumentos especiales para convencer o forzar a actuar de una determinada forma.

En la formación hay que ser muy lógicos y consecuentes en torno a un núcleo esencial de verdades, evitando perderse en un cúmulo de aspectos que acaban confundiendo a la persona y restando fuerza a la acción educativa. Pero es que, además, nada convence más que lo que uno descubre en su vida como pleno de sentido y fuente de verdad y de futuro para él.

c) *El recorrido de la libertad*

El tercer paso es de la historia personal a la madurez del corazón, mente y voluntad, y de ahí a la *libertad* de ser lo que cada uno es llamado a ser, lo cual en este momento debería tenerse bastante claro. Libertad para situarse ante la evidencia histórica de un don y ser conscientes de su verdad y atracción, y decidir tomar postura ante él.

Lo que crea libertad es tanto el don en sí mismo como la conciencia de él. Y cuanta más gratitud suscite esta conciencia –y es normal que un don la suscite– tanta más libertad habrá para darse y para entender la propia vida como gratuidad «necesaria». Ahí tenemos el itinerario típico de la libertad: de la gratitud a la gratuidad.

No puede haber libertad al margen de este proceso histórico que lleva primero a descubrir y luego a vivir la vida como don. Y tampoco puede decirse que son libres el corazón, la mente y la voluntad de quien no capta en su justa medida la fascinación de lo verdadero, lo bello y lo bueno. En este sentido la libertad es sensibilidad educada, capacidad para conmoverse ante lo bello y para dejarse deslumbrar por el esplendor de la verdad aun en ese mínimo retal que es nuestra historia. Es realmente valioso el vínculo que se establece entre experiencia histórica, capacidad para dejarse seducir por esa fascinación y libertad para responder a ella. Pues bien, esta es la madurez plena que desde un plano humano se abre cada vez más a la perspectiva de la fe.

Y entonces es también un itinerario vocacional y formativo, creyente y carismático.

d) *Libertad para confiarse*

Pero la libertad es un riesgo, cosa que asusta hoy a muchos jóvenes. Y si esa libertad va por donde acabamos de decir y

desemboca en la decisión inevitable de hacer de nuestra vida un don gratuito, entonces el riesgo es todavía mayor.
Y es precisamente aquí cuando una vez más es decisiva la lectura del pasado. Porque cuando esa lectura no es superficial y se ayuda a la persona a percibir lo que no se ve a primera vista o lo que incluso el evento niega, debería reportar al joven la verdad y la certeza

> de que la vida se ha portado bien conmigo, me ha acogido, me ha querido, curado, perdonado, me ha dado mucho más de lo que hubiera podido pretender, mucho más de lo que me merezco... Y entonces, si el mismo hecho de existir es signo de que una voluntad buena ha preferido que exista a que no exista, puedo correr el riesgo de no pensar demasiado en mí mismo. Si ya he sido amado, no necesito buscar ni conquistar signos de afecto. Si ya he recibido tanto, puedo y debo preocuparme de dar. Si la vida se ha portado bien conmigo, puedo esperar que seguirá haciéndolo. Me puedo fiar...

El formador ha de procurar que el joven asuma esta lógica, que tiene mucho de realista, porque recupera una verdad que está en la base de la vida de todos (por mucho que se haya tenido que sufrir en la vida), pero también mucho de optimismo, de esperanza, de apertura al futuro.

Al margen de lo que su pasado haya sido, todo joven debe poder llegar a estar totalmente seguro del bien que ha recibido, que supera con mucho cualquier otro mal y cualquier otro límite presente en la vida humana.

Esa certeza es la que funda esa *confianza* que es a la vez expresión máxima y fruto de la libertad, y también la base humana de donde viene la fe, que es como su materia prima, como su elemento constitutivo. Confianza en Dios y en su paternidad y maternidad, pero también ante la vida, ante el futuro, ante los demás, ante uno mismo... Confianza como abandono y entrega de uno mismo, como superación de miedos y desconfianzas, como valor para arriesgar y exigirse el máximo.

Sólo por y desde la confianza puede comenzar el verdadero y auténtico camino espiritual. Porque si no es así, salta la desconfianza, la vida del joven no sólo no despega sino que se repliega sobre sí misma, cerrándose cada vez más a toda apertura y superación. Y es evidente que no podrá ser de ningún modo camino formativo, porque el camino formativo se basa en la confianza.

Así pues, tendremos que ver ahora los *dinamismos* que pueden activar estos contenidos, este trayecto humano hacia la confianza.

La vida como historia, la fe como memoria

Por dinamismo de la formación humana entendemos el itinerario educativo que permite alcanzar el objetivo de esa formación, a saber, que el joven se conozca a sí mismo y logre ser libre para confiar y entregarse, como ya hemos dicho.

No se trata de un conocimiento cualquiera, estático y circunscrito al hoy, sino de un conocimiento histórico fruto de un reconocimiento histórico de la propia vida que refleje no sólo la vertiente vulnerable de la personalidad sino también los recursos positivos. Y que refleje además, y sobre todo, no sólo lo que ha sido y es, sino también lo que es llamado a ser, su rostro ideal.

Para que este reconocimiento sea posible se requiere un cierto adiestramiento de la adhesión creyente y una primera interpretación de la madurez global del hombre en el plano afectivo, intelectual y moral, que lleve a la persona a darse libremente llena de confianza y optimismo.

1. *Una historia a trozos*

Así pues, lo más importante es saber leer la propia historia, cosa nada fácil ni obvia si observamos el sentido de la historia que tienen algunas personas consagradas ya bastante entradas en años.

A veces se encuentra uno con religiosos y religiosas que andan buscando ayuda y que no saben contar su propia historia. Y no precisamente por falta de memoria o capacidad narrativa, sino porque sencillamente no la conocen, porque jamás se les ha preparado para hacerlo de una forma sistemática y precisa, a la luz de unos criterios precisos o de unas categorías interpretativas luminosas. Y sucede que cuando se les pide que narren su vida, lo único que sacan es una serie de retales históricos sin continuidad alguna, una especie de trozos como deslabazados o unas parcelillas sin continuidad. Eso sí, cuentan hechos y hechos, pero sin el más mínimo significado que los una; recuerdan acontecimientos, pero sin ningún nexo lógico que los vincule orgánicamente; relatan anécdotas, como si fueran piezas imposibles de articular en un conjunto acabado quizás ideado y diseñado por Dios; mezclan un poco a salto de mata una gran serie de datos, episodios, encuentros, realidades positivas y negativas, pero siempre en bruto, sin ni siquiera haber sido rozadas por una inteligencia iluminada por la fe.

Quizás por eso hay también gente que no recuerda bien su pasado y que puede perderse en la nebulosa de otros tiempos, haciendo que para ellos todo sea igual, que todo esté como muerto. O puede que lo recuerden selectivamente (sólo lo positivo o lo negativo), o de forma muy vaga refiriéndose a una oscura y genérica buena voluntad allá al principio, pero sin creer gran cosa en ella.

Normalmente, una vida así, a retazos, lo que hace es revelar una persona sin orden en su interior, con serios problemas de madurez humana, sobre todo porque no sabe quién es. ¿Cómo va a saber quién es si su pasado no le remite ningún esbozo de proyecto que realizar, ni le ofrece una imagen realista e integrada de él, con sus luces y sombras, con un yo actual y un yo ideal?

Es, pues, muy importante, incluso decisivo, que el joven se implique desde el principio en este reconocimiento histórico. Pero sin limitarse a escribir una especie de diario donde resuma su vida, sino re-asumiéndolo, descubriendo su sentido más hondo y dando también un significado a ciertos acontecimientos, porque ¿acaso no es verdad que algunos hechos del pasado adquieren sentido desde el futuro?

Aquí es precisamente donde entra en escena la memoria, una facultad a la que normalmente no se le presta mucha atención en la educación y a la que ni siquiera se la considera una virtud.

Una buena memoria no es pura y simplemente un don o un dato de la naturaleza, sino que forma parte de la madurez de la persona y es fruto de la formación de la capacidad no sólo de recordar, sino de «hacer memoria». No hay un único modo de recordar, como si rememorar episodios fuera una simple operación mecánica. Recordar no es ni llorar, ni lamentarse pedantemente, ni conservar porque sí. Tampoco es el riesgo de la nostalgia, que para los griegos sería una enfermedad. Recordar es «llevar al corazón» nuestro pasado. Algo que todo hombre debe hacer porque el ser humano, como escribe H. Böll, «ha nacido para recordar».

2. *Memoria afectiva*

El hombre tiene dos memorias, la memoria de los hechos y la memoria de las emociones que los acompañan. Pues bien, esta última es la *memoria afectiva*. Conviene prestar atención antes que nada a esta memoria, que representa *el residuo emotivo de las experiencias existenciales*, sobre todo de las más significativas. Porque cabe que podamos olvidarnos de los acontecimientos, pero es imposible que nos olvidemos de las emociones provocadas por ellos o de algún modo relacionadas con ellos[1].

No basta con que el formador tome buena nota de todo lo que ha acontecido en la vida del joven; lo que de verdad importa es la emoción que los acontecimientos han dejado en su psique, y que puede ser positiva o negativa, de aceptación o de rechazo, de miedo al futuro o de optimismo, de resentimiento o reconciliación, de deseo de vengarse o de superar la tensión...

---

1. El concepto de «memoria afectiva» es de M. Arnold. Cf. M. B. Arnold, *Emotion and Personality*, New York 1960. Sobre las implicaciones de este concepto en la dinámica formativa, cf. A. Cencini, *Por amor, con amor, en el amor. Libertad y madurez afectiva en el celibato consagrado*, 653.

Puede que el joven haya tenido una relación difícil con su padre. Lo que en este caso hay que hacer es ver qué ha dejado esta experiencia en su corazón, porque hay que suponer que algún resto emotivo sí que ha dejado. Incluso más, es muy posible que haya cierta relación entre esta experiencia primordial, la vida posterior y lo que ahora le pasa. Pues la memoria afectiva tiende a revivir la emoción primitiva cuando se presentan situaciones similares a las que la provocaron. Por eso, ese joven podrá reaccionar desconfiando, a la defensiva o con agresividad ante sus superiores, o tenderá a ver siempre y en todas partes autoritarismo, o le hará sufrir mucho el voto de obediencia, o mantendrá siempre en alto la bandera de la libertad y de la autonomía. Y todo eso, ¿por qué? Porque lleva dentro una experiencia primordial tan negativa que le mueve a esperar el mismo comportamiento negativo en las distintas «figuras paternas» que se va a encontrar en la vida. O se ve empujado a adoptar la misma postura conflictiva ante cualquiera que tenga autoridad o que por parecido físico o simbólico evoca al padre. O incluso puede que, entre la reivindicación y la identificación con el agresor, tienda él mismo a ser autoritario y sueñe con ser algún día superior y tener poder.

Todo, naturalmente, sin la más mínima conciencia de esta correlación. Es como si fuese una memoria pasiva, pero que influye realmente en la vida y en las relaciones porque salta automáticamente. Según los datos de una investigación, alrededor del 67% de los jóvenes religiosos y religiosas en periodo de formación establece relaciones preferenciales, es decir, en su trato con sus superiores y compañeros vive unas emociones muy similares a las que en su momento experimentaron en su círculo familiar[2].

¡Quién sabe cuántas simpatías o antipatías nacen de aquí sin que la persona ni siquiera lo sospeche! Y no tendría nada de extraño que incluso la relación con Dios, imagen paterna por

---

2. Cf. L. M. Rulla-F. Imoda-J. Ridick, *Antropologia della vocazione cristiana. 2. Conferme esistenziali*, Casale M. 1986 (trad. castellana: *Antropología de la vocación cristiana. 2. Confirmaciones existenciales*, Madrid 1991).

excelencia, se viera afectada o positiva o negativamente por la memoria afectiva.

Será pues indispensable que el formador ayude al joven a conocer y explicitar la clase de memoria afectiva que lleva en su corazón y en su mente, así como a verificar hasta dónde influye en sus relaciones interpersonales, en su vida espiritual, en su modo de afrontar la vida, en las expectativas sobre su futuro, sobre la tarea vocacional consigo mismo, sobre la comunidad y sobre el apostolado. Porque cuando esta verificación se produce, se ha dado ya un paso adelante para limitar su influjo, sobre todo cuando éste es negativo.

Pero esta memoria no es el único modo de recordar.

3. *Memoria bíblica*

Existe también la memoria de los *acontecimientos* del propio pasado. No es una memoria que se limita a registrar los datos, sino que, al menos en la persona adulta y madura, los ordena en torno a una verdad que puede explicarlos.

Esta verdad tendrá que ver, como es lógico, con las convicciones de cada uno, con su credo religioso o filosófico. Porque si se cree en el destino, todo lo que le haya sucedido se deberá a esta fuerza impersonal e indefinible o a esa diosa de ojos vendados que es la fortuna (y mucho más a menudo al infortunio). Y si sólo cree en sí mismo y en sus fuerzas, todo se lo atribuirá a sí mismo y a sus músculos.

Pero también puede creer en Jesucristo, y entonces su vida pasada adquiere un sentido radicalmente distinto. Porque en ese caso todo lo que le sucede es parte de un plan misterioso, que poco a poco se hace más claro, pero que precisa de una atenta y continua lectura. Y su memoria consistirá en celebrar que ese plan continúe en el hoy que ella misma genera, nutre y empuja a ir hacia adelante.

Es la *memoria bíblica*, memoria del creyente que lee en su historia los acontecimientos de Dios, que igual que amó, protegió, perdonó, unió a él, sedujo y salvó a Israel, sigue haciendo ahora lo mismo con todas sus criaturas. Esta memoria es justamente la memoria de Israel, que recordaba creyendo y creía recordando.

Por eso no es memoria pura y simple, sino «hacer memoria», porque incluye no sólo conservar en la mente los acontecimientos vividos, sino también escrutar a fondo su sentido yendo muchas veces más allá de las apariencias y viendo su nexo con otros hechos, contemporáneos o sucesivos, que permitan aflorar su significado más auténtico y coherente, no sólo con su fe, sino también con la secuencia de la vida.

> Pues sucede con frecuencia, dice el cardenal Newman, que sólo cuando volvemos la vista atrás, advertimos la presencia de Dios en nuestra vida[3].

Y descubrimos, dice Barsotti, que

> sacramento de Dios es la vida sencilla de cada día y no los eventos extraordinarios ni los acontecimientos históricos[4].

Es una memoria activa que responsabiliza a la persona, puesto que si cabe que alguien no sea responsable de su pasado, es imposible que no lo sea de la postura que adopta ahora ante él. Hacer memoria reconociendo la acción de Dios es una forma de ejercer esta responsabilidad. Y enseñar al joven a leer –o mejor, a escribir– así su vida vale más que todas las reflexiones teóricas sobre la presencia y la providencia de Dios y sobre la libertad y la responsabilidad del hombre.

El joven que ha tenido una relación negativa con la figura del padre tiene varias salidas: lamentarse, buscar comprensión y sentirse autorizado a desfogar de alguna manera su agresividad, o ver ahí la raíz de su debilidad básica, que le ayuda a comprender ahora el porqué de algunas reacciones suyas aparentemente extrañas y de algunas de sus antipatías sin fundamento, que deben formar parte de su camino de conversión, y que son la senda en la que el Señor le muestra su rostro paterno.

---

3. Citado por G. Ravasi, *L'aiuto*, en *Avvenire*, 3 septiembre 1996, 1.
4. Cf. D. Barsotti: Feria 12 (1997) 68.

Ahora bien, ¿cómo puede acontecer este cambio de perspectiva, es decir, esta asunción de responsabilidad respecto al propio pasado?

4. *Memoria bíblico-afectiva*

Revelemos ya de entrada el secreto, a saber, que debe realizarse una especie de *síntesis entre ambas memorias*. Es decir, la memoria bíblica debe ser también afectiva, y la memoria afectiva debe dejarse rozar, e incluso cambiar y sanar por la memoria bíblica.

Esto quiere decir en concreto que recordar lo que Dios ha hecho no puede quedarse en una operación intelectual ante la que el corazón permanece básicamente frío, sino que debe ser una operación más global que abarca toda la vida, deja una intensa impronta emotiva y da al joven la certeza de que en el futuro Dios seguirá siendo tan padre como lo ha sido en el pasado. En este sentido,

> el pasado del creyente es como una lámpara situada en la puerta del porvenir[5].

Una lámpara con una luz que abarca toda la historia futura de la persona y que da por tanto una serenidad y unas ganas de vivir realmente contagiosas.

Si la memoria bíblica no es a la vez afectiva se reduce a cultura que no vale para la vida o a un almacenamiento de datos que no conmueven para nada. Es una memoria neutra, que no suscita gratitud ni da confianza, que no hace más libre ni sabe qué es la gratuidad.

Pero la memoria afectiva ha de confrontarse también con la memoria bíblica para no quedarse en una emoción puramente subjetiva e instintiva, no siempre evangelizada, y si es negativa, a menudo también sin esperanza.

---

5. R. Lamennais: Se vuoi 4 (1997) 54 (cita).

En la vida pasada de cada uno de nosotros hay también acontecimientos negativos (lutos, fracasos, injusticias, pecados…) que pueden haber dejado un poso emotivo negativo dispuesto a resurgir en determinadas circunstancias (como afirma la psicología), una especie de herida abierta a la que falta muy poco para volver a sangrar.

El creyente «con buena memoria» sabe muy bien que incluso tras estas situaciones se esconde una misteriosa presencia divina, que aunque su madre lo olvidara «yo nunca lo olvidaré» (Is 49, 16), dice el Señor. Sabe muy bien que la experiencia de la propia debilidad puede convertirse en experiencia de Dios, del Dios rico en misericordia, y que incluso el peor de los pasados está ahí para contar que Dios ha diseñado a la criatura sobre las palmas de sus manos (cf. Is 49, 16). Es muy consciente de que el Dios alfarero utiliza también a veces el cincel, y que algunos acontecimientos difíciles de interpretar no son más que su mano que trabaja en nuestras almas y plasma en nosotros los sentimientos del Hijo. Y lo sabe no tanto por creerlo a ojos cerrados, sino porque todo esto está escondido (pero es a la vez muy evidente) en su historia, o porque la memoria echa una mano a la inteligencia, o porque ha aprendido a recordar como creyente y a creer con los ojos bien abiertos.

Es ahora cuando la emoción negativa unida a la memoria afectiva puede ser sanada en su raíz. Lenta e imperceptiblemente, pero de forma real. Y ello gracias a un acompañamiento que desde la primera formación eduque para leer así la vida, sin quedarse en el objetivo de la aceptación de sí mismo y de su pasado.

Más aún, en todas las fases de formación, desde el prenoviciado hasta la preparación para la profesión perpetua, habría que estimular al joven a llevar a cabo esta operación psicológica y espiritual. Es decir, a que no sólo lea, sino que escriba lo que Dios ha hecho en su historia para volver sobre ello en las distintas etapas de la vida y de la formación permanente, y corregirlo, complementarlo y profundizarlo con nuevos conocimientos, para captar la coherencia del diseño y descubrir cada vez más claramente el proyecto de Dios y el propio nombre así como todo lo que se opone a la realización en cada uno de ese proyecto divino.

Puede que esta operación tan saludable constituya no sólo el objeto material, si no también formal, de la formación permanente, el hilo rojo que une las fases sucesivas, una especie de tarea jamás concluida, que hace que nos apropiemos cada vez más de nuestra vida y de nuestro pasado, reforzando progresivamente el sentido del yo, y que cada vez sea más rica nuestra personalización subjetiva de la fe.

De esta forma, cuanto más viejo se hace uno más capaz es de «recordar» lo que Dios ha hecho en cada trozo de su historia, y como dice Peyretti, aprende el arte de «recoser los trozos» y de ver «la belleza y armonía de los jirones»[6]. Signo de gran sabiduría es no arrojar por la borda ningún trozo de vida, sino componer y recomponer continuamente en un diseño nuevo lo que ya hemos vivido. Es muy pedagógico enseñar a hacerlo pronto, ya desde la primera formación.

Porque entonces se está formando humanamente, y no sólo humanamente, desde la realidad de cada uno, que es la más convincente y provocadora. Y nuestra historia, la historia de cada uno, se convierte cada vez más en lugar de encuentro con Dios y con nosotros mismos.

---

6. E. Peyretti, citado por G. Ravasi, *Ricucire i pezzi*, en «Avvenire», 12 agosto 1997, 1.

10
Madurez humana

La tarea de reasumir el propio pasado, señalado como metodología o dinamismo típicos de la dimensión humana, debería llevar a una nueva percepción de uno mismo y a un nuevo modo de afrontar tanto el acontecimiento de la vida como los ideales aunque sólo fuera a nivel humano.

Podríamos decir que la práctica en la lectura y escritura de la propia historia debería llevar también a la persona a releer y reescribir su propia identidad desde una concepción distinta, más rica y coherente, de la madurez humana. Recoser los retales no sólo significa juntar los trozos, como si el pasado sólo constara de desastres que hay que anotar y aceptar, sino captar y dar un sentido capaz de hacer convivir las contradicciones y asimetrías de la vida, dando coherencia y unidad al conjunto, a la vez que reforzando sin duda alguna su propia identidad. Es el primer fruto, quizás el más sustancioso, de este trabajo.

Tratemos pues de penetrar en esta concepción nueva y singular de la madurez humana.

No se trata de enumerar la conocida lista de criterios de madurez humana, sino de captar primero qué significa ser un hombre que realiza plenamente su humanidad consagrándose a Dios, con los recursos y limitaciones que la caracterizan.

De lo que se trata es de identificar, desde el plano de la propia humanidad, las premisas que en el transcurso de las distintas etapas del camino formativo permiten ver cada vez más claramente cuál es el plan divino sobre uno mismo y responder a él libre y generosamente. Luego se descubrirá cómo estas premisas alcanzan su plena madurez en interacción con las demás dimensiones del camino formativo.

Creo que no tiene mucho sentido reducir la dimensión humana a algunos elementos de salud psíquica, a un conjunto de capacidades relacionales o a un sector aislado de competencia exclusiva del psicólogo. Porque la dimensión humana es una parte de la formación cristiana y carismática, no es algo simplemente yuxtapuesto a ella (antes o después), sino que a la vez la contiene y es contenida por ella. Tiene una interacción tan profunda con ella, que no sólo es imposible separarlas, sino incluso distinguirlas, al menos en el hombre maduro.

El hombre nuevo al que Pablo se refiere está totalmente iluminado por la fuerza del Espíritu, pero esa luz se refleja y resplandece en su humanidad renovada aunque siempre humana, más aún, cada vez más auténticamente humana. Estamos convencidos, pues, de que si el consagrado y la consagrada son un hombre y una mujer auténticos, en ellos se refleja la imagen del misterio santo de Dios. Es claro por tanto que el formador debe prestar una atención expresa a la dimensión humana entendida en ese sentido.

Además, la tarea de la memoria creyente, la memoria bíblico-afectiva, no se hace de una vez para siempre. Y no sólo por ser una tarea que por su propia naturaleza nunca se termina, sino también porque puede unirse idealmente con las tres fases clásicas de la formación religiosa: prenoviciado, noviciado y postnoviciado. Esta recuperación de la propia historia podría y debería aportar la motivación decisiva que lleva a la opción vocacional inicial, a la resolución de consagrarse y finalmente a la decisión radical de pertenecer para siempre al Dios de la vida. Entonces la vida misma se convierte en algo así como una búsqueda constante de la presencia y acción de Dios en ella, y de ahí brota un modo concreto de entender la madurez de la propia humanidad.

Veamos brevemente este «modo» en relación con los contenidos, ya expuestos en el capítulo octavo, de la dimensión humana.

1. De la sinceridad a la verdad

Ya hemos dicho que el hombre maduro se conoce a sí mismo, es decir, sabe la correlación que hay entre lo que era y lo que es, entre el yo presente y lo que podría o debería ser, con todo lo positivo y lo negativo que forma parte de la trayectoria de todo ser viviente.

Pero ahora añadimos que en este tema no basta con ser *sinceros* sino que también hay que ser *verdaderos*. La sinceridad es *subjetiva*, es la libertad de reconocer y decirse a uno mismo (y si es necesario también a los demás) lo que se siente por dentro, lo que cada uno ve en su historia y piensa de sí mismo. Es importante tener esta libertad, y también es claro que sólo la persona directamente interesada puede tener la clase de conocimiento que procede del hecho de sentir en su interior una determinada vibración emotiva. Pero este es sólo el primer paso. Todavía más, es precisamente esto lo que hace que la sinceridad sea paradójicamente débil y ambigua, o por lo menos insuficiente para conocerse a sí mismo. Pues hay quien presume de ser sincero y de no tener pelos en la lengua, pero no sabe que la mejor sinceridad no basta para ser verdaderos, ni sospecha lo más mínimo qué lejos puede estar su sinceridad de la verdad de lo que es él en realidad.

La verdad es *objetiva*, es decir, es la libertad de captar no sólo la emoción, normalmente fácil de reconocer, sino también la fuente de donde viene, su auténtica raíz, no siempre tan evidente, a veces incluso inconsciente, pero real, que condiciona la vida sin estar a menudo condicionada por ningún control. Pero de todos modos puede identificarse en la historia pasada y presente de cada uno (si Freud decía que los sueños son el camino regio para descubrir el inconsciente, nosotros decimos que ese camino regio es la historia personal).

No basta, pues, con reconocer por ejemplo la posible simpatía que se siente por otra persona, o el detectar en uno mismo una permanente tendencia a entablar relaciones, a cultivarlas, a sentirse buscado... Es también necesario descubrir a qué se debe todo esto, de qué necesidad real procede (pues podría tratarse en este caso de una gran y subyacente necesidad de ser amado), y encontrar en su vida el origen y la evolución de esa necesidad. Pues el descubrimiento de su raíz o la búsqueda de la verdad histórica sobre uno mismo es lo que normalmente ayuda a entender cuál es el sentido exacto de una determinada necesidad psíquica (y a la vez de los humores y estados de ánimo relacionados con ella) o lo que se denomina *función psicodinámica* de una tendencia intrapsíquica; esa necesidad excesiva de afecto podría deberse, por ejemplo, a una minusvaloración de sí mismo, al hábito de ser siempre centro de atención o al miedo a la soledad. La correcta identificación de la raíz es lo que permite intervenir adecuadamente en esa misma raíz y no sólo en los comportamientos.

Es, pues, enormemente importante que el joven pueda descubrir a tiempo todo esto para orientar inteligente y correctamente su formación, porque sólo entonces estará en la verdad y podrá recorrer un camino de verdad.

Si es verdad que quien no conoce su pasado está condenado a repetirlo[1], le pasa lo mismo a quien no conoce suficientemente la raíz de sus inconsistencias.

2. *La fuerza en la debilidad*

Se suele decir que el hombre maduro es el hombre fuerte que ha superado todas sus inconsistencias y ha eliminado sus faltas de madurez. Sin embargo no sólo no es verdad, sino que en la formación es peligroso hablar de la madurez como perfección.

Mientras vivamos aquí la inmadurez será una permanente compañera de camino, porque la perfección no es cosa de aquí abajo. Pero cabe vivir la debilidad personal con madurez, encontrando paradójicamente en ella nuestra fuerza. ¿Qué queremos decir?

---

1. Así decía el poeta Santayana, citado por L. M. Rulla, *Antropologia della vocazione cristiana. I. Basi interdisciplinari*, Bologna 1987, 129 (traducción castellana, *Antropología de la vocación cristiana I. Bases interdisciplinares*, Madrid 1989).

En primer lugar, esto significa la capacidad de *reconocer con precisión*, sin vaguedades y en la verdad nuestra inmadurez, es decir, significa darle un nombre y conocer su raíz. Hay jóvenes que han recorrido todas las etapas de formación sin que nadie les haya ayudado o sin permitir que nadie les ayudase a identificar sus inconsistencias. En consecuencia, no saben dónde tienen que trabajar, y es evidente en estos casos que no ha habido formación alguna. No debe, pues, extrañar que en muchos de estos casos haya surgido la crisis tras la profesión perpetua o la ordenación. Ni que, todavía con mucha más frecuencia, haya aparecido la «mediocridad».

Lo más importante es *integrar* nuestra debilidad, darle un sentido antes de luchar contra ella, ver en ella un elemento fundamental de *nuestra identidad*, una postura esencial a adoptar ante la vida. El hombre adulto sabe muy bien que en algunas cosas es todavía un niño (aunque por fuera no se advierta), conoce a fondo sus contradicciones, sabe que a veces brota de su interior una fuerza incontenible que se impone a sus deseos de bien y ante la cual se siente realmente débil. Ser consciente de esta realidad es necesario para saber con exactitud quién es uno mismo, para no ser presuntuoso ni exaltado, y para tener claro que la experiencia de la misericordia está tanto en el origen como en el final de todo proyecto de santidad.

Quien no haya experimentado sus enfermedades hasta sentirse en cierto modo impotente no ha empezado a recorrer ningún camino de madurez, ni de madurez humana ni de madurez cristiana. Ejemplar a este respecto es la enseñanza de Pablo (cf. Rom 7, 15-24; 2 Cor 12, 7-10), que empezó tratando de acabar con su debilidad, de quitarse de encima de una vez por todas aquella humillante «espina en la carne» y de derrotar al «ángel de Satanás», y para conseguirlo había orado y suplicado al Señor. Y sin embargo, al final ahí le vemos «presumir» de sus debilidades, porque en el fondo de ellas descubrió la potencia de la gracia salvadora.

Esta experiencia es también importante para una buena relación *con las debilidades de los otros*. La razón es evidente, porque el que conoce a fondo la magnitud del egoísmo y de la maldad que hay en él, y también cuántos esfuerzos por superarlos le han sido baldíos, no se escandaliza de la pobreza de los que le rodean ni rechaza a nadie por débil que sea. Y quien lo hace, muestra una vez más lo lejos que está de su verdad, y utiliza a los demás para proyectar sobre ellos lo que no acepta de su yo.

Aún más, el descenso a nuestros propios infiernos da siempre un fruto insospechado: *se aprende a orar*. La experiencia de lo vulnerables e impotentes que somos nos pone a los creyentes de rodillas ante Dios, nos mueve a buscar una ayuda y una fuerza que no hallamos en nosotros y pone en nuestros labios las afligidas palabras de una súplica esencial y auténtica como nunca: «Señor, ten piedad…, Señor, sálvame…, muéstrame tu rostro».

El que nunca haya sentido esa especie de desesperación jamás aprenderá a orar ni conocerá esa esperanza que brota en el corazón cuando se ha tocado fondo. Deberían entenderlo todos esos jóvenes perennemente aficionados en las cosas del Espíritu que jamás están en crisis pero carecen de pasión, creen poco y rezan aún menos. Y también los formadores poco dispuestos a acompañar en este fatigoso viaje a las raíces del yo.

Finalmente, haber visto el rostro a nuestros propios monstruos ayuda, por extraño que pueda parecer, *a definir mejor nuestro ideal*. Pues allí donde está nuestra debilidad no sólo pasa a ser el centro de nuestro esfuerzo por crecer, sino que marca también con toda exactitud *en qué dirección* podemos descubrir el misterio de nuestro yo ideal, lo que todavía no sabemos de nosotros mismos y que es lo peculiar de nuestra identidad y de nuestro camino de maduración. Si la naturaleza de la inconsistencia central es, por ejemplo, de corte afectivo, el joven sabrá que sólo si crece en esta dimensión se conocerá en plenitud, podrá realizarse libremente y logrará ser feliz. Es decir, justamente allí donde percibo y experimento mis males, allí se esconde una llamada a ser mejor, allí se esconde mi identidad ideal.

Cuando se descubre, pues, la propia identidad se descubre también lo que se está llamado a ser. Digámoslo una vez más, se descubre que estamos llamados a caminar en la verdad y a encontrar la fuerza en la debilidad.

3. La libertad de pro-yectarse

Por su propia naturaleza, el hombre está llamado a salir de sí mismo, a situarse ante una llamada, ante un tú que lo llama a ser él mismo y además a superarse. Nadie se conoce contemplando su imagen en un espejo y nadie se realiza haciendo cálculos o buscando garantías para no correr ningún riesgo.

La lógica de «hacer lo que se puede» impide con frecuencia autorrealizarse, un objetivo ya bastante modesto para quien es llamado a trascenderse. Pues el exceso de prudencia y la exigencia de garantías de éxito lo que hacen normalmente es reducir las posibilidades de realizarse. Quien no se decide a jugarse el todo por el todo en empresas arriesgadas, está condenado a repetirse miserablemente a sí mismo.

Si así sucede a este nivel, con este planteamiento nadie podría consagrarse a Dios ni descubrir jamás la vertiente más noble de su personalidad. Porque el futuro no puede ser pura y simplemente la proyección del presente, porque por su naturaleza el yo ideal debe siempre añadir al yo actual algo nuevo e inédito, misterioso y arriesgado, algo que trascienda todo lo que se está segurísimo de saber hacer. El yo ideal refleja la verdad de la persona cuando le propone *superarse* o le pide que tienda al *máximo* de sus posibilidades. Es falso, sin embargo, psicológicamente falso, cuando le propone como meta la realización de lo que ya es o la repetición ilimitada de sus capacidades. Porque en este caso la vida sería un aburrimiento mortal y el futuro no sería más que una fotocopia del presente, desapareciendo por completo toda apariencia de libre elección.

El hombre maduro acoge, sin embargo, esa aspiración natural que lo impulsa sin cesar hacia adelante y que le impide contentarse con la mediocridad o con vivir de rentas haciéndose viejo antes de tiempo. Acepta también los retos de la vida para conocerse mejor a sí mismo y sus sorprendentes (y a menudo ocultos) recursos. Y decide pro-yectar la vida y su futuro. Como expresa la raíz del verbo, opta por «*lanzarse hacia más adelante, más allá de sí mismo*», trascendiendo todo cálculo miedoso y mezquino, incluso sus dotes y talentos, para disponerse a recibir también esa llamada misteriosa que trasciende el yo proyectándolo hacia una dimensión ulterior.

Es justamente ahora cuando la persona deja de repetirse a sí misma y se convierte en artífice de su existencia. Ha sido verdadera consigo misma y, como Natanael, verá y podrá hacer cosas cada vez más grandes (cf. Jn 1, 47-50).

4. *La entrega de la vida*

El verbo *proicio* (del que se deriva pro-yecto) significa también *entregar la propia vida*.

El ser humano necesita entregarse a algo o a alguien. A cada uno le toca decidir a quién o a qué, pero lo que es claro es que debe entregarse. Quien no se entrega, creyendo ilusamente pertenecerse sólo a sí mismo, en realidad se convierte en esclavo de algo que ignora, esclavitud que es peor cuanto menos se da cuenta de ella. Esta esclavitud es sobre todo triste y solitaria, porque quien toma la decisión de no entregarse es cada día más suspicaz y solitario, no se fía de nadie (ni de los amigos, ni de la comunidad, ni del futuro, ni de Dios) y no se deja influir por nadie, acabando por perder toda confianza en sí mismo y por ser condicionado de hecho por una infinidad de cosas y de miedos.

La persona madura no es alguien que se basta a sí mismo, no se encierra en su autosuficiencia, sino que es capaz de reconocer que necesita de los demás y confía en los que le rodean. Así pues, está dispuesto a poner su vida en manos de Otro y a dejarse limitar incluso por la debilidad de los otros.

Esta es la lógica de la libertad que, cuando nace de la verdad, se convierte en confianza y abandono, se transforma en una libertad que renuncia a sí misma.

Un ejemplo de esta libertad lo tenemos una vez más en Pablo, «el prisionero del Señor« (Ef 4, 1), que pone su vida entera en manos de Dios y por tanto se siente libre de todo y de todos: de la ley, de la pretensión de salvarse con sus solas fuerzas, de la necesidad de agradar a los demás... Tan libre, que puede renunciar a su libertad en bien de sus hermanos, hasta el punto de no comer carne en toda su vida si eso escandaliza a cualquier débil en la fe (cf. 1 Cor 8, 13).

Reconocer la verdad objetiva e histórica que revela al hombre a sí mismo, la debilidad que infunde fuerza, la libertad que transforma en siervos, la confianza que abre a la relación y a la experiencia del amor llegando a la entrega de la propia vida: he aquí el misterio de la madurez humana tal como la hemos esbozado.

Es la madurez humana que va cada vez más unida a la madurez espiritual.

CUARTA PARTE

Formación espiritual

La segunda dimensión del ser humano que debe estar muy presente en la dinámica formativa es la dimensión *espiritual*. Esta dimensión tiene que ver sobre todo con el creyente que llevamos dentro, persigue su formación y por tanto la maduración de los componentes espirituales del hombre interior, como lo llama Pablo, del corazón y de los afectos, de la mente y de la voluntad, de la libertad que se deja atraer por la verdad. Si la dimensión humana representa la *profundidad* del misterio del hombre, el cúmulo de energía que posee, la dimensión espiritual expresa la *altura* a que el hombre es llamado, lo que puede y debe llegar a ser. Y así como la altura supone la profundidad, y cuanto más se crece más se precisan raíces bien profundas, la dimensión espiritual tampoco puede prescindir de la dimensión humana, a la que realiza en plenitud llevándola al culmen de su humanidad. No cabría, pues, ninguna dimensión y maduración espiritual sin el indispensable soporte humano y sin que de ella se derivase una plena floración de lo humano.

El esquema a seguir es el mismo que en la dimensión humana: elementos arquitectónicos (dimensiones como recursos o presupuestos fundamentales) y elementos hermenéuticos (contenidos y dinamismos).

11
La dimensión espiritual

Empecemos tratando de clarificar el punto de partida, el esqueleto, llamémosle así, del hombre interior o el elemento arquitectónico del edificio espiritual. Pues como de estos elementos o claves de lectura es de donde se derivan las aplicaciones teórico-prácticas en el tema de la formación, no hay más remedio que precisarlos.

1. *Presupuestos*

Estos presupuestos están estrechamente relacionados con lo que hemos dicho sobre la dimensión humana. Podríamos decir que arrancan justamente del punto de llegada de ese análisis, a saber, del presupuesto de que el ser humano es capaz de trascenderse hasta abrirse a lo divino, amarlo y sentirse amado por él. Todavía más, este hombre:

a) es *el interlocutor de Dios*, al que Dios ha hecho compañero suyo, capaz de escuchar su voz y darle una respuesta;
b) es justamente en este diálogo donde el hombre descubre su *verdad* y la posibilidad de realizarse en plenitud. Es ahí donde afirma también su *libertad*, que se fundamenta en la libertad de ese Dios que no se impone al hombre, sino que le deja que acepte o rechace libremente su propuesta, que sea libre de creer o no creer.

c) Pero si el hombre asume el riesgo y se fía de Dios, penetra misteriosamente en su mundo, su corazón comienza a *participar de los deseos divinos* y aprende a amar al modo divino.
d) Entonces todo esto se refleja en sus relaciones terrenas, que ya no se viven exclusivamente desde una lógica puramente humana, reductiva e interesada, sino desde la *lógica evangélica* de la vida en la muerte, de la locura de la cruz, de la bienaventuranza de la mansedumbre y de la misericordia, de la fe que mueve montañas, de la confianza que elimina todos los miedos...
e) El hombre espiritual, pues, no es alguien que vive al margen de la realidad humana o que ha renunciado a su humanidad, sino el que vive *cada* instante de su existencia con este espíritu de fe. Pues espiritual no es lo mismo que inmaterial. Espiritual significa capacidad de interpretar y gestionar también la parte instintual del yo y la realidad más material de la vida desde una perspectiva trascendente y a la luz de la lógica evangélica.

Este es el hombre espiritual, y estos son los recursos y potencialidades de todo hombre en el plano espiritual. Y es interesante advertir que mientras los parámetros de la dimensión humana, para poder relacionarse con Dios, van de abajo arriba, los criterios de la dimensión espiritual siguen en cierto modo el camino inverso. Esto no hace sino reafirmar una vez más cómo ambas dimensiones están destinadas a cruzarse, en cada una de las fases de la formación, confirmando mutuamente su autenticidad.

2. *Contenidos*

Si estas son las importantes posibilidades que se ofrecen a los seres humanos, lo que debe hacer el formador es moverlas para que se conviertan en realidades. Para ello debe actuar en las áreas o contenidos que exponemos a continuación.

a) *El principio religioso*

A este primer contenido formativo podríamos denominarlo *el principio religioso*, de donde nace la fe. Es decir, se trata de preparar para el «reconocimiento radical de la existencia incondicionada del otro»[1], para disponerse luego a vivir la fe como orientación de su ser a la relación con el Otro.

Tras ese razonamiento se esconde una catequesis muy concreta de la fe como elemento característico del hombre espiritual. Educar en la fe significa educar en la relacionalidad desde el comienzo mismo de la existencia y con todo lo que ella implica. Y no sólo como apertura y capacidad de relación, sino como aceptación de la absoluta unicidad del otro y descubrimiento de su valor, como rechazo de cualquier intento de instrumentalizarlo y también como libertad para dejarse rozar y condicionar por él.

La actitud del creyente no es una simple opción ideológica ni una fuga hacia un mundo lejano y ajeno a las vicisitudes personales de la relación. Es una actitud que se consigue tras un lento aprendizaje que saca al yo de sí mismo para centrarlo en el otro.

Es, pues, evidente que la fe se realiza *en el amor*, de él proviene y casi se confunde con él. Por el contrario, todo lo que se opone a la apertura relacional y recluye al yo en sí mismo, por imperceptible que sea (rigideces, tendencia a imponer sus ideas, rechazo de la diversidad del otro, posturas autoritarias, uso muy libre de la regla o de la tradición para prevalecer y dominar, ambición privada de perfección...), obstaculiza y debilita la adhesión creyente.

El amor, y no el cociente intelectual, es lo que fortalece la fe.

b) *La debilidad del amor*

Y aquí es justamente donde salta la paradoja. Pues si la fe surge como experiencia de amor, el joven comienza a ser cre-

---

1. M. Rupnik, *Dal'esperienza alla sapienza. Profezia della vita religiosa*, Roma 1996, 49.

yente a medida que descubre en sí mismo el amor de Dios, como si fuese el único objeto de la benevolencia divina; cuanto más fuerte sea este afecto, más sólido será también su acto de fe. Por consiguiente, la experiencia de ser amados por Dios ocupa un lugar de primer orden en la formación del hombre interior. Ahora bien, ¿en qué consiste esta experiencia?

Hay muchos jóvenes que esperan Dios sabe qué iluminación extraordinaria para adquirir esa certeza experiencial, y puede que incluso vayan a buscarla en ambientes o grupos concretos donde –como sugiere algún tipo de propaganda– es bastante fácil de lograr. O puede que traten de provocarla mediante la reflexión intelectual o un determinado comportamiento más o menos meritorio. Pero la mayoría de las veces los resultados que consiguen son de escasa magnitud. Porque este Dios ni se impone ni impone su amor; lo normal es que no actúe de forma tan llamativa que «obligue» a creerle, no ama «obligando» al amado a que le devuelva su amor, su benevolencia no es un acto de fuerza, sino de *debilidad*, deja que el otro pueda tanto aceptarla como rechazarla, no es inmediatamente evidente, no da una imagen instantánea, transparente y convincente de todos los acontecimientos de la vida... No elimina lo más mínimo el riesgo de la libertad que implica la tarea de creer, ni detrae a las cosas y acontecimientos esa dosis natural de ambigüedad y opacidad que oculta al ojo humano su origen y también su destino.

Todo esto puede también dificultar y complicar el hecho de creer en el amor, porque exige atravesar y superar esa zona oscura donde la razón no puede penetrar para encontrar la evidencia de la prueba.

Pero, ¿y si justamente fuera ésta la prueba del amor? ¿Y si éste fuera el signo que da autenticidad al afecto, permitiendo verlo como dirigido a uno mismo en toda su ingenuidad? Porque el amor sólo es verdadero cuando es libre y liberador, cuando no pone condiciones y deja a uno la posibilidad de rechazarlo aun cuando siga amándolo. No es auténtico, por el contrario, el amor constrictivo y condicionado, que a menudo termina en celos, en acaparamiento afectivo, en condicionamientos y extorsiones que oprimen y quitan libertad. En cambio la libertad, que es una dimensión interna del amor, es lo que garantiza que éste sea verdadero, lo que hace que sea intenso por desinteresado, pero también eterno, indestructible y capaz de superar incluso el rechazo del amado.

De ahí que el acto de fe sea el acto más libre que existe, porque se basa, no en la evidencia abrumadora de las pruebas, que convencen y en cierto modo «obligan» a la mente a asentir, sino en un acto de confianza, en el crédito que Alguien nos merece, en el valor de atravesar esa zona oscura iluminados interiormente por la luz de un rostro, llamados por una voz. Una luz y un rostro misteriosos y discretos, para que el corazón pueda responder libremente al amor con un acto de abandono, sin ningún tipo de presión. Un acto racional y a la vez suprarracional, que manifiesta sobre todo la naturaleza del diálogo de la fe, diálogo entre la libertad de un Dios que no sólo deja libre al hombre, sino que lo hace libre para responderle o no; diálogo entre el amor de Dios que no sólo ama al hombre, sino que lo capacita a la vez para amar. Y eso sin imponerle absolutamente nada, simple y exclusivamente por amor.

La «debilidad» del amor de Dios es justamente la prueba del amor divino, he aquí un punto realmente clave. Ha de educarse al joven para captar la lógica invencible de esta paradoja, para descubrir cómo su libertad se ejerce precisamente en razón de ese «amor débil» de Dios, para descubrir cómo este preciso modo de amar por parte de Dios es lo que no sólo lo hace libre sino que le permite comprobar la profundidad del amor que Dios le tiene. ¡Y el hecho mismo de que él pueda aceptar o rechazar ese amor es justamente lo que debe llevarle a sentirse sinceramente amado por Dios!

c) *La locura de la fe*

Este camino ya es fe como experiencia de amor y libertad, pero todavía no es fe en plenitud. Porque la fe, por su propia naturaleza, no es solamente lógica lineal confirmada por la experiencia o cálculo racional de cuentas que han de salir a la fuerza, sino que siempre comporta superar la evidencia humana y entrar en un mundo donde imperan otra lógica y otra evidencia a las que ya hemos aludido, a saber, la lógica y la evidencia de la entrega de uno mismo en manos de Otro.

Pero puede que llegue un día en que parezca que esta entrega carece humanamente de sentido. Bueno, en realidad siempre es así, porque el que se entrega en la fe no posee ninguna certeza que le venga ni de encuentros ni de confirmaciones personales; sus únicas garantías son la palabra y la promesa de Dios. Estamos, pues, evidentemente ante una operación que al hombre no le resulta nada natural, pero es que además, para un hombre habituado a controlar y verificar sus pasos, resulta cuando menos arriesgada e imprudente. Y es que con frecuencia trasciende las capacidades humanas y pide al hombre que las trascienda él también. Y, por si esto fuera poco, a veces parece oponerse incluso al más elemental sentido común. Es como quedarse absolutamente en el aire, sin sentir la tierra bajo los pies.

La fe es así, y sólo una fe con ribetes de locura puede abrir al joven a la opción de la consagración. Podríamos incluso decir que la decisión de consagrarse es a la vez parte y expresión de esa locura. El formador no debe tener miedo a encaminar al joven por esa vía, porque de otro modo lo único que hace es traicionar, con su falsa prudencia, el objetivo de la formación religiosa y al propio formando.

Digamos enseguida que no se trata, desde luego, de hacer o mandar hacer cosas raras, ni de enviar a nuestros jóvenes a plantar brécoles con las raíces hacia arriba (porque no lo harán), sino de aprovechar cualquier ocasión que se presente para que comprendan que para captar los planes de Dios la lógica natural no basta, que la vida consagrada es bien irrelevante si no se es capaz de trascender los niveles racionales, que tratar de entenderlo todo antes de decidirse a actuar y obedecer, o tratar de que todo esté bien claro y sea muy convincente, lo que en realidad hace es coartar y limitar la libertad humana.

Pero es que además, ¿qué futuro es el que se oferta a un joven al que jamás se le reta a trascender el cálculo humano sólo aparentemente prudente, pero de hecho miedoso, nunca loco y apasionado? ¿Y para qué sirve en la Iglesia y en el mundo una vida consagrada incapaz de hacer locuras por Cristo?

De hecho, ¡cuántas veces ante el duro suelo de una vida consagrada que hoy más que nunca pide una dura roturación, habrá religiosos educados ya en el cultivo un poco sofisticado del jardín o en el mito en cierto modo iluminista de la razón como criterio supremo de la vida, que pretenderán después utilizar esa razón o su propio punto de vista como esquema o medida donde todo (votos, vida comunitaria, exigencias apostólicas, incluso requerimientos de Dios...), todo absolutamente, debe estar perfectamente en línea con el cálculo racional y al margen de toda «locura creyente»!

Pero más pronto o más tarde, ahogados por su exceso de prudencia (o de miedo) y por tratar de hacer las cosas tan bien, se verán obligados a constatar la pobreza, e incluso la miseria, de ese planteamiento. Y entonces, cuando la vida les pida que salten ese listón, se sentirán débiles e incapaces, frustrados o desilusionados, al ver cómo la mísera lógica del cálculo convierte su vida en algo gris y monótono, en algo chato y mediocre.

d) *Los sentimientos del Hijo*

Objetivo de la formación es, como ya sabemos, tener los mismos sentimientos del Hijo. Más aún, en nuestro proyecto esta expresión constituye el núcleo central del modelo teológico-antropológico de todo plan de formación[2].

Y es también el objetivo de la opción creyente, pues la fe, en su expresión humana más madura, es una opción que implica conformación, no una simple pertenencia ideológica. El hombre espiritual es justamente el que tiende a identificarse por completo con el Hijo tanto en la intensidad del amor como en su extensión a todos los aspectos de la existencia, incluidos los sentimientos.

El nexo entre fe y amor y entre fe y libertad vuelven a ser evidentes, y es importante que estos nexos tengan un reflejo operativo concreto en la formación, tanto ideal como metodológicamente. El objetivo explícito y preferente de la acción

---

2. Cf. *Vita consecrata*, 65.

educativa debe ser la transformación del corazón, en el sentido bíblico y por tanto pleno del término, para que aprenda a amar al estilo de Cristo.
Sólo hay formación donde hay *trans-formación*.

Aquí la dimensión espiritual se funde con la humana, porque la contemplación de la palabra y del ejemplo del Hijo debiera ir purificando y conformando todos los pensamientos, motivaciones, posturas, emociones y gestos de la vida del joven, mientras por otro lado el proceso psicológico de purificación y conformación debería permitir una penetración cada vez más profunda en el misterio del Hijo que se da por amor entregándose al Padre y a los hermanos.

El cristiano, como tal,

> es un hombre o una mujer que introduce en Cristo toda su historia personal, que se reviste de él. Revestirse de Cristo es penetrar en su experiencia, compartir su amistad, vivir su vida, manteniendo íntegra la propia sin alejarse para nada de la concreción de la carne (en sentido bíblico) en todas sus dimensiones: física, del tiempo en que se vive, del espacio que se ocupa, de los sentimientos, las pasiones, las realidades en que se ve uno metido. Esta carne total, esta persona en su historia es la que participa en Cristo, la que lo reviste, la que forma un solo cuerpo con Jesús de Nazaret, el hombre Jesús[3].

Si esto lo es cualquier cristiano, con mucha más razón lo será quien es llamado por vocación a una especialísima identificación con el Hijo.

La formación es, pues, una obra muy específica, una obra radical, concreta y global a la vez, sobrenatural y sin embargo profundamente humana, que no se contenta con modelar las conductas o los gestos externos, sino que actúa en profundidad, tocando el corazón y todo lo más humano que hay en el joven, proponiéndole lo más alto: los sentimientos de Jesús, los deseos de Dios. Y es muy difícil que el joven, incluso el joven de hoy, tan reacio a dejarse mover por dentro, a dejarse conmover, no se sienta provocado y atraído por una oferta así.

---

3. Eliana Monaca, *Differenze sconfitte*, en «Avvenire», 16 octubre 1996.

Justamente para poner en movimiento toda la estructura interna, será realmente importante mostrar el nexo que existe entre la locura de la fe y la conmoción del corazón, entre la locura de la cruz y la libertad de tener en uno mismo los mismos sentimientos del Hijo, nexo no sólo teológico y espiritual, sino también psicológico y pedagógico. Pues el loco es el único que se conmueve, porque el prudente calculador no sabe lo que es la pasión; sólo el loco por Cristo no se avergüenza de manifestar su entusiasmo por él, y no el sabio de este mundo, que debe estar atento a los gustos y preferencias del público.

Es precisamente ahora cuando la formación se convierte en un camino real de libertad. Y la única razón es que... al corazón no se le dan órdenes, pero sí se le puede y debe señalar un camino en el que pueda desarrollar al máximo sus potencialidades.

El camino de conformarse con Cristo y de experimentar sus mismos sentimientos es el mismo que hace también que el corazón humano descubra la posibilidad de amar de una forma que ni siquiera podría imaginar, de una forma incluso divina. Pero puede también descubrir su verdad en la verdad de Cristo, y en consecuencia también su libertad.

Porque esta clase de amor no conoce límites.

12
El dinamismo de la fe

El hombre interior o espiritual que hay en todo creyente crece y madura como un organismo vivo, con una alimentación adecuada y un proceso de desarrollo que sigue un itinerario bien preciso. Es decir, creer es un proceso articulado y complejo, y no un acto extemporáneo y repentino, un dinamismo que afecta al hombre entero que piensa y sueña, que ama y sufre, que se interroga y duda, que se fía y se confía...

Y aunque, como Jesús deja entrever en el evangelio, es verdad que nuestra fe aquí en la tierra será siempre pobre y más pequeña que un grano de mostaza, no por eso deja de ser importante que sepamos cómo hacer que brote y crezca. El mismo Jesús dice que, aunque fuera como ese grano de mostaza, sería capaz de mover montañas, pues tanta es la fuerza del que cree.

Pero como da la casualidad de que todas las montañas siguen aún bien puestas en su sitio, surge inmediatamente la duda de si en nuestra formación se da una auténtica educación en la fe. Puede que incluso a veces se dé por supuesta en nuestros jóvenes, que corren así el riesgo de ser «preparados» para vivir pobres, castos y obedientes sin saber muy bien por qué o por quién, o de ser muy observantes, pero desde una perspectiva meramente humana, de poca altura de miras.

Se trata, sí, de gente creyente, pero con esa fe que providencialmente han recibido de su familia. Una fe ciertamente de magnífica factura, una fe sana, pero que en muchos casos no ha crecido por dentro. Así pues, mientras las cosas van bien y no hay problemas especiales, esa fe «materna» puede incluso bastar; pero cuando surgen dificultades y hay que tomar decisiones difíciles sin contar con un ambiente que nos proteja de ciertas provocaciones, entonces descubrimos, no sin cierta sorpresa, lo pobre que era nuestra personalización del acto de fe y lo poco que influía en las decisiones que teníamos que tomar. No hay más que mirar a nuestro alrededor para comprobar cuántas crisis precoces de jóvenes consagrados, incluso poco tiempo después de la profesión perpetua, confirman sobrada y dramáticamente esto que estamos diciendo.

La verdadera sospecha que suscitan estas situaciones críticas, que no raramente terminan en abandonos, es que lo que con frecuencia falta o no está bien definido es un *método educativo para la fe*, la indicación de un itinerario que lleve al asentimiento creyente o que lo vaya reforzando a lo largo de las distintas fases de la vida.

Pues bien, ese método es lo que a continuación queremos proponer. Y ello sin ningún tipo de presunción, puesto que la fe es un don que viene de lo alto, sino partiendo de que si la fe abarca toda la vida y todo el hombre, una auténtica educación en la fe no puede reducirse a una sola fase o dimensión de la existencia.

1. *Fe y vida pasada*

La fe no nace de la nada ni de una adhesión a ojos cerrados a una verdad que nos supera o a un misterio inalcanzable, sino de una constatación o de una lectura en profundidad de nuestra historia, que trasciende el dato visible para captar tras él una presencia que le da un significado, una lógica de coherencia y de providencia...

Es el modelo histórico-autobiográfico que ya conocemos.

a) *Modelo histórico-bíblico: la autobiografía*

El cristiano cree en la paternidad y maternidad de Dios porque las ve y las comprueba en su existencia. La vida pasada es, pues, el lugar de esta lectura iluminada por la fe y a la vez hace que esa misma fe madure. Podríamos incluso decir que nuestra historia individual es la prueba más convincente, por ser la más personal, de la presencia de un Dios, que no es neutro ni igual para todos, sino que tiene un rostro, una actitud, una palabra y un gesto inconfundibles e irrepetibles (tan inconfundibles e irrepetibles como ha sido y es nuestra existencia como individuos) que sentimos dirigidos a cada uno de nosotros.

Ejercitarse en la lectura de nuestra vida es importante, como ya hemos visto, para el conocimiento que cada uno debe tener de sí mismo, para la integración de su pasado y de algunas de sus heridas, para el aprendizaje de la memoria bíblico-afectiva que nos hace recordar lo que Dios ha hecho en la historia del hombre a través de tantas mediaciones humanas y en todas las circunstancias de la vida, incluso en las más dolorosas.

Este es el momento de abordar sistemáticamente esta lectura creyente utilizando los instrumentos adecuados, estrechamente unidos con el objeto material y formal de la fe cristiana.

1. Categorías bíblicas

Esta lectura o relectura de nuestra historia de salvación no tiene sólo un punto de referencia final o central, por ejemplo, la idea-evento de la salvación, sino también claves muy concretas de lectura que son a la vez *categorías bíblicas* bien precisas. Estas categorías nos permiten detectar en nuestra vida la realización de una auténtica historia de salvación tal como se ha ido consumando a lo largo de nuestra existencia humana, en la que Dios ha actuado, como actuó un tiempo en la historia de Israel.

¿Qué es una categoría bíblica? Es un evento central de la historia de Israel, la historia madre de todas las historias de salvación, que el creyente va reconociendo poco a poco en su existencia, por pequeña e irrelevante que sea, por ejemplo, la elección, la prueba, la caída, la esclavitud, la lucha, la liberación, el Mar Rojo, el desierto, el maná, la tierra prometida...

Leer así la vida es lo mismo que redescubrir las innumerables seducciones y atenciones divinas de que hemos sido objeto. Pero sobre todo es disponer de pistas de orientación, de directrices de marcha que, sin disminuir lo más mínimo la originalidad absoluta de toda peripecia terrena, permiten leerla coherente e integralmente, atenta y providencialmente, de forma que todo coincide en mostrar con absoluta claridad la obstinada voluntad de salvación divina.

La Biblia se convierte, pues, en el trasfondo icónico-interpretativo de nuestra existencia, como si ya estuviera contenida y contada en la historia de Israel. Las categorías bíblicas ofrecen, por otra parte, la clave exegética que permite interpretar todos y cada uno de los fragmentos de la vida terrena.

2. Categorías psicológicas

Pero en esta lectura y escritura de nuestra vida es importante utilizar también algunas *categorías psicológicas*. Por categoría psicológica entendemos aquel parámetro interpretativo que permite leer y acoger realista y significativamente, coherente e integralmente, los acontecimientos de nuestra vida.

Aquí nos referimos sobre todo a las categorías de la *reapropiación* y de la *integración*. Mediante estas claves de lectura, la persona:

— reconoce, en primer lugar, *como parte de sí misma y del misterio del yo* todo lo sucedido a lo largo de su aventura existencial. Y por negativo que sea, no lo niega ni lo expulsa de su memoria. Tampoco lo interpreta como destino inevitable;
— trata más bien de *captar su significado profundo*, a menudo nada fácil de captar a la primera, ni susceptible de identificar con el sentido aparente, pero que está ahí *objetivamente* en el acontecimiento en cuestión;
— y ello hasta el punto de *otorgarle un sentido original,* libre y responsablemente, en línea con sus convicciones y su fe, y por tanto también *subjetivo*, inteligentemente subjetivo. Justamente en esta actitud es donde el hombre muestra su libertad y crece en la fe: *el hombre es tan libre, que es capaz de dar sentido a su pasado*, que en

realidad nunca es pasado del todo, sino que está siempre ahí esperando un significado. La fe expresa exactamente esa libertad responsable, signo de la enorme dignidad del hombre, que sin embargo sólo es sujeto de su existencia cuando se reapropia de su vida pasada, incluidas las posibles heridas, y lo inserta en un contexto armónico de significados. Y *leer la totalidad de la vida dentro de una totalidad de significado*, es decir, situar nuestra vida dentro de la totalidad de Dios, en «la verdad completa», dejando que la ilumine la única realidad capaz de explicar toda la realidad, eso es también integración. De este modo, incluso acontecimientos seria (y objetivamente) negativos pueden presentar una cara positiva, simplemente porque la persona se la reconoce y atribuye, de acuerdo con sus valores y con su compromiso vital.

Como hemos dicho en el capítulo anterior, justamente en ese sentido es en el que el hombre puede incluso no ser responsable de su pasado y de las consecuencias negativas del mismo, pero de lo que siempre será responsable es de la postura que ahora toma frente a él y del significado que le da.

Y además, muy pocas veces en la vida los acontecimientos se dejan interpretar en su sentido más profundo nada más suceder, pues «la explicación de una vida es su propia historia»[1]. Es a menudo la secuencia de los acontecimientos sucesivos lo que da sentido y coherencia a un evento incomprensible o difícil de interpretar y aceptar.

Pues bien, la fe no es ninguna excepción a esta regla. Es lo que nos enseña esa «peregrina de la fe» que fue María, a «guardar en nuestro corazón» lo que ahora es misterioso, en la completa seguridad de que algún día llegará el momento de la luz. En realidad esta certeza forma parte de aquella verdad tan consoladora que es como el estribillo de ese largo salmo personal que es nuestra biografía: Dios ha sido mi padre y mi madre en todos los instantes de mi vida y seguirá siéndolo en adelante.

---

1. M. Pomilio, *Il quinto evangelio*, Milano 1968, 222.

Es la ley psicológica de la «constancia del objeto»[2], o de la fidelidad de Dios, que se narra en todas las historias humanas. El joven capaz de leer así su vida crece en la fe y aprende al mismo tiempo un método magnífico para ser cada vez más él mismo, sujeto de su vida y objeto del amor enormemente tierno de Dios, cada vez más creyente y cada vez más hombre, en ese fecundo cruce de sus dimensiones humana y espiritual.

Tratemos de resumir en el siguiente cuadro la riqueza de esta forma de leer en la fe nuestra historia.

TABLA 4. *Modelo histórico-bíblico: la memoria creyente*

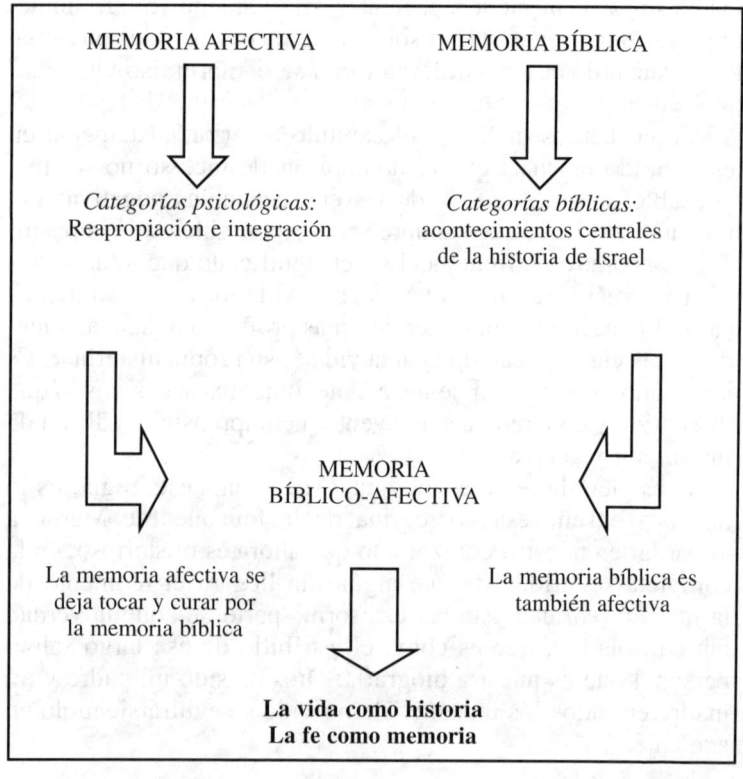

---

2. Sobre esta teoría, cf. O. Kernberg, *Teoria della relazione oggettuale e clinica psicoanalitica*, Torino 1970, 145.

2. Fe y vida presente

Para alimentar la fe no basta con mirar al pasado. Ser creyente significa afrontar todas las situaciones con la certeza cordial de poder contar con Dios, invertir en el hoy el rico patrimonio de la fe, con todos los riesgos que comporta.

Pero, además, la fe ha de estar presente en todos los instantes de la vida sin excepción alguna, pues no hay ni un solo resquicio en el que se la pueda poner entre paréntesis y considerarla «vacante».

Es justamente en las cosas ordinarias de cada día donde la fe halla su ambiente y su alimento natural. Por eso, en la formación inicial hay que educar al joven en una fe que no se manifieste como tal sólo o sobre todo en las grandes circunstancias de la vida, a la hora de tomar decisiones especiales. Hay que educarle también en una fe «cotidiana», capaz de tejer cada vez más la trama de los días, de unir las actividades de cada día como forma normal de vida que le da color y calor.

Para este tipo de formación propongo dos métodos que me han parecido y me siguen pareciendo muy útiles en la formación (tanto inicial como permanente) y de los que me he ocupado ya por separado en algunas publicaciones[3]. La originalidad del tratamiento que aquí le damos radica exclusivamente en el descubrimiento y propuesta de su complementariedad.

b) *Modelo mariano: aspecto genético*

El primer dinamismo es el que podemos llamar *mariano*, por ser María su imagen ideal. Indica el aspecto *genético* de la fe, que nace de la Palabra y se realiza en el evento, y expresa también el poder de la Palabra-evento de *unificar* la vida y los dinamismos vitales de la persona. Este es el poder que el joven ha de experimentar en sí mismo.

---

3. Cf. A. Cencini, *Por amor, con amor, en el amor. Libertad y madurez afectiva en el celibato consagrado*, Salamanca [3]1999, 948ss; Id., *Vida consagrada. Itinerario formativo*, Madrid [2]1996, 264ss.

Esto significa en concreto un modo particular de vivir la relación, no sólo con la Palabra en general, sino sobre todo con la Palabra-del-día.

Pues día tras día se nos da una Palabra, igual que el maná que un tiempo alimentó a Israel, y que hoy nutre en la liturgia cotidiana a la comunidad de los creyentes.

A esta Palabra hay que *esperarla y desearla* con la misma intensidad con que los centinelas esperaban la aurora (cf. Sal 119, 148). Y luego el joven ha de *acogerla y reconocerla* en la meditación de cada día como revelación progresiva y cotidiana de su identidad, igual que María acoge las palabras del ángel y se reconoce en ellas (cf. Lc 1, 29-38). De este maná, «en raciones de un día» (Ex 16, 4), el joven debe *nutrirse* con avidez, casi devorándolo, como el anciano del Apocalipsis que siente a la vez dulzura y amargura, belleza y violencia (cf. Ap 10, 8-11).

Pero la *lectio* no se agota en la meditación de la mañana, sino que continúa a lo largo de todo el día para el creyente que aprende a *guardar y conservar* como un tesoro la Palabra en todo lo que hace, para ser él mismo custodiado y poseído por su fuerza, una vez más como María, que conserva también en su corazón lo que su mente no comprende inmediatamente (cf. Lc 2, 19.51). Para ello será importante que el joven *permanezca* bien plantado en ella, para que la Palabra sea la raíz de todos sus gestos, palabras, pensamientos y proyectos; que aprenda a *discernir* siempre a su luz todo, incluso lo imprevisto, para conocer y aprender a *desear* los deseos de Dios.

De este modo, la Palabra se va *realizando* lenta y sumisamente en las cosas de cada día, algo así como se realizó en el seno de María, aunque no de forma automática e inmediatamente perceptible. Por eso es necesario que, al final de la jornada, el joven retome la Palabra-del-día para *reconocer y contemplar* los signos de su «encarnación», por pequeños e insignificantes que sean, para *dar gracias* al Padre y para descubrir, en el examen de conciencia, todo lo que en él ha impedido la plena realización de esa Palabra.

Así, toda jornada, cualquiera que sea, no sólo se va unificando en torno a la Palabra, sino que se convierte en seno, en seno mariano, que acoge y pare a la vez una Palabra de Dios siempre nueva. Por otro lado, el joven aprende a construir su unidad vital en torno a la Palabra, una Palabra cada día distinta.

De esta forma la fe nace y renace sin cesar, una fe que renueva la vida y convierte cada jornada en «el día que hizo el Señor» (Sal 118, 24).

Es un ejercicio largo y paciente, que a veces parece inútil, pero si el joven insiste con testaruda humildad y cordial disponibilidad, la Palabra-evento se realiza en su vida unificándola, y refuerza además su fe.

Expresemos también a continuación gráficamente el sentido de este modelo mariano de crecimiento en la fe.

TABLA 5. *Modelo mariano: la «telaraña» de la Palabra-del-día en los acontecimientos cotidianos*

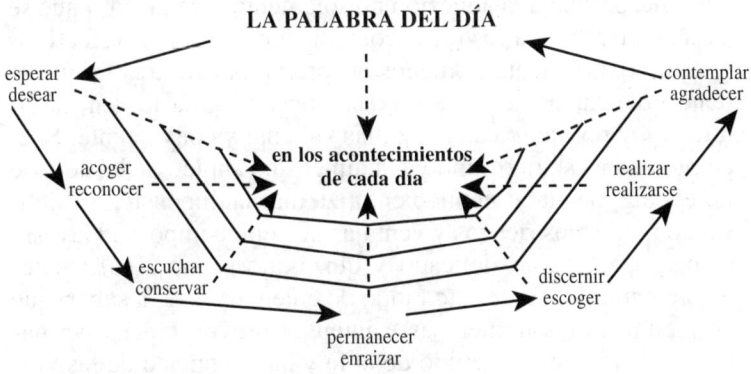

c) *Modelo paulino: aspecto dinámico*

El segundo dinamismo o ejercicio que contribuye a robustecer la fe podemos deducirlo del ejemplo de Pablo y de su estilo de creyente emprendedor y trabajador, que vive la fe como algo dinámico, como pasión que llena con su energía toda la actividad. Este modelo muestra correctamente el aspecto *diná-*

mico de la fe, su fuerza que da energía y sustancia a la vida humana.

En la opción creyente hay que distinguir dos componentes, uno estático y otro dinámico. El componente *estático* va unido a la fe como acto de adhesión, sobre todo mental, a un conjunto de verdades reveladas. Esta adhesión, una vez otorgada y si no es cuestionada por acontecimientos fuertemente contradictorios y por interrogantes igualmente inquietantes, se mantiene en el tiempo como un trasfondo interior que acompaña a la vida y se identifica con la persona, como si formase parte de su estructura. No se puede excluir que crezca, pero si se trata de una adhesión exclusivamente mental, lo más normal es que permanezca idéntica a sí misma. Garantiza, pues, un determinado contenido, pero a niveles nada altos.

El componente *dinámico* va vinculado a todas las operaciones que expresan la fe y muestran su compleja y variopinta naturaleza. Pide una adhesión no solamente mental, sino que se extienda también a los otros componentes psíquicos (afectivos y volitivos), y sienta al menos las premisas para una fe que se deja provocar por la vida y crece con ella. Una fe «en movimiento» y por tanto cada vez más valiente y convincente. Si el componente estático subraya la dimensión subjetiva del acto de fe, el componente dinámico enfatiza más la dimensión subjetiva, con todos los riesgos y ventajas que ello comporta. Hay, sin embargo, un punto delicado y quizás no siempre suficientemente garantizado de este modo de entender la fe, a saber, que en medio de las numerosas e intensas provocaciones permanezca idéntico el contenido de la fe y que el núcleo de las verdades que se creen no sufra cambios acomodaticios.

El secreto para creer con autenticidad y para crecer armónicamente en la fe está en conciliar puntual y creativamente ambos componentes, estático y dinámico, en una ósmosis saludable, puesto que los dos son indispensables. Se trata de un ejercicio al que hay que someter a la fe del joven, que puede estar desequilibrada en alguno de esos dos componentes. Antes, según algunos, el peligro de la fe estaba en ser demasiado estática; hoy, sin embargo, el peligro parece ser el contrario. Personalmente prefiero creer, más que en las desviaciones históricas y generacionales, en las distintas armonías y desarmonías que pueden surgir en la misma persona cuando se ve ante la decisión de creer, independientemente de la generación o periodo histórico a que pertenezca. La fe y la dificultad de creer son sustancialmente idénticos en todos los tiempos. Lo importante es que haya a ese respecto una inteligente propuesta educativa y formativa.

Concretando, creemos que por su propia naturaleza el acto de fe se expresa, y hay que intentar que se exprese, a través de algunas articulaciones, una especie de dimensiones propias del acto y del dinamismo del creer, distintas y a la vez profundamente relacionadas entre sí. Estas articulaciones son las siguientes:

— conciencia agradecida de la fe como *don*,
— la fe como *oración y celebración*,
— la fe *vivida y traducida en obras*,
— la fe *estudiada y comprendida*,
— la fe *compartida con los hermanos creyentes*,
— la fe *anunciada a todos*.

Es decir: fe recibida, fe orada, fe personalizada, fe estudiada, fe compartida, fe anunciada. Creer es llevar a cabo todas estas operaciones. Cada una de ellas va unida a las demás recíproca y complementariamente, todas juntas fortalecen el acto de fe, dan coherencia a la vida del creyente y eficacia a su testimonio. Si falta alguna, el acto de fe se debilita y al organismo creyente le falta algo.

En la formación es preciso facilitar y provocar este encadenamiento, estimulando al joven a orar y celebrar lo que cree, a traducirlo en gestos concretos y originales, a tratar de entenderlo con el esfuerzo de un estudio serio y sistemático, a compartirlo en la comunidad y a anunciarlo con palabras propias y fáciles de entender en la catequesis.

Es, pues, siempre el mismo contenido, que no sólo es creído con la mente, sino también contemplado, gustado, relatado, escrutado, exprimido en toda su riqueza, quizás también sufrido... algo que se salda con toda la vida; fe como preciada divisa que circula libremente por todos los sectores de la personalidad, dracma que hay que encontrar y que poner siempre en el centro de la existencia.

Entonces es cuando de verdad el componente estático se suelda poco a poco con el dinámico y desaparecen por completo los desequilibrios de partida. Incluso podríamos decir que de este modo el modelo genético-mariano y el dinámico-paulino se encuentran en un plan que reafirma fuertemente la unidad y complejidad del creer, y a la vez que fortalece la fe fortalece también al creyente[4].

En realidad, la fe es fuerte y es bello creer si es el hombre «entero» el que cree, es decir, si cree con el corazón, con las manos, con los pies, con la fantasía, de noche y de día, en la abundancia y en la indigencia, en la vida y en la muerte.

Creer así significa ser siempre joven.

Expresemos gráficamente también el modelo paulino para resaltar sus elementos básicos.

TABLA 6. *Modelo paulino: centralidad y circularidad del acto de fe*

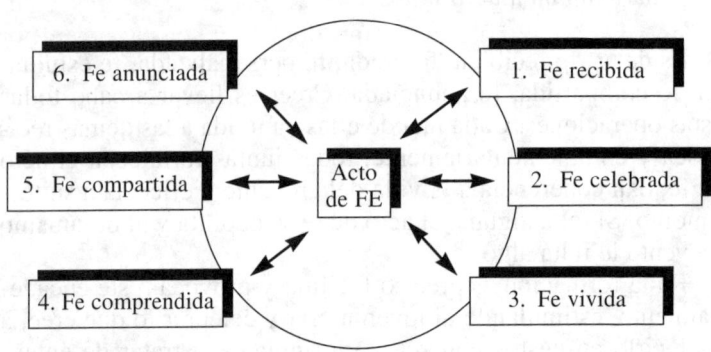

3. *Fe y vida futura*

Creemos con el corazón, con la mente y con la voluntad en la presencia de Dios que se ha manifestado en nuestra historia

---

4. A este respecto es interesante advertir que la fe en hebreo se expresa con el verbo que está presente en nuestro *amen* y que significa «ser estable, fundamentado» en una roca segura (cf. G. Ravasi, *Il ponte sul fiume*, en «Avvenire», 22 enero 1998).

pasada y que da sentido a nuestra historia *presente*. Incluso más, nace y renace siempre nueva consumándose en ella, sugiriendo un modo nuevo de mirar al *futuro*. La certeza de esa presencia es clave de lectura de la vida que aún nos queda por vivir, criterio a la hora de elegir y esperanza en las pruebas que nos esperan como creyentes.

La fe que prefiero, dice Dios, es la esperanza (Ch. Peguy).

Veamos, pues, ahora cómo podemos lograr que nazca en el corazón del joven esta fe-esperanza que abraza el futuro.

Es claro que los modelos que hemos presentado hasta ahora constituyen ya una indicación fundamental muy válida para ello. Pero creemos que aún se puede buscar y hallar una propuesta de crecimiento en la fe que prepare para mirar al futuro como quien sabe que todo está en manos de Dios, sin turbarse lo más mínimo y sin esperar que la vida le dé vueltas a su alrededor, sino que sale a su encuentro con optimismo y con el sentido de responsabilidad de quien sabe que Dios es fiel.

Por otro lado, los distintos modelos que estamos presentando nos dicen que ante el mismo don del Espíritu caben por parte del hombre diversas posibilidades de dejarse poseer por él. No decimos que el formador deba decantarse por una excluyendo todas las demás, porque esas diversas posibilidades no se excluyen entre sí, sino que pueden utilizarse convergente y complementariamente, es decir, a la vez.

d) *Modelo evangélico: la tensión cristocéntrica*

Busquemos el sentido de este modelo en el evangelio, en pasajes donde los verbos y el horizonte vital están en futuro, e indican como una entrega definitiva de nuestra realidad, en la esperanza, en las manos y en el corazón del Eterno.

1. «...lo haremos y oiremos» (Ex 24, 7)

Cuando Moisés propone la ley a los hijos de Israel, en el momento más solemne y fundante de su historia, éstos responden, según Lévinas, de una forma muy singular: «Haremos y oiremos todo lo que ha dicho el Señor».

Lo que llama la atención es que hacer vaya antes que oír o tener intención, es decir, que la idea de una praxis existencial, que normalmente sigue al conocimiento y la convicción, se sitúe antes de éstas. Más aún, el acto con el que los judíos aceptan la Torah no sólo precede al conocimiento, sino que parece un medio y un camino para ese conocimiento.

Sin embargo, ese orden que parece invertido es fundamental para comprender la naturaleza de la fe y para orientar adecuadamente la fe del joven formando. Comenta Lévinas:

> La adhesión al bien para los que dijeron: «Haremos y oiremos», no es el resultado de una elección entre el bien y el mal, sino que se realiza antes... La relación directa con la verdadera... –quiero decir, con la verdadera acogida de la revelación– sólo puede ser *relación con una persona*, con el otro. La Torah es dada por la luz de un rostro. La epifanía del otro es *ipso facto* mi responsabilidad frente a él: la visión del otro es desde ahora mismo una obligación para con él... La conciencia es la urgencia de un destino que lleva al otro, no el eterno retorno sobre uno mismo[5],

pues así es la fe.

En esta lectura tan original pueden resaltarse al menos dos cosas. Hay que procurar que el joven viva y practique una fe que jamás anteponga rígidamente su comprensión como *conditio sine qua non* para obrar. Es decir, su convicción subjetiva no puede constituirse en una condición absoluta para acoger una mediación, una obediencia o para hacer una opción. Y esto porque la fe supone el recurso a una lógica muy distinta, a una lógica no exclusivamente humana que no se basa en criterios meramente terrenos. Pero no sólo por eso, sino también porque el asentimiento a la perspectiva creyente que hace comprender su riqueza, sólo se da cuando se decide entrar en esa otra lógica que puede saborearla; incluso más, ese asentimiento sólo se produce cuando se *vive* de hecho según esa «otra» lógica que

---

5. E. Lévinas, *Quattro letture talmudiche*, Genova 1982, 67-97.

descubre su sentido y sus horizontes tan amplios que rebasan por completo su persona.

La realidad de la cruz no destruye la vida sino que la enriquece; lo que pasa es que sólo se percibe así *después* de que se ha abrazado. La renuncia por amor no es algo deprimente, es una condición para desear los deseos de Dios, algo que sólo se comprende poco a poco y con frecuencia tras un largo camino. Pero si el joven espera o pretende verlo todo claro y convincente, jamás penetrará en su futuro, y se hará viejo sin haber vivido nunca en plenitud y sin haber disfrutado jamás de la libertad joven de la fe.

El segundo aspecto que hace verdaderamente interesante la interpretación de Lévinas es la comprensión de la fe como *visión de un rostro*, como *relación o destino que lleva al Otro*, como «obligación y *responsabilidad* frente a él», es decir, algo muy superior a una simple ideología basada en la evidencia convincente de los argumentos.

Hay que educar al joven en la conciencia de esta relación con el Otro que le da el ser, que le da la capacidad de responder, que lo hace respons-able antes incluso de que pueda preguntarse o saber qué debe hacer, que lo constituye en destino de todo fragmento de vida y de su ser. Gracias a esta relación el hombre llega a ser él mismo y ya no tiene miedo al futuro. Gracias a la visión de este rostro, la fe deja de ser una simple idea y se convierte en relación, en pálpito vital, en diálogo con una persona viva, en encuentro con la mirada de Dios que mira a la criatura amándola, en bendición y confianza...

2. «¿...a quién iremos? Tú tienes palabras de vida eterna» (Jn 6, 68)

Tras el gratificante milagro de la multiplicación de los panes y del «duro» discurso de Jesús sobre el pan de vida, muchos de sus discípulos «se retiraron y ya no iban con él» (Jn 6, 66).

La vida es un continuo partir y volver a partir, con las distancias y riesgos que toda partida implica, pero también con todos los nuevos horizontes y esperanzas que cualquier caminar lleva consigo. También los discípulos de Jesús se encontraron ante esta alternativa: seguirle o quedarse. Pero Jesús les mueve a decidir sin disminuir ni endulzar en absoluto la dureza de sus palabras («¿también vosotros queréis marcharos?»), corriendo el riesgo de quedarse solo, pero apelando también a la libertad humana del creyente y del llamado, en continua tensión entre la claridad y la oscuridad del misterio divino.

Es como un reto continuo por parte de Jesús que al multiplicar los panes da un signo que se ve y se disfruta al instante respondiendo así a ciertas expectativas. Pero por otro lado sugiere inmediatamente otro significado, una perspectiva que supera las expectativas anteriores y abre la vida a un futuro nuevo. Sacia el hambre, pero para mostrar enseguida otro tipo de hambre; satisface el deseo para que el hombre pueda desear más, mucho más. Tener fe es justamente esto, este eterno juego de superarse sin cesar, una especie de tensión irresistible a proyectarse hacia adelante, a situar cada vez más alto el baricentro de la vida, a pensarse e introducirse en una dimensión cada vez más dentro de la órbita de Dios.

Así pues, creer significa caminar, dejar algo para descubrir algo distinto incluso en relación con Dios, que cada día se revela en novedad y que pide continuamente que nos abramos a la imprevisible novedad de sus dones, sin pretender poseerlos o poseerle a él, dador de todo bien (pues el Dios de ayer puede ser el ídolo de hoy). Creer es partir para una tierra que no se sabe dónde está (cf. Heb 11, 8), pero impulsados por la sensación de que no podemos hacer otra cosa y atraídos por el misterio de esa tierra.

Es ejemplar la actitud provocadora de Jesús porque *plantea la pregunta y el reto justo en el momento justo y en la forma precisa* después de haber mostrado la diferencia entre el pan terreno y el celeste. O porque es capaz de equilibrar sabiamente la satisfacción con la insatisfacción, el alimento que sacia el hambre con el discurso difícil de entender, creando una especie de «frustración optimal» para que la saciedad del cuerpo no vuelva pesado al espíritu, incapacitándole para sentir otro hambre, el hambre del pan de vida eterna.

Para el educador de la fe, éste es un método ejemplar. Porque el educador en la fe debe ser valiente y oportuno a la hora de plantear la *provocación adecuada*, pero sólo tras haber logrado que se experimente la diferencia entre la satisfacción instintual (que se quema inmediatamente y se repite siempre idéntica) y la tensión espiritual (siempre nueva y que jamás se satisface). Para que todas las situaciones, incluso las más gratificantes (una afirmación del yo, una amistad, una compensación afectiva...), no replieguen el yo sobre sí mismo, sino que sean símbolo y reclamo de un deseo superior y misterioso que viene de Dios y tiene a Dios como fin último.

Pero también Pedro es ejemplar en su respuesta, en su instintivo «¿a quién iremos?». Como si dijera, ¿pero adónde quieres que vayamos? Hay tantos «mesías» sueltos por ahí, algunos incluso capaces de hacer cosas prodigiosas y de satisfacer las expectativas de la gente para lograr su asentimiento, hay tantos hábiles prestidigitadores que multiplican panes que no quitan el hambre, tantos parlanchines que repiten palabras ya archisabidas, tantos falsos profetas que venden un futuro sin misterio... Pero ni uno solo de ellos tiene *las palabras de vida* que tú tienes, palabras que velan y desvelan, que me dicen la verdad de mi vida y a la vez me impulsan a seguir buscando; palabras que llenan mi necesidad de saber y amplían sin límites el horizonte de mi vida; palabras también distantes e inquietantes, difíciles de entender y aún más de vivir; palabras, en fin, verdaderas y bellas, que toda una vida no bastará para entender y justamente por eso palabras con sabor a eternidad.

No, no te sigo por el hambre que me quitas, sino *por el hambre que has suscitado en mi interior y que es imposible de saciar*. Estar contigo es respirar el misterio... ¿Adónde ir lejos de ti, Señor y Maestro, camino, verdad y vida? No sé muy bien por qué y sólo sé que estoy al comienzo del camino, pero estoy seguro que irme de ti sería andar a la deriva, abandonarme a mí mismo, no tener ya ningún futuro, perderme... ¡Vivir sin ti sería no vivir!

3. «...pero, puesto que tú lo dices, echaré las redes» (Lc 5, 5)

Simón, siempre Simón, ha trabajado toda la noche sin pescar absolutamente nada, pero obedece al Señor que le dice que reme hacia adentro y vuelva a echar las redes.

Pedro, que es un buen pescador, sabe muy bien que no tiene mucho sentido, pero acaba de oír cómo el Señor educaba a la multitud, y eso le pone en sus labios una estupenda proclamación de fe: «puesto que tú lo dices, echaré las redes».

Tras el fracaso de su trabajo nocturno, he aquí la confianza que nace de una palabra nueva que se ha escuchado y que abre un día y un futuro nuevo, una especie de apuesta en la que el experto pescador se juega ante la gente su prestigio.

¡Una apuesta por la palabra! Estamos justamente en el corazón de la fe y del ejercicio de la fe. Hay que llevar al joven a este punto decisivo por un recorrido que de la prudencia conduce a la locura, del fracaso a la confianza.

Y no debería ser difícil, porque no es nada raro comprobar con amargura qué inútiles son a veces nuestros esfuerzos personales en la vida espiritual o nuestro trabajo en el apostolado. A menudo esta amargura genera desconfianza, y sin embargo es una experiencia magnífica en la formación, porque permite ver con qué constancia y determinación es capaz de reaccionar la persona ante los fracasos o hasta qué punto sabe ir a lo esencial. Pero sobre todo hace que el joven, con una buena dirección, sepa descubrir el *porqué* del fracaso, que a menudo tiene que ver, sobre todo en la etapa juvenil, con las excesivas pretensiones o la seguridad del éxito, que hace a la gente demasiado calculadora y tiene miedo a fiarse del Otro.

Hay quien la llama fase *sub-liminal*, porque el descubrimiento del propio narcisismo espiritual, del deseo sutil de ser bellos y «siervos útiles» ante Dios, desorienta y frustra, crea una especie de vacío, se tiene la impresión de no saber adónde ir, como si de repente nos volviéramos impotentes ante un ídolo que nos ha esclavizado durante mucho tiempo sin ser conscientes de ello. Nos pasamos pescando toda la noche, pero no cogimos absolutamente nada...

Y, sin embargo, este «nada» puede ser una tierra fecunda para la acción de la gracia, pues sólo si somos conscientes de nuestra nada la fe puede crecer, madurar y purificarse constantemente. Y, paradójicamente, esta nada, liberada por fin de toda presunción e invasión del yo, es lo que llama la atención amorosa del Señor, capaz de que resuene sobre él con toda su fuerza aquella Palabra que hizo una vez todo de la nada, invitándolo ahora a que «reme mar adentro y eche las redes».

Y entonces como ahora, la Palabra «crea». Más concretamente: Igual que Dios ha pronunciado su Palabra desde la nada y sobre la nada del hombre, también el hombre decide construir su vida desde esta misma Palabra y por eso decide «remar mar adentro y echar las redes». Es decir, decide hacer algo extraño y humanamente inconcebible, decide no tener más seguridades que la Palabra, decide aventurarse en empresas audaces y quizás «imposibles», en las que quizás más que la certeza de la propia capacidad de salir airosos está la seguridad del punto de llegada, de alguien que espera y atrae a quien se fía de él, haciéndole caminar incluso sobre las aguas o logrando que pesque tal cantidad de peces que se le rompan las redes...

Y la teología de la nada se convierte en la teología de la abundancia, pasando por así decirlo a través de la teología del silencio, de la escucha, de la Palabra, del valor de obrar exclusivamente en virtud de la Palabra... Saberes teológicos todos estos que no se estudian sólo en clase, sino que nuestros jóvenes debieran en cualquier caso aprender, experimentar, transformar en «sabor teológico», en gusto de Dios... para ser creyentes.

Pues la fe se encuentra «abundante» donde «no se toca», sino donde confluyen recorridos inteligentemente diseñados y guiados: el recorrido de la fe, por ejemplo, como visión de un rostro y cruce de una mirada que lleva a hacer antes incluso de entender o sin pretender entender; el recorrido de un hambre o de una tensión que de la satisfacción terrena se proyecta cada vez más arriba y se convierte en hambre de Dios y en descubrimiento de que sólo él tiene palabras de vida; el recorrido, en fin, que de la experiencia de la propia nada conduce al valor, tras la «noche» de los esfuerzos inútiles, de remar mar adentro y de echar las redes «puesto que tú lo dices».

Crecer en la fe requiere, pues, abandonar poco a poco todas las referencias «externas» o menos centrales de identidad (como, por ejemplo, las dotes físicas o psíquicas) y adquirir la forma personal fijada por la fe.

Envejecer exige, por esto, ser capaces de ir abandonando poco a poco todas las referencias de identificación para ser simplemente nosotros mismos, hijos de Dios[6].

TABLA 7. *Modelo evangélico: la fe como relación con un rostro, acogida del misterio y riesgo de lo imposible*

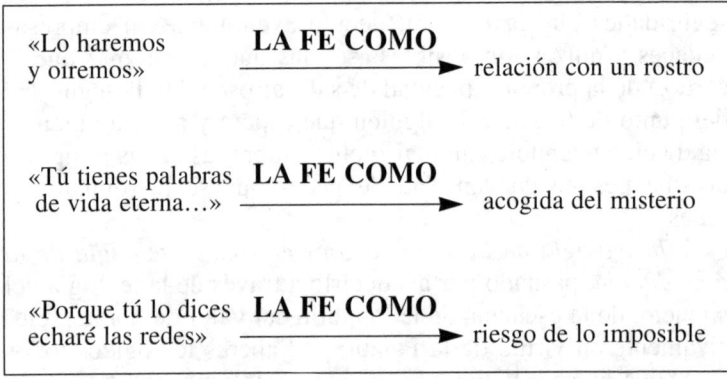

---

6. C. Molari, *Chiedere perdono per imparare della storia*: Rocca 2 (1998) 56.

QUINTA PARTE
Formación carismática

Estamos en la tercera dimensión del proceso formativo, es decir, en la dimensión carismática.
Esta dimensión debería ser la síntesis de las otras dos. Pues el hombre y el creyente no sólo reviven en el consagrado, sino que hallan en él una posibilidad sorprendente e inédita de desarrollar plenamente sus potencialidades y de afirmar su individualidad.
Si en el gran diseño paulino (cf. Ef 3, 18) las dimensiones humana y espiritual representan respectivamente la profundidad y la altura del misterio del hombre, la dimensión carismática muestra el proyecto *en su conjunto*, esa hermosura, fruto común de la maduración en los distintos niveles, que convierte al hombre en un ser singular e inconfundible, «hermoso» con hermosura divina.
Es obvio que esa hermosura no podría subsistir sin las demás. Quien se consagra a Dios es un ser humano que conoce su historia y sus debilidades, el deseo y la dureza de caminar en la verdad; pero también es un creyente que en la dureza de su historia ha conocido, quizás imprevisiblemente, a Dios y ha comprobado que su amor «le bastaba». Y si luego ha decidido entregarse por completo a él en una familia religiosa, ha sido porque ha comprendido que ese amor no sólo le podía bastar, sino que incluso podía sobrarle, pudiendo convertirse su propia humanidad en un medio para que otros muchos tengan la dicha de gozar también de él.
Seguimos el mismo esquema que en las dos dimensiones anteriores: primero definimos los elementos arquitectónicos que lo sostienen y a continuación los hermenéuticos y didácticos.

13
La dimensión carismática

Lo que sobre todo se trata de entender en la formación es el significado fundamental de la consagración como acontecimiento espiritual y humano que transforma profundamente la existencia a la luz de un carisma[1].

Las líneas formativas que definen un proyecto de consagración están necesariamente relacionadas con la naturaleza de este proyecto así como con la interpretación que se da al carisma. Y no sólo en el plano estrictamente espiritual y religioso, sino también en el intrapsíquico y existencial. En efecto, si como ya hemos dicho, formación no es sino proponer una forma como norma de vida, el carisma es justamente esa norma específica con la que la persona es llamada a identificarse. Es la forma de su fe, su modo de ser creyente; es la forma de la imagen de Cristo que debe reproducir en su vida.

Precisamente por eso la dimensión carismática no puede no modificar en profundidad la vida del hombre y del creyente; más aún, es su consumación y la suprema expresión de su belleza.

Veamos ahora, en especial, los *presupuestos* de esta dimensión, los puntos de partida de donde sale sin cesar una formación carismática auténtica y cuidada.

---

1. Cuando en este y en los siguientes capítulos hablamos de «carisma», nos referimos siempre al carisma de una institución religiosa, a no ser que se diga lo contrario

1. Presupuestos

Ya hemos dicho que el hombre es capaz de trascenderse hasta captar el amor de Dios y dejarse amar por él, para llegar incluso a amar como él penetrando en el mundo de sus sentimientos y deseos.

Desde esta perspectiva, el carisma de una institución

1. es el don de lo alto que muestra el plan que el Padre creador tiene sobre la criatura y mediante el cual ésta realiza *su semejanza específica con el mismo Dios*. Pues todo carisma subraya un aspecto especial de la realidad divina manifestada en el Hijo según la fantasía, llamativa y a la vez muy serena, del Espíritu.
2. Pero el carisma tiene una proyección humana y psicológica, pues es la *revelación definitiva del yo ideal*, de lo que alguien está llamado a ser, su «nombre». El carisma de una institución no sólo tiene, pues, un significado espiritual o institucional, sino que, al desvelar la parte del yo que espera realizarse, indica también el camino de la autorrealización personal. No es una simple indicación genérica de un modo de vivir, una noble tradición o un valor exclusivamente ascético, sino una propuesta concreta de vida que abarca todas las dimensiones de la existencia y les da un talante inconfundible, siempre en la línea de la imparable y ordenada fantasía del Espíritu.
3. Este don de lo alto es un don que hay que vivir siempre *con los demás*, con los que llevan el mismo «nombre» o han recibido el mismo don. Se vive en comunidad porque el don del Espíritu crea vínculos más fuertes que la carne y la sangre, pero también porque ese don hay que compartirlo para entenderlo y vivirlo mejor, para dar un testimonio más visible y convincente de él con la riqueza de la aportación original de cada uno.
4. El carisma, finalmente, se ha de vivir *para los otros*. No está en función de la perfección de cada uno o de la institución, sino que se da a algunos para que no falte en la

Iglesia ningún don de la gracia (cf. 1 Cor 1, 7). Todo carisma muestra, más en concreto, y a través de la acción caritativa, el amor y la providencia del Padre para con los hombres, sobre todo para con los más necesitados. Pero contiene también una sabiduría espiritual que el consagrado no puede guardarse para él, sino que debe traducir y ofrecer a los otros para que todos puedan captarla idealmente, gocen de ella y sean felices.

La consagración expresa todo esto: es un don de lo alto para la Iglesia y para el mundo. Algunos son titulares o destinatarios inmediatos de este don, pero su destinatario final es todo hombre y todo creyente. Quien se consagra a Dios no lo hace sólo para sí mismo, ni se santifica pensando exclusivamente en su propia perfección.

Al mismo tiempo, el consagrado se encuentra a sí mismo en el don que lo consagra, es decir, en los contenidos que definen su carisma redescubre los rasgos que caracterizan su fisonomía, las facciones de ese rostro que el Padre ha creado y sigue creando en él, el misterio de su identidad «escondida con Cristo en Dios» (Col 3, 3) y destinada a desvelarse en la Iglesia, cuerpo de Cristo, para la santificación de todos.

2. *Contenidos*

La formación carismática tratará de poner de manifiesto los «rasgos escondidos» que corresponden a los componentes clásicos del carisma: los elementos *místico, ascético y apostólico*. Y todo ello incluido entre las dos polaridades típicas del camino de maduración del yo: *el sentido de identidad y el sentido de pertenencia*. El primero, en teoría, como punto de partida del proceso; el segundo como su punto natural de llegada, pero destinados de hecho a interactuar entre sí durante el itinerario formativo, es decir, a crecer juntos en el individuo y en la comunidad.

a) *Sentido de identidad*

En la formación, lo más fundamental es que se clarifique el *significado funcional* del carisma. Es poco inteligente iniciar el camino formativo explicando en seguida todo el contenido del carisma institucional, o pensar que eso basta para poner en marcha el proceso de internalización.

Esta fue la ilusión del postconcilio, cuando se creyó que bastaría con redescubrir el carisma original de las instituciones para provocar una renovación saludable de la vida consagrada. Pero esto no sucedió (al menos con la amplitud que se esperaba) probablemente porque no se cayó en la cuenta de que *antes que el contenido, había que clarificar el sentido, el significado funcional del carisma*.

Para muchos consagrados no estaba (o no está) suficientemente claro qué papel juega el carisma en la realización personal, incluso había quien vivía cierta contraposición entre ambas perspectivas, como si el carisma fuera algo genérico y exclusivamente espiritual, algo que se da o se impone a todos como un objetivo que nivela las aspiraciones y potencialidades individuales, algo poco susceptible de definir y poco definido de hecho a excepción de los lugares comunes habituales, cada vez más comunes y similares entre las distintas instituciones (otra nivelación), y en consecuencia algo poco apreciado y aún menos reconocido como punto de referencia de la propia identidad. ¿Para qué sirve descubrir el sentido original del carisma si antes o a la vez no se ayuda a redescubrir su función en el contexto de la identidad? ¿Para qué estudiar sus raíces, su historia, su evolución, sus tradiciones... si a la vez no se ve en todo eso la propia raíz y la propia historia, la propia identidad y realización, el propio presente y el propio futuro?

La «desafección carismática» ha sido quizás el primer síntoma grave, algo oculto, de una crisis de la vida consagrada aún no resuelto del todo y que ha desembocado en la ya conocida y clásica «crisis de identidad» o en el fenómeno especial de la «doble identidad». Es decir, por una parte la identidad carismática, oficial e institucional, que se presenta como una hermosa vestimenta o un motivo decorativo que da lustre, y por otra la identidad privada y personal, basada en la realización de las propias dotes y talentos, cuidada y mimada como un amor secreto y prohibido, y defendida a veces celosamente como algo absoluto e irrenunciable. Es evidente que entre estos dos modos de identificación (o entre el individuo y la institución) se ha planteado todo un cúmulo de conflictos, expresos o tácitos.

He aquí por qué es tan importante que ya, desde el comienzo mismo de la primera formación, se presente el carisma en su verdad y función si no se quiere que se convierta en una pura y simple ficción.

Y la verdad que hay que proponer al joven es la siguiente: el carisma es *mi yo*, es *el nombre* con el que Dios me ha llamado a la vida soñándome semejante a él; es mi pasado, pero también lo que estoy llamado a ser; es el sentido total de mi historia y la condición para sentirme yo mismo y para ser feliz; es lo que hace definitivamente positiva mi identidad, mucho más que lo que podrían hacerla mis cualidades y habilidades.

No es que estas últimas no sean importantes, puesto que ellas son también carismas, dones recibidos de Dios para el bien de los demás. Más aún, son carismas *funcionales-actuales*, ligados al yo actual (lo que ya soy) y al servicio del *carisma vocacional-ideal* (lo que debo y quiero ser) expresado y contenido en el carisma institucional. No son por tanto un fin, sino un medio para vivir mejor y más eficazmente la identidad vocacional, son el lugar donde se expresa con más plenitud la propia llamada. Y esto es precisamente lo que salva a estos carismas de la insignificancia narcisista, moviéndolos a rendir al máximo.

Así pues, si son un medio no tienen carácter absoluto y por tanto la vida puede pedirme en un momento determinado que los «sacrifique» en aras de un bien mayor. No me será fácil desde luego dejar una actividad en la que me muevo como pez en el agua o un ambiente o un papel que me permiten mostrar mis talentos; sólo podré hacerlo si mi identidad y positividad «radican» en otra parte, en el don de lo alto pensado y preparado por Dios para mí.

¡Quién sabe cuántas crisis podrían evitarse si ya en la primera formación se delineara ya correctamente la naturaleza del carisma como fuente de identidad y como revelador del misterio del yo! ¡Cuánto ganarían con ello el sentido de unidad de la vida y la eficacia en las actividades, la transparencia del testimonio, y como consecuencia indirecta pero real, la animación vocacional!

Una cosa desde luego es cierta, a saber, que sólo cuando el papel y el significado del carisma están suficientemente claros, las personas se sienten muy motivadas a conocer y vivir también su contenido. Y es algo que no podría ser de otro modo, puesto que el contenido es también su yo, lo revela a sí mismo... La atracción del espíritu halla finalmente el terreno adecuado para atraer el corazón y la mente.

b) *Experiencia mística*

En el comienzo de un carisma hay siempre una teofanía sorprendente. Dios se revela, y al mostrar su rostro divino, desvela también al hombre su rostro humano.

No se trata de una simple autocomunicación divina que el creyente sólo puede acoger y contemplar, advirtiendo quizás todavía más la distancia que le separa del Altísimo. Se trata de un decirse de parte de Dios, en el que el hombre percibe que se habla de él, de un desvelamiento del misterio divino que muestra y restituye al hombre a sí mismo, porque el hombre es parte del misterio de Dios y la verdad de Dios es también *su* verdad, verdad sobre su vida.

Y aquí está justamente lo sorprendente, que no sólo Dios se revele, sino que en ese mismo momento y en esa misma revelación pronuncie nuestro nombre[2].

Por eso puede decir el profeta: «Somos llamados por tu nombre» (Jer 14, 9). Y lo mismo nuestros fundadores o funda-

---

2. Por otro lado, como dice acertadamente Kierkegaard, ésta es también la experiencia típica del auténtico lector de la Palabra: «Es preciso que cuando leas la palabra de Dios te recuerdes sin cesar: es a mí a quien se habla, es de mí de quien se habla» (Citado por B. Forte, *Contro i teologi sonnifero*, en «Avvenire» [4 diciembre 1996], 19).

doras, hombres y mujeres de oración que en la meditación del misterio o en un aspecto concreto de la realidad divina o de la vida humana de Cristo se han descubierto a sí mismos, bien poco a poco, bien de repente, o han descubierto el proyecto de Dios sobre ellos y sobre otras personas, una identidad a asumir, una imagen divina que vivir en su historia, una semejanza de Dios que manifestar.

Si existen nuestras familias religiosas es porque ha habido alguien que ha vivido intensamente esta experiencia de lo divino, y si hoy siguen existiendo es porque hay ahora también otras personas a las que Dios concede revivir la misma experiencia ante el mismo misterio. El consagrado nace precisamente cuando empieza a descubrir su yo dentro de esta relación con Dios y deja que en la oración el misterio se convierta en la fuente de su identidad. La espiritualidad es quien le desvela su identidad y cada uno de los rasgos de su fisonomía.

De ahí que la oración sea, por su propia naturaleza, la *actividad primordial* del joven consagrado, porque la experiencia y la autocomunicación de Dios son necesariamente anteriores al conocimiento que el ser humano puede tener de sí mismo; más aún, es la teofanía que ilumina el conocimiento humano.

Esta es una *oración que transforma*. El hombre entra progresivamente en sintonía con lo que contempla, asume sus sentimientos, se deja modelar por ello... hasta que lo descubre dentro de él como parte de sí mismo.

Pero hay que tener mucha constancia y paciencia, porque hay que seguir frente al misterio incluso cuando da la impresión de que es mudo y sordo. Si el joven tiene la certeza de que ese misterio esconde su identidad y verdad, mantenerse simplemente ante él es ya beber en su fuente. Lo que realmente cuenta es que la experiencia de oración sea una experiencia específica, ligada a la experiencia del fundador, tanto en relación con el misterio central a contemplar, como en referencia al estilo, especiales acentos espirituales e incluso devociones. Pues de este modo la oración pone en profunda sintonía con el espíritu de la institución: el orante lo comprende mejor, lo contempla en Dios, lo «celebra» de algún modo, el Espíritu le sugiere cómo interpretarlo abriendo su mente y su corazón a nuevas y fecundas intuiciones. La oración fiel y coherente, orar en espíritu y verdad, es siempre fuente de luz y creatividad. Gracias a ella el carisma se renueva permaneciendo fiel a sí mismo.

Por consiguiente, esta oración carismática es también una *oración que atrae*, no por ser original y fácil, sino porque el proyecto del Padre es cada vez más claro y atractivo. ¿Es que puede haber algún ser que no se sienta atraído por algo que lo revela a sí mismo y que, lejos de repetirse, le revela cada vez aspectos nuevos de su identidad?

Esta atracción es ya una acción del espíritu de Dios, es ya comienzo de la mística, del abandono en manos del Dios creador. Y Dios, que es un magnífico artista, trabaja día a día en su obra para que se ajuste a su proyecto y a su sueño.

El carisma es ese proyecto. Y el joven religioso, su obra maestra…

Pero el trabajo todavía no ha terminado.

c) *Camino ascético*

Es la expresión natural e inevitable de la experiencia mística.

La intensa contemplación del misterio divino, en el que el consagrado reconoce su rostro y su destino, genera la necesidad de conformarse a él, dejándose modelar activamente en los gestos y en las palabras, en los pensamientos y en los deseos.

Pues bien, esto es *ascesis*.

Sustancialmente y simplificando, si la mística es la grata contemplación de lo que Dios es y hace en nosotros, la ascética es el *intento, discreto y voluntarioso, de acoger su acción y de responder a ella*.

Si una autentifica a la otra, es importante que en la formación se las presente a la vez y en estrecha correlación entre sí, para que la ascética permanezca indisolublemente ligada a la mística, vaya precedida por ella, y el joven comprenda esencialmente su obrar como una respuesta a lo que Dios ya ha realizado en él. Una respuesta que ha de ser ante todo acción de gracias, adoración, estupor por lo que Dios sigue haciendo, y sólo después acción y muestra de buena voluntad.

Del mismo modo, la mística debe desembocar también en el proyecto ascético y en un plano ascético justamente comprometido y exigente si no quiere quedarse en un virtuosismo estéril o en un presuntuoso exhibicionismo espiritual.

Es importante subrayar que el proceso de identificación del yo que se inició con la experiencia mística, sigue necesariamente en el momento ascético, pues el misterio del yo sólo se puede descifrar si se convierte también en una realidad operativa y viviente que se compromete con opciones concretas y se realiza según un modo especial de ser. Sólo actuando el joven experimenta el don y el gusto de encarnarlo en su persona de un modo absolutamente original.

Será decisivo que el formador proponga al joven un *programa ascético claro*, como parte constitutiva y peculiar del carisma, es decir, un modo de ser hecho de comportamientos y actitudes, de sensibilidades y aspiraciones, de cualidades morales y de virtudes características, desde la oración hasta el estilo de las relaciones interpersonales, desde la predisposición específica hacia un tipo concreto de apostolado hasta la forma específica de vivir la consagración y de interpretar los votos y la vida en común.

Todo carisma tiene un proyecto ascético propio *completamente original*, por estar ligado a una experiencia mística igualmente original. Algo muy concreto que se remite a la tradición viva de la institución y que constituye en cierto modo su estilo, tan visible además que identifica inmediatamente a una persona como miembro de esa institución. Pero se trata siempre de algo que significa un *nuevo* modo de ser que abarca todas las manifestaciones vitales del consagrado, para que en todas y cada una resplandezca el don de lo alto.

Todas las instituciones tendrán, pues, que definir con precisión *su propio programa ascético*, presentando al joven una fisonomía típica en la que se insiste en algunas virtudes de cara a la puesta en práctica del carisma y del sentido de unidad de la persona. La *Ratio formationis* no puede quedarse en este asunto en generalidades, puesto que la indefinición de ese proyecto genera desafección hacia el carisma, pues es difícil apreciar y amar lo que carece de especificidad, como si fuera algo informe, o apasionarse y enamorarse de algo que no se ve con claridad que se pueda vivir.

Se tratará, pues, de una ascesis *cuidada*, no del montón o hecha sólo de renuncias y sacrificios en general, porque tiende a liberar al hombre de todo lo que le impide descubrir su nueva identidad y le ayuda a conseguir su auténtico rostro. Será igualmente una ascesis *apasionada*, porque va estrechamente unida a la contemplación del misterio, de un misterio que atrae porque revela a Dios y al yo. Será, pues, una ascesis que no entristece a quien la practica ni desanima a quien se acerca a ella, sino que hace del asceta una persona *alegre*[3], convierte en contagioso su ejemplo y en transparente su testimonio carismático.

d) *Ministerio apostólico*

Toda familia religiosa ha nacido con un ministerio apostólico concreto, fruto también de la iluminación del Espíritu, que conoce y escruta no sólo los secretos de Dios, sino también de los hombres, así como las necesidades de los tiempos, y los anhelos y gemidos de todas las generaciones. Pues bien, ese mismo Espíritu da a los que llama el valor de responder creativa y eficazmente a esas necesidades y gemidos.

Así pues, por un lado las obras de misericordia corporal o espiritual propias de una institución forman parte de algún modo de la experiencia mística. Y no sólo porque ha sido normalmente en la oración donde el fundador ha recibido una iluminación determinada para servir al prójimo, sino también porque es siempre dentro de una experiencia mística concreta donde ese servicio tiene sus raíces y lo que le mantiene joven, su inspiración primitiva y su clave interpretativa. Si en algún momento se desgajara de la teofanía que lo ha generado, se convertiría en un gesto cualquiera de benevolencia, puede que sincera, pero en todo caso de poca fuerza y escasa consistencia.

---

3. «Tú, cuando ayunes, perfúmate la cabeza y lávate la cara...» (Mt 6, 17).

Por otro lado, la experiencia mística se manifiesta necesariamente en actos de amor al prójimo. Sin ellos, no sería ni auténtica ni creíble. Y no sólo al modo de una causa que produce unos determinados efectos, sino como amor que por definición se prolonga e intensifica en ellos, ese idéntico y único amor a Dios y a los hermanos. Así pues, la dimensión apostólica está íntimamente relacionada con un modo muy concreto de ser y de entenderse, de orar y de vivir, y constituye normalmente el criterio para verificar la fidelidad de una institución a su inspiración carismática original.

Es, pues, importante que tanto en la formación inicial como en la formación permanente, el consagrado considere esa dimensión como algo esencial y constitutivo, pues al fin y al cabo es un apóstol y ha de ser capaz de ver toda su vida en función del ministerio apostólico. Si vive una determinada experiencia de Dios es porque la debe anunciar, si sigue un determinado plan ascético es porque le prepara para un servicio concreto, si ama a los hermanos que conviven con él es porque el amor es el primer testimonio evangélico que hay que dar al mundo.

Pero el amor no es lo único que une oración y apostolado prolongándose en el servicio al prójimo, sino que también cumplen normalmente esa función el contenido del carisma y su espiritualidad específica, así como el proceso de búsqueda y de desvelamiento del mismo. Pues la misma teofanía que ha originado la experiencia mística no puede quedarse ahí, sino que continúa en un compromiso apostólico vivo. Se trata siempre de la misma manifestación de Dios, pero ahora, en el corazón de la acción, es una revelación viva que asume el rostro y la palabra de los hermanos que el consagrado es llamado a servir. Ahí Dios busca y espera al apóstol para hablarle de él y para revelársele plenamente; ahí el apóstol revive y celebra su éxtasis; ahí todo gesto, palabra, afecto, proyecto, éxito y fracaso asume una potente carga mística. Una mística y un éxtasis flamante, sin pretensiones pero también sin evasiones, transidos y envueltos en una actitud de adoración al misterio divino buscado y hallado por doquier, pero empapados también de capacidad de relación con cualquier rostro humano, sacramento misterioso del rostro divino.

Es, pues, también una mística creativa e innovadora, para revivir

> aquella misma genuinidad carismática, vivaz e ingeniosa en su inventiva, que tanto brilló en los fundadores[4].

Si es verdad que en nuestras instituciones está hoy en crisis la creatividad apostólica, la infidelidad tiene que ver con el conjunto del diseño carismático, e indica *sobre todo el retroceso de la relación interna entre sus componentes*, entre experiencia mística, camino ascético y ministerio apostólico, relación que por su propia naturaleza tiene un talante siempre creativo.

Hay que formar, pues, al joven no para realizar y repetir un cierto apostolado (a veces incluso de dudosa actualidad), sino para buscar siempre obstinadamente ese vínculo carismático que lo unifica por dentro, que como un *cantus firmus* da armonía a todas y cada una de las manifestaciones de la vida, y que hace que su servicio sea emprendedor y creativo como respuesta a los signos de los tiempos que emergen en el mundo de hoy[5].

e) *Sentido de pertenencia*

Estamos en el último punto, en el rasgo final con el que en cierto modo se cierra el diseño carismático, o en el polo aparentemente contrapuesto a aquel con que comenzamos el discurso, es decir, con el sentido de identidad.

El sentido de identidad y el sentido de pertenencia son en realidad los elementos estructurales y constitutivos del yo, pues toda persona se define a partir de lo que es y en lo que se reconoce, así como a partir de aquello a lo que pertenece y a lo

---

4. Cf. *Mutuae Relationes*, 23: EV 6/644.
5. Cf. *Vita consecrata*, 37.

que se entrega. Y lo que cada uno es va necesariamente unido a aquello de lo que se siente parte.

Sólo poniendo límites a su persona (de-finiéndose) el ser humano puede ponerse en relación con el otro, pero si se decide a pertenecer a un «tú» o a reconocerse en un «nosotros», el yo capta todavía mejor no sólo sus confines sino también sus posibilidades y aperturas. Es decir, la pertenencia «abre», no cierra; amplía, no reduce. El infierno no son los otros (Sartre). O lo son sólo para quien cree que encerrándose en sí puede lograr mejor tanto su autorrealización como su bienestar, pero al final lo único que encuentra es caos y pobreza, egoísmo y presunción. La identidad sin pertenencia termina en el narcisismo; la pertenencia sin identidad culmina en la dependencia.

Así pues, una cosa es cierta: *no hay identidad sin pertenencia*. Y esto vale también para quien se consagra.

Y si la identidad de una persona consagrada se define tanto por el carisma como por sus componentes (místico, ascético y apostólico), la pertenencia consiste en formar afectiva y efectivamente parte de una familia religiosa en la que ese carisma tiene una expresión concreta, que incluso está codificado en una regla de vida que puede observarse en la vida de muchas otras personas que han reconocido también en él el proyecto que Dios ha pensado para ellas, que ha sido confirmado por la Iglesia como lectura auténtica de la Palabra y que tiene una historia y una tradición muy ricas que revelan su vitalidad.

Pero todo esto, a saber, familia religiosa, regla, historia, tradición... se ve y se siente como parte del propio yo. Esa historia es y narra también mi propia historia (o prehistoria); la familia religiosa es también mi nueva y auténtica familia, con unos vínculos más fuertes y resistentes que los de la carne y la sangre; la regla manifiesta el proyecto de Dios sobre la persona consagrada y se llama «regla de vida» justamente porque describe su vida en todos sus aspectos; la tradición no es sólo un conjunto de costumbres transmitidas por los antiguos padres, sino garantía de fidelidad (de parte de Dios y de esos mismos padres) y criterio para descifrar actualmente nuestra misión...

He aquí por qué es necesario que el joven en formación se familiarice con el estudio y meditación del carisma, de su historia, de la trayectoria vital de su fundador, de las vicisitudes de la institución, con una actitud de respeto religioso, de veneración sincera, de profunda gratitud. Ha de entender que sin esa historia su yo sería un enigma insoluble.

Por consiguiente, el sentido de pertenencia no puede ser un tema puramente sentimental en función de un objetivo exclusivamente psicológico para evitar la soledad y animarse mutuamente. Tampoco puede confundirse con esa sensación sectaria típica de los débiles que se juntan para protegerse y sentirse más fuertes, y mientras se juntan excluyen a los demás y se aíslan. Y finalmente, el sentido de pertenencia no puede quedarse jamás en algo superficial y genérico, como si diese lo mismo pertenecer a una institución que a otra.

El sentido de pertenencia a la institución es verdadero cuando es reflejo del sentido de pertenencia al carisma (o del sentido de identidad) y cuando suscita en el corazón no sólo amor por la institución en general o por el carisma en abstracto, sino *afecto sincero por la comunidad tal como es, por las personas de carne y hueso que la componen*, con todos sus límites y debilidades, con todos sus dones y achaques. Pertenecer a una familia religiosa significa decidir vivir con esas personas, que se convierten en hermanos y hermanas, porque por encima de las diferencias y más fuerte que las miserias, hay un proyecto común pensado por Dios y confiado a cada uno, que al vivir juntos se ve cada vez más claro y puede apreciarse en toda su riqueza.

Todavía más, el sentido de pertenencia es auténtico cuando camina en doble dirección y determina una doble entrega: *la entrega del consagrado a la institución y de la institución al consagrado*.

Pues cuando un religioso se consagra mediante la profesión de los votos, *él se confía a la institución y la institución a él*. Desde ese preciso instante, la vida de la familia religiosa se identifica con su vida y ya no podrá concebirse al margen de ella. Con esa entrega se ha puesto en sus manos para que ella lo lleve a Dios. Al ponerse en sus manos se confía a su santidad pero también a su debilidad, no pretende que esté limpia de toda mancha, le basta con saber que es su camino de santidad y que sólo ahí le alcanzará la gracia que lo salva. Más aún, el hecho de haber sido acogido con todo su pecado en esa familia es ya una gracia enorme. ¡Sólo un loco presuntuoso podría no darse cuenta de esto y no sentirse agradecido!

Al mismo tiempo, el que emite los votos acepta que la institución se confíe a él y en cierto modo se ponga en sus manos. Desde ese mismo momento la santidad de la institución dependerá también de él y él será responsable del crecimiento de todos y cada uno de los hermanos. Pero desde ese mismo momento también es llamado a hacerse cargo de las debilidades de sus hermanos. Aceptará ser condicionado por quienes le rodean, no se olvidará ni un solo instante de que la debilidad de sus hermanos es la vía misteriosa por la que Dios le sale al encuentro. Sólo un individualista irresponsable sería incapaz de percibir la enorme gracia que se esconde en el hecho de aceptar el peso del hermano.

Pertenecer a una institución es celebrar juntos la comunión de los santos y pecadores.

Resumamos en el siguiente esquema el contenido de este capítulo sobre los componentes del carisma.

TABLA 8. *Elementos constitutivos de un carisma*

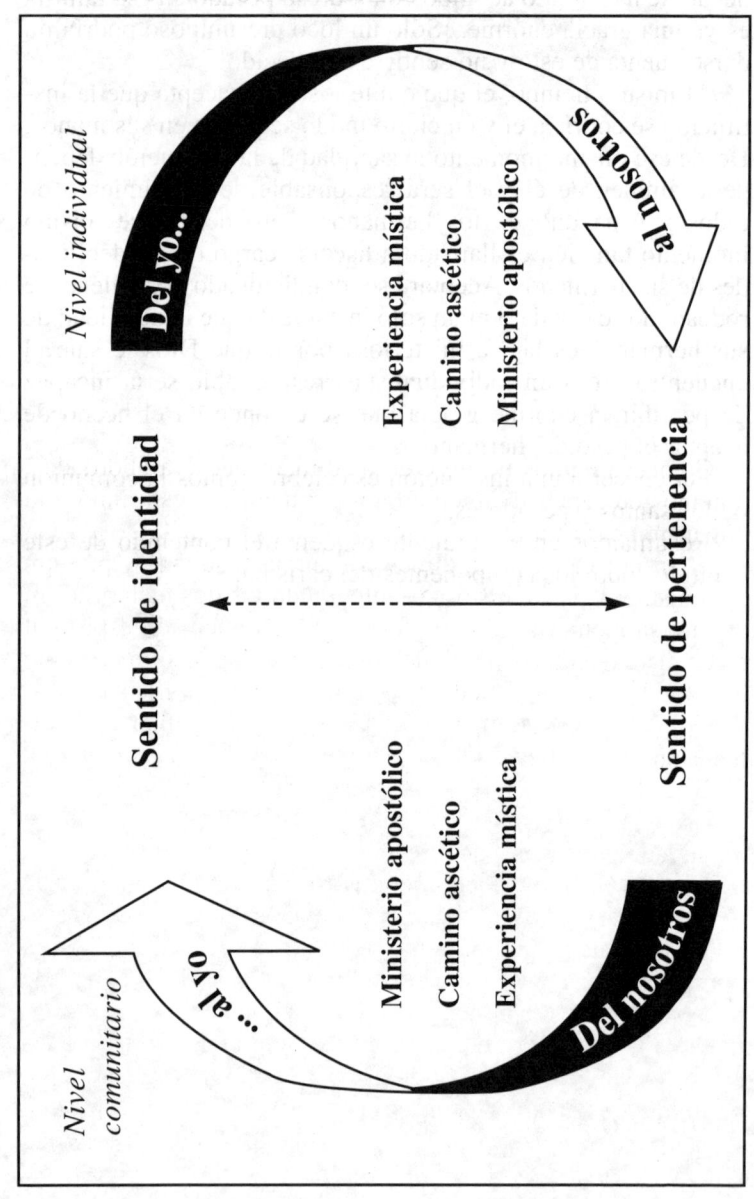

14
El dinamismo del carisma

Como ya hemos hecho con las dimensiones ya abordadas, tratemos de captar también ahora el dinamismo especial de la dimensión carismática.

Si en la formación la dimensión humana supone y pide un dinamismo de corte histórico, integrando las dos memorias en una única memoria bíblico-afectiva, y la dimensión espiritual crece mediante las operaciones típicas del dinamismo creyente integrando los cuatro modelos de fe, del autobiográfico al evangélico, del mariano al paulino, el dinamismo peculiar de la dimensión carismática es el de la *síntesis* o de la *integración*.

Este dinamismo integrador asume una triple dirección: es una síntesis que *especifica, coordina y realiza al máximo* la identidad del hombre, del creyente y del consagrado.

Como ya hemos dicho al comienzo del capítulo anterior, la dimensión carismática se caracteriza por expresar el proyecto-hombre en su conjunto, como recapitulando las dimensiones humana y espiritual y especificándolas posteriormente, porque la capacidad de convergencia activa y cuidada pertenece justamente a la naturaleza del carisma en cuanto tal. El carisma es, en efecto, un «don de Dios» y los dones de Dios se encuentran, se iluminan, se interpretan, se abren camino y se reconocen unos en otros; no son celosos ni envidiosos, buscan la verdad en la caridad, y no sólo en las relaciones sociales y eclesiales, sino también en el interior de la persona sea cual sea la dimensión a que pertenezcan. El don específico de la consagración posee y expresa de forma especial la gracia de la unidad sobre todo en la vida del consagrado, por encima de cualquier conato de dispersión y de toda tentación centrífuga. El carisma religioso tiene el carisma de la síntesis.

Veamos ahora este dinamismo en acción, es decir, cómo se puede ayudar y provocar al joven a realizarse de acuerdo con esta dimensión carismática. Proponemos en concreto tres operaciones específicas de síntesis en torno al carisma, que han de llevarse a cabo en la formación inicial (y permanente) siguiendo las tres direcciones que hemos indicado.

1. *Síntesis de las dimensiones humana y espiritual*

a) «*...desde el seno materno*»

Como ya hemos visto, en la dimensión *humana* se ayuda a la persona a conocerse y a reconocer el sentido de la historia que Dios ha llevado adelante a lo largo de todos los días de su vida. Hemos dicho también que el itinerario educativo que conduce a este objetivo es el repaso de la propia biografía, leída no simplemente como historia, sino también como historia de salvación, y recordada por tanto ahora con una memoria no sólo afectiva, sino también bíblico-afectiva.

Ahora bien, el carisma de la institución a que se pertenece se presenta *como la auténtica y propia clave de lectura de la historia personal*, es ese punto de llegada que en realidad está como preparado y sutilmente oculto en los pliegues del pasado, y por tanto puede reconocerse en él. Es decir, que si el carisma refleja el proyecto de Dios pensado como yo ideal de una persona, entonces toda su vida tendrá que estar marcada por este plan y mostrar de algún modo puntos de contacto con él, como predisposiciones ambientales o personales que han preparado a la persona para descubrir en él su identidad y luego advertir una atracción natural hacia él.

Quizás no sea la experiencia de todos y por supuesto no la misma experiencia en todos (toda vocación tiene su propia historia), pero desde luego muchísimos consagrados pueden reconocer en su familia biológica, en la educación que han recibido o en el clima familiar o en el ejemplo de sus padres, algunos rasgos específicos de ese carisma que luego han abrazado. ¿Es que Dios no nos ha formado desde el seno de nuestra madre? (cf. Sal 139, 13). El carisma es, por consiguiente, una especie de denominador común que abarca y contiene todo el pasado, es su cifra y clave interpretativa, una luz que llena coherente y sorprendentemente la vida de sentido, un don que está ahí desde el primer día de vida escondido pero real, en el que Dios ha bosquejado el modelo de sus consagrados.

b) *Personalizar el acto de fe*

De forma idéntica, el carisma desempeña la misma función en cuanto a la *opción de fe*. Pues si el objetivo de la formación espiritual es la identificación con los sentimientos del Hijo, es el carisma el que señala y especifica *cuáles* de esos sentimientos debe revivir el consagrado en su persona.

Tanto la experiencia mística como el camino ascético y el mismo ministerio apostólico muestran una identificación *peculiar* con los sentimientos del Hijo, con su corazón y sus sentimientos, con su forma de vida y con su entrega al Padre. En resumen, el espíritu institucional es el *modo de creer* que tiene el consagrado desde el punto de vista de los contenidos y del método.

Desde los *contenidos*, porque todo carisma religioso es como una página, una parábola o un versículo del evangelio que se subrayan de una forma especial. Desde el *método*, porque el mismo carisma reúne los modelos clásicos del creer cristiano, el modelo mariano-genético y el paulino-dinámico, es decir, por un lado es y representa un modo específico de esperar-desear, acoger-interpretar y custodiar-conservar la Palabra-del-día para que eche raíces en el corazón y se realice en todos los gestos cotidianos como se realizó en el seno de María; y por otro, da un talante completamente original al dinamismo típico del creyente que aprende a orar y celebrar, comprender y vivir, a compartir son sus vecinos y a anunciar a los lejanos lo que ha recibido en el don de la fe, hasta tener valor para echar las redes «porque se fía de su palabra» (Lc 5, 5).

Así pues, desde el plano del método el carisma hace que converjan el modelo autobiográfico y el modelo evangélico. Cristo y su Palabra, su rostro y su llamada se convierten en la clave de lectura de la vida, de toda la vida.

El carisma, pues, *sintetiza y a la vez especifica*, hace que converjan las distintas operaciones del creyente y le da al mismo tiempo un toque absolutamente peculiar donde se unen armónicamente las dimensiones humana y espiritual. Por eso, formar para el carisma es fomentar en el joven la *personalización del acto de fe* para que le lleve cada vez más a la entrega total de su vida.

2. *Síntesis de la identidad y de la pertenencia*

Es a la vez prenda y reto de la formación carismática: como ya hemos dicho, el carisma desvela al yo, pero también al nosotros, y por tanto el camino de adhesión al carisma es también camino que *del yo lleva al nosotros y al revés*.

a) *Del yo al nosotros, del nosotros al yo*

Es importante, pues, activar ambos recorridos para que de la identidad brote espontáneamente el sentido de pertenencia y para que el sentirse parte de una familia lleve a hallar las propias raíces. Ya hemos dicho anteriormente que la identidad sin pertenencia termina en el narcisismo, mientras que la pertenencia sin identidad es pura y simple dependencia. Y ambas, una sin la otra, son la típica casa construida sobre arena. El carisma es, en cambio, la «roca» sobre la que ambas han de construirse.

Pero en el día a día de la formación hay que mostrar constantemente cómo ese don es capaz de *mantener juntos y coordinar* estos dos aspectos del yo. Como hemos visto, los tres componentes constitutivos del carisma tienen un reflejo inmediato subjetivo y personal, piden una opción concreta a la persona en el terreno de la oración, de la ascesis y de la misión, una decisión personal que hace cada vez más consciente al yo de su individualidad.

Pero, al mismo tiempo, justamente esta fidelidad personal a un plan místico, ascético y apostólico preciso abre cada vez más a cada uno a reconocer el mismo camino de fidelidad en el otro, llamado también igual que él, pero que sólo ahora se convierte en «hermano», en parte de la propia historia y en compañero de ese viaje en el cual cada uno descubrirá su identidad «dentro» de la pertenencia común.

La fidelidad personal se irá convirtiendo ahora cada vez más en fidelidad comunitaria y conducirá poco a poco a una oración similar y común, a una misma tensión ascética y a un mismo compromiso misionero.

b) *Compartir*

Una prueba de esta síntesis es el equilibrio con el que cada uno vive en comunidad la soledad y la compañía (o bien el silencio y el diálogo), elementos importantes del desarrollo humano y espiritual que sólo aparentemente se contraponen. Pues en la medida en que la formación es carismática, se propone un contenido *central* porque se sitúa en el centro de la vida de todo consagrado y de todas las relaciones entre ellos. Y precisamente por eso es capaz de lograr una justa síntesis entre soledad y compañía.

Por el hecho de *compartir* el mismo don: una convivencia de personas se convierte en comunidad religiosa no sólo cuando hay en ella individuos comprometidos en caminos espirituales individuales, sino *cuando estos caminos se ponen en común hasta constituir idealmente uno solo*. Porque entonces y sólo entonces el carisma ocupa el centro y puede hablarse de comunidad consagrada, siendo la amistad la forma normal de relacionarse en la compañía y en la soledad, en el compartir el pan del camino y de la intimidad con Dios, en el silencio que crea relaciones y en el diálogo que lleva a la unidad.

Entonces la «casa» del individuo y de la comunidad está construida sobre roca y puede resistir a todos los vientos y tempestades. De otro modo está construida sobre arena o es una comunidad de consagrados absolutamente ficticia.

3. *Síntesis entre conocimiento, experiencia y sabiduría*

Finalmente, el carisma realiza otra síntesis entre las dimensiones formativas y los objetivos que éstas persiguen. Síntesis no sólo en el sentido de una cuidada convergencia que en cierto modo especifica y coordina, sino también en el sentido de que la dimensión carismática constituye el *punto natural de llegada* al que tienden las demás dimensiones, como un objetivo final que incluye ciertamente los anteriores, pero que también los *supera* cualitativamente.

Podemos formular en los siguientes términos los objetivos de las dimensiones humana y espiritual.

a) *Conocimiento*

La dimensión *humana* tiende en general a la madurez bajo el perfil psicológico-humano, pero ya hemos dicho que tiende a situar a la persona en condiciones de *conocerse*, no sólo para aceptarse en sus aspectos positivos y negativos, sino también para adoptar una postura responsable ante la vida y su misterio. Y todo ello para poder dar un significado nuevo y positivo a acontecimientos que podrían parecer negativos y descubrir la potencia de la gracia en la propia debilidad.

Este objetivo, con todo el trabajo que entraña, se juega sobre todo en el terreno del *conocimiento* y determina un cambio de mentalidad, un acto que de todos modos no tiene sólo que ver con el intelecto, sino también con el corazón y la mente, que quieren descubrir el proyecto de Dios escondido en la vida y también lo que más se opone a su realización.

Es, pues, un conocimiento activo que lleva a la decisión operativa, pero que todavía no supone una total implicación en todos los niveles de la persona.

b) *Experiencia*

La dimensión *espiritual* da en este sentido un gran paso adelante: del conocimiento a la *experiencia*. Experiencia no sólo como conocimiento y decisión, sino como viaje real de la persona en una realidad nueva, la realidad de la fe, que permite no sólo dar un sentido nuevo a las cosas y acontecimientos, sino que hace que se experimente en uno mismo ese significado como una nueva región de la vida, como pasión que vence y verdad que convence.

Aquí está implicado todo el yo. Más aún, la experiencia de la fe es experiencia de una persona, de Alguien que se siente, se toca, se contempla (cf. 1 Jn 1, 1), de Alguien que ha entrado de improviso o poco a poco en la vida de cada uno y que desde entonces ha ido ocupando cada vez más el centro de la misma y de los afectos, y por tanto se siente de verdad.

En resumen, la experiencia es algo que se siente y que hasta cierto punto se puede controlar, tiene que ver con el Trascendente pero esconde la suposición humana (y a veces la pretensión) de poder gestionar la relación con lo divino. En ciertos casos corre el riesgo de confundirse con la pura sensación, hasta el punto de que una experiencia se considera positiva para el crecimiento de la fe sólo si la persona cree en cierto modo haber «sentido» a Dios en ella como una grata sensación.

La experiencia, en fin, es por naturaleza muy subjetiva, y aquí reside su fuerza pero también su debilidad.

c) *Sabiduría*

A la dimensión *carismática* le corresponde superar este equívoco, integrando el dato subjetivo con el dato objetivo, la experiencia con la *sabiduría*.

Se trata de captar en el don del carisma no sólo la iluminación y la excitación de un instante, sino el misterio de la propia identidad escondida en el Hijo que ahora se ha desvelado íntegramente. Es decir, se trata de ver en él algo definitivo y estable, no sujeto ni a las sensaciones ni a los humores, sino a un dato incontrovertible y absolutamente gratuito.

Sabiduría es conocimiento global, con el conocimiento y todos los sentidos, de este don, hasta comprenderlo en profundidad. Es experiencia constante, no ocasional sino que abarca toda la vida, de una nueva identidad más rica y verdadera, más estable y positiva, que en él se esconde. Es contemplación y memoria de las cosas que quedan (*memoria amoris*), gusto por la belleza y mirada poética, conversión y formación continua, armonía de significados y de etapas existenciales, humor y optimismo, sentido del misterio y de lo eterno, gusto por lo divino y simpatía por lo humano...

Sabiduría, sobre todo, es unidad de vida y síntesis. Es decir, que se ha llegado al corazón de la vida, donde está el tesoro del hombre y todo se concentra y funde en el sueño de Dios: reencontrar en nosotros la imagen de su Hijo.

Tratemos ahora de reunir en un único esquema las tres dimensiones del camino de formación para la vida consagrada: la dimensión humana, espiritual y carismática, a nivel de presupuestos, contenidos y dinamismos.

TABLA 9. *Modelo teológico-antropológico de la formación para la vida consagrada*

	Formación humana	*Formación espiritual*	*Formación carismática*
PRESU-PUESTOS	El hombre es un ser *libre y consciente *dividido por dentro *capaz de relación *y de trascendencia	El hombre halla en Dios *su verdad y libertad *la unidad del yo *la apertura a los demás *según el corazón y los deseos de Dios	El carisma religioso *revela el yo ideal *a imagen del Hijo *es para vivir con los demás *y para los demás
CONTE-NIDOS	Madurez humana como *conocimiento de sí *madurez de corazón-mente-voluntad *libertad responsable *entrega de sí	Fe como acogida incondicionada *del amor «débil» de Dios, libre y liberador *de la locura de la cruz *de los sentimientos de Jesús	Carisma religioso como *autoidentidad *experiencia mística *camino ascético *ministerio apostólico *sentido de pertenencia
DINA-MISMOS	*Memoria afectiva *Memoria bíblica *Memoria bíblico-afectiva	*Fe y vida pasada: modelo histórico-bíblico *fe y vida presente: —modelo mariano —modelo paulino *fe y vida futura: modelo evangélico	El carisma sintetiza *la dimensión humana y espiritual *la identidad y la pertenencia *el conocimiento, la experiencia y la sabiduría.

Sexta parte
Del lado del joven

En las reflexiones anteriores hemos abordado el problema de la formación desde el punto de vista más clásico, desde la perspectiva del formador o de la formación en sí misma.

Es el momento ya de cambiar de perspectiva para ver el mismo fenómeno con los ojos del primer responsable de su formación, es decir, del mismo joven.

Es evidente que nadie mejor que él para manifestar y explicar su punto de vista sobre los problemas, las dudas y las posibilidades de la formación hoy. Pero más que de hablar del joven y de la generación juvenil de hoy, trataremos de abordar la vertiente juvenil de la dinámica educativo-formativo-relacional en sus distintos aspectos: Las condiciones de la disponibilidad formativa, el proceso del conocimiento de sí mismo, el descubrimiento de su inconsistencia personal y la liberación de la misma, la formación del hombre nuevo y la disponibilidad para formarse durante toda su vida.

Disponibilidad formativa[1]

Empezamos señalando las condiciones que permiten hablar de «joven en formación» o de proceso formativo real y no sólo nominal.

Tras haber visto en el capítulo primero los componentes de la propuesta formativa de parte de la institución, queremos estudiar coherentemente el tipo de respuesta o los componentes de la *disponibilidad formativa* de parte del llamado.

Pues la formación no es un proceso de una sola dirección ni hay que darlo por descontado. Y mucho menos es una imposición, más o menos engañosa o sutil, ni una relación interpersonal en la que uno es activo y el otro pasivo.

Por otro lado no podemos negar la posibilidad de que algunos de nuestros jóvenes estén sólo aparentemente en el camino formativo, pues no es nada realista mantener que todos nuestros novicios o profesos están de hecho «en formación». La

---

1. Cuando tanto en este capítulo como en adelante hablamos de «disponibilidad formativa», queremos referirnos al concepto más amplio y pedagógicamente correcto de disponibilidad educativa, formativa y relacional. Hay que interpretar, pues, la expresión que utilizamos como una fórmula abreviada de una idea más amplia.

historia nos dice que ha habido algunos que han pasado indemnes por todas las etapas del proceso educativo, sorteando hábilmente todos los retos y provocaciones, no sólo sin dejarse ni siquiera rozar por ninguna acción educativa, sino exhibiendo incluso una imperturbabilidad olímpica, que a veces era ingenuamente interpretada por el inexperto formador como «serenidad y estabilidad de carácter». Para estos no ha habido ninguna formación (inicial), ni habrá formación (permanente), y se ve...

Pero sin recurrir a casos extremos digamos que en todo joven, junto a un sincero deseo de consagrarse, hay ciertas zonas oscuras que no dejan penetrar la luz, actitudes rígidas y hábitos arraigados que oponen resistencia a la propuesta formativa paralizando la vitalidad del joven sin que él lo quiera y sin que ni siquiera se dé cuenta de ello. Y entonces disminuye inevitablemente su disponibilidad para dejarse educar, formar y acompañar.

1. *De la* docilitas *a la* docibilitas

Esta disponibilidad se llamaba antes *docilitas*, término que tiene un talante indudablemente positivo, pues indica una actitud fundamental de confianza hacia el otro, pero corre el riesgo de canonizar una cierta remisividad y pasividad. Prefiero utilizar el término *docibilitas*, que parece expresar mejor la idea de un proceso educativo en el que el sujeto desempeña un papel activo que lo pone en condiciones de «aprender a aprender», es decir, de vivir en permanente estado de formación. Veamos a continuación los signos más relevantes de esta actitud. Primero los enumeramos describiéndolos brevemente, para luego volver sobre ellos y analizarlos.

Tomemos en consideración tres áreas: el área del *yo actual*, del *yo ideal* y del *yo relacional*, a las que corresponden los tres dinamismos pedagógicos de *educar, formar y acompañar*.

Seguramente no diremos nada totalmente nuevo, pero puntualizaremos algunas cosas que conviene reafirmar aquí, para ofrecer al lector (más o menos joven) una pista para una especie de verificación de su «coeficiente de disponibilidad formativa», y en todo caso para completar necesariamente un determinado cuadro añadiendo otro punto de vista.

a) *La verdad del* yo actual

El joven comienza el camino educativo cuando empieza a conocer su realidad personal, sobre todo sus puntos fuertes y débiles, libres y no libres, aquello en que puede responder con un sí generoso a la llamada y aquello en lo que aún está lejos del proyecto de Dios.

Sobre todo es decisivo que conozca bien el área de su *inconsistencia central*, en la que es especialmente vulnerable y que le es difícil controlar. Y deberá conocer las *raíces* de esta inconsistencia, que normalmente no se ven, la función psicodinámica (el papel que desempeña en el equilibrio psíquico o la necesidad a que responde o que gratifica) y las *consecuencias* en las relaciones con los demás, con Dios y consigo mismo, en la vida comunitaria y apostólica, ahora mismo y en el futuro. Finalmente y sobre todo, deberá haber encontrado algunos *modos de operar* que le hagan cada vez menos dependiente de esa inconsistencia.

Entonces se puede decir que se está realizando el proceso educativo y que se está realizando en la *verdad*. Y como ya sabemos, justamente esto es el objetivo del dinamismo pedagógico del *educar*: e-ducere, sacar fuera la verdad de la persona, para que pueda conocerse y realizarse lo mejor posible, no sólo en la sinceridad objetiva y en los aspectos conscientes, sino también en los inconscientes.

Hasta que uno no se conoce y no ha descubierto su zona débil y no libre, así como la forma de salir de ahí, se halla todavía en una situación pre-educativa si muestra una cierta disponibilidad de fondo para emprender este camino. De otro modo, lo único que hace es perder el tiempo y hacerlo perder.

b) *La libertad del* yo ideal

En este nivel sólo es efectiva la formación si la persona conoce sobre todo sus puntos *más fuertes y consistentes*, en los que se pueda apoyar para tender eficazmente hacia el objetivo de su con-formación con Cristo.

Pero la condición interior más básica que hace brotar la disponibilidad formativa es que el joven reconozca su identidad en ser como Cristo y en tener sus sentimientos, y en que empiece a sentirse fascinado por esa vocación.

Hasta que el joven no se siente libremente atraído por la belleza de Cristo y por ser como él, no se puede hablar todavía de formación en acto. Pues el fin del dinamismo pedagógico del *formar* es proponer un modelo preciso, una «forma» que constituya la nueva identidad del consagrado y que él la experimente como tal. Y si esa forma son los sentimientos de Cristo, entonces de lo que se trata es de formarse en la *libertad* de dejarse atraer por la misteriosa belleza del Hijo para ser uno mismo.

Por eso, hasta que no existe el «cromosoma místico» no se está aún en formación, sino que se es sólo una persona dependiente que cumple órdenes con poca convicción y sin pasión alguna.

c) *La apertura del* yo relacional

Finalmente, puesto que no existe autoformación, sólo puede decirse que el joven está en el camino formativo si acepta *ser acompañado* por un hermano mayor. La condición básica es, pues, el desarrollo del yo relacional, es decir, el abandono progresivo de las barreras que cada uno levanta en torno a su persona como mecanismos defensivos que impiden comunicarse abiertamente y entregarse a otro.

La formación es, en el fondo, un fenómeno relacional, y por tanto supone liberarse de estas barreras ante Dios, que es el verdadero y único Padre-Maestro, y ante el hermano llamado a mediar, con su humanidad imperfecta, la acción modeladora divina. A éste es a quien el joven debe entregarse en un acto de confianza que nace de la fe, compartiendo el camino con él y dejándose escrutar por él.

Pero *docibilitas* significa también disponibilidad para entrar en contacto con la realidad y con los otros en general, para aprender continuamente de la vida y de toda la gente. Entonces la formación se convierte en una especie de *habitus* que acompaña a la persona rejuveneciéndola sin cesar.

Es decir, quien ha aprendido a aprender (y a dejarse formar), seguirá aprendiendo de todos y durante toda su vida; quien no lo haya aprendido durante la primera formación, ya jamás lo aprenderá... y ya no tendrá nada que aprender ni de la vida ni de los demás.

¿En qué se puede reconocer que no se está dispuesto a dejarse formar?

2. *Del miedo a la* non docibilitas

Hemos dicho que la distinción no se da exclusivamente entre individuo e individuo, entre quien tiene un alto coeficiente de disponibilidad formativa y quien no lo tiene, sino que se produce también en el interior de la persona. En la personalidad de todos y cada uno de nosotros hay unos aspectos más «educables» y otros menos.

La *non docibilitas* se debe fundamentalmente al miedo que se tiene de sí mismo y de lo que se pueda encontrar en su interior, de los demás y de las relaciones interpersonales, de Dios y de su Palabra, de lo que Dios pudiera dar o pedir.

Esto supuesto, veamos las características más importantes de la no disponibilidad educativa en la triple dirección considerada.

a) *El yo extraviado*

Hay personas que en el camino educativo parecen haber perdido el contacto con su yo. Es como si no se conocieran o se conocieran sólo superficialmente. Puede, incluso, que no estén ni siquiera convencidos de que haya que llevar el análisis a los niveles más profundos de las motivaciones e intenciones, de lo que no se presenta de inmediato como evidente y quizás sea inconsciente.

Es la típica persona que confunde verdad con sinceridad y cree que para conocerse basta con la percepción subjetiva de las propias sensaciones. Así pues, vive lejos del yo y de su verdad. No sabe bien cuál es la parte más débil de su personalidad o se conforma con análisis superficiales como cuando, por ejemplo, tiene que confesarse, corriendo el riesgo de repetir siempre las mismas cosas hasta llegar a no sentir ni siquiera la necesidad de confesarse o de dirigirse espiritualmente.

Desde esta perspectiva, es una persona que «jamás-está-en-crisis». O si se ve obligado a descubrir sus puntos flacos, concluye que no hay nada que hacer y que se ha equivocado de camino. Tiene, pues, muy claro que no está en absoluto dispuesto a iniciar un camino de conversión. Y no porque expresamente lo excluya, sino porque al haber perdido el contacto con su yo más verdadero ya no tiene motivaciones (¿pues para qué cambiar?) ni la fuerza necesaria para convertirse.

A veces, este individuo con el yo extraviado presenta también una imagen un poco extraviada. Incapaz de decidir, no sabe bien lo que quiere; superficial en sus relaciones, no se arriesga a querer; parece seguro de sí, pero en realidad es muy frágil. Es una oveja extraviada que no se deja buscar ni permite que el pastor la tome en sus brazos; por eso no se deja corregir ni sabe ser misericordioso.

Si el punto de partida de la educación es la conciencia de los propios límites, he aquí por qué este individuo jamás empezará a educarse o, en caso de hacerlo, todo será una farsa.

b) *El yo distraído*

En el caso del *yo extraviado* lo que falta es el punto de partida del proceso formativo; aquí, sin embargo, lo que falta es el punto de llegada.

Es el caso del «*yo dis-traído*» en exceso de cualquier joven, y no por una falta de atención cualquiera, sino porque en su vida hay algo que lo aleja de la auténtica atracción que debería sentir por su ideal. Es decir, el fin «oficial» que es la identificación con los sentimientos de Cristo no lo percibe como la nueva identidad que sustituye a su hombre viejo, sino que en cierto modo convive con él en una especie de *doble identidad*[2]: una identidad oficial, abstracta y poco comprometedora, y otra secreta, ocultamente cultivada y preparada, que consume energías e intereses, sustrayéndolos a la que debiera ser la tensión central de la vida consagrada.

Tendremos, pues, un joven que es la más pura negación de lo que es ser «joven». Un joven frío y anémico, rígido y cada vez más desganado tanto en los estudios como en la oración (de hecho suele estudiar y rezar bien poco), mediocre, pues, en todo tira para atrás y es incapaz de entusiasmarse por lo bello, perplejo y desorientado cuando debe dar testimonio de su fe y de su vocación (no hace más que repetir lo que dicen los demás), sin la más mínima idea de la enorme verdad y libertad que hay cuando se está apasionado por Cristo, Señor de la vida. Será un joven sin libertad para perderse y darse, interiormente impelido a perseguir una realización personal bastante improbable.

Por tanto, lo más lógico es que se cierre sustancialmente al proceso formativo y a la gracia de dejarse atraer por la belleza del Hijo, porque la formación se juega toda aquí, justamente en el encuentro entre verdad y libertad, cuando salta la chispa de la atracción por Cristo.

Pero en este caso no salta absolutamente nada, y en lugar de la atracción lo que tendremos es la dis-tracción de una identidad desgarrada y contradictoria. Y en vez de la libertad de dejarse seducir por la belleza de Cristo, tendremos un yo muy alejado de su centro y de su verdad, que se busca compulsivamente a sí mismo sin encontrarse jamás.

---

2. Hemos visto ya este concepto al hablar del sentido de pertenencia (cf. cap. 12).

c) *El yo acorazado*

Lo contrario del yo en relación es el yo encerrado en sí mismo que tiene miedo a abrirse y todavía más miedo a entregarse a otro.

Pude que este temor sea fruto de experiencias negativas del pasado o de heridas causadas por la relación, y que haya inculcado la idea de que es preciso tomar distancia de los otros sin excluir a Dios.

En medio del clima general de inestabilidad emotiva (que debilita la experiencia familiar), no es raro hallar hoy jóvenes completamente a la defensiva que parecen protegerse no se sabe bien de quién y a los que les cuesta extraordinariamente dejarse acompañar por alguien, y abrirse con confianza. No son necesariamente intratables y mohínos, incluso a veces parecen llevar bien la relación, pero en realidad no se confían a nadie.

Hay distintas formas de llevar la coraza. Están, por ejemplo, los *tranquilos*, tipos solitarios a quienes les parece que todo va bien y que no necesitan que nadie les acompañe; los *perfeccionistas*, falsos virtuosos sólo dispuestos a abrirse con un guía perfecto (que normalmente buscan en otro sitio); los *latitantes*, desconfiados algo mafiosos que vagan un poco a lo lejos porque temen la confrontación; los *peregrinos*, tipos astutos que tienen muchos confidentes a quienes confían trozos distintos de su vida, pero a ninguno por completo; los *impenetrables*, personajes rocosos que se acercan a hablar porque no hay más remedio, pero que no permiten que nadie excave dentro de ellos y se oponen a quien lo intenta; los *imperturbables*, que parecen de goma, que se dejan escrutar, que en teoría parecen de acuerdo con las observaciones que se les hacen, pero que luego reenvían todo al remitente sin dejarse afectar lo más mínimo, como si tuvieran el corazón de plástico.

Es evidente que con esta gente no cabe ninguna posibilidad de formación, porque ésta se basa en un pacto de mutua confianza. Pero no sólo esto. Una cierta barrera defensiva podrá obstaculizar también en estos casos la relación con Dios, haciéndola pobre e insignificante o cerrando el corazón y la mente de la persona ante las provocaciones de la Palabra y de la vida.

Estos personajes no se dejan rozar ni formar ni por la realidad ni por los demás y llegará un día en que esa maldita coraza les hará totalmente insensibles. Como aquel levita, icono de la *non docibilitas*, que vio al samaritano atacado por los bandidos y siguió impertérrito adelante.

Podemos, pues, concluir que el coeficiente de *docibilitas* o de *non docibilitas* depende de las actitudes del yo actual, ideal y relacional ante la provocación de la educación, de la formación y del acompañamiento.

Como trata de mostrar el cuadro que ofrecemos.

TABLA 10. *Disponibilidad y no disponibilidad pedagógica (educativo-formativo-relacional)*

VERDAD DEL *YO ACTUAL*	*Educación*	Yo extraviado
LIBERTAD DEL *YO IDEAL*	*Formación*	Yo distraído
APERTURA DEL *YO RELACIONAL*	*Acompañamiento*	Yo acorazado

Docibilitas	**Non docibilitas**

16
Hacia el descubrimiento del yo

Tratamos de ver en qué consiste concretamente el «coeficiente de disponibilidad educativo-formativo-relacional», es decir, la actitud interior que permite al joven hoy (y a la persona madura mañana) dejarse educar-formar-acompañar. Ya hemos enumerado los tres sujetos de esta *docibilitas*, el yo actual, el yo ideal y el yo relacional, a los que corresponden las tres articulaciones pedagógicas clásicas.

Examinemos a continuación qué significa disponibilidad *educativa* en especial de parte del yo *actual*.

Esta disponibilidad se expresa sustancialmente en dos momentos o movimientos: el primero en referencia al descubrimiento del yo (capítulo 16), y el segundo en referencia a la liberación de lo que no le permite ser y realizarse a sí mismo (capítulo 17).

1. «*La verdad os hará libres*» (Jn 8, 32)

> La educación es despertar en las conciencias la verdad que hay dentro de las conciencias, de forma que sean capaces de razonar por sí mismas, de juzgar por sí mismas, de ser libres en un mundo donde la libertad es un riesgo, una conquista, y jamás un dato de hecho o un don arraigado[1].

---

1. E. Balducci, *L'insegnamento di don Milani*, Roma 1995, 100.

Si esta es la naturaleza y el fin de la educación, es indispensable poner al sujeto en condiciones de lograr el objetivo, es decir, de captar la verdad para gestionar después su propia libertad. Este es el sentido profundo de las palabras de Jesús en el evangelio.

Y es también el auténtico problema en la cultura que respira la generación actual de jóvenes. Es importante subrayar que hoy no es sólo la libertad lo que constituye una conquista, sino también la verdad sobre uno mismo. Sería ingenuo darla por supuesta. Quien no descubre su verdad, jamás será libre.

Lo primero que habrá que hacer, pues, es evitar en el joven toda ingenuidad y pretensión al respecto. Ha de admitir que no sabe y que no se conoce; ha de poder saborear el esfuerzo y la fascinación del descubrimiento de su realidad personal *actual*; y sobre todo se le debe poner en condiciones de identificar todo lo que le impide, bien a su pesar, ofrecerse a Dios íntegra y libremente. En concreto, hay que educarlo bien para «sacar fuera» esta verdad. Pues si no la descubre ahora es difícil que la pueda descubrir en el futuro, y además ya ahora todo el proceso educativo corre el riesgo de caer en el vacío o de ser poco eficaz e incisivo.

Pues la inconsistencia ocupa el centro de la persona. Es como un tapón que cierra una botella e impide llenarla de buen vino, o como una célula enferma que, si no se diagnostica a tiempo y se cura, poco a poco va infectando las otras. Y no parece que esto sea una excepción. Mucha gente que se ocupa de estos temas conoce ya el siguiente dato de la investigación científica: si al comienzo del camino formativo (noviciado o inicio de la teología) alrededor del 86% de los jóvenes candidatos desconoce su conflicto personal central, tras cuatro años de «formación» alrededor del 82% sigue en la misma situación[2].

---

2. Cf. L. M. Rulla-F. Imoda-J. Ridick, *Antropologia della vocazione cristiana. II. Conferme esistenziali*, Casale M. 1986, 148 (traducción castellana: *Antropología de la vocación cristiana. 2. Confirmaciones existenciales*, Madrid 1991).

El dato es realmente sorprendente, pues si el camino educativo no ofrece la posibilidad de conocerse, ¿qué clase de itinerario pedagógico es? Si el joven no sabe *dónde* debe pulirse, ¿cómo es posible que crezca? Si no sabe qué es lo que le hace esclavo, ¿cómo puede ser libre?

La investigación no habla de jóvenes desganados y poco generosos, sino pura y simplemente de candidatos que no han recibido ayuda suficiente en el proceso educativo. Quizás hubiera podido hablar de un método insuficiente o de educadores poco expertos y precisos en la propuesta de ayuda.

Tratemos ahora de ofrecer al joven algunas indicaciones positivas al respecto.

2. *«Porque del corazón vienen los malos pensamientos»*
(Mt 15, 19)

Partimos del principio de que el joven debe ser *educador de sí mismo*, es decir, hay que prepararlo para que «saque fuera» de sí (=educere) su verdad. Este es el sentido de la frase que hemos citado sobre el pensamiento de ese pedagogo tan veraz que ha sido don Milani, auténtico promotor de la verdad y de la libertad.

Quien se está formando sabe que está emprendiendo un viaje hacia el corazón que jamás ha hecho anteriormente, cuyo punto de llegada es la verdad del yo, sobre todo para identificar la propia debilidad o esclavitud, esos «malos propósitos» que anidan en el corazón de todo hombre. Pero tiene que pasar por estos «puntos intermedios».

a) *Comportamientos*

Sobre todo hay que prestar atención *a la conducta, a lo que se ve inmediatamente y a lo que se percibe fácilmente*; sobre todo a los comportamientos habituales, a los gestos o modos de actuar que la persona repite en ambientes distintos y con personas diferentes y que incluso reconoce en su pasado; a los hábitos ya consolidados; a las cosas que dice con cierta frecuencia o que subraya con alguna urgencia. Sobre todo si luego constata alguna discrepancia entre lo que dice o pretende (de los demás, pero también de sí mismo) y lo que de hecho hace.

Lo normal es que el joven quede impresionado por el abismo que existe (y que es evidente) entre los valores que se proclaman y (no) se viven, pero es precisamente ésta la distancia que debe descubrir. Por eso es conveniente que observe atentamente sus opciones, sobre todo las «privadas», es decir, las que dependen de su libre iniciativa, sus gustos y preferencias, lo que le hace sufrir y gozar. Y también cómo reacciona ante el éxito y el fracaso, y cómo afronta las distintas crisis, siempre desde la perspectiva del comportamiento observable. Otro área de verificación es la vida social, tanto las relaciones positivas como las que le resultan difíciles al joven o le parecen menos significativas. Es también importante que tome nota de sus reacciones instintivas, de lo que manifiesta impulsivamente, sin reflexionar, quizás bromeando, o sus distintos automatismos, incluso lo que parece que no tiene ningún significado específico o que, desde un punto de vista normal, es una simple concesión venial a una necesidad determinada.

En cualquier caso el principio-guía de este método de investigación es que *donde hay incoherencia entre el valor que se proclama y el comportamiento que se vive, allí hay que escrutar con diligencia*. Sobre todo si ese abismo se observa también en el pasado, si afecta a comportamientos observados en ambientes distintos y con personas diferentes, y ofrece resistencia a eventuales intentos de cambio.

b) *Actitudes*

En el segundo nivel de observación la mirada se agudiza y penetra bastante más adentro.

Se parte normalmente del «área de incoherencia» que se ha constatado previamente, tratando de percibir no sólo lo que parece inmediatamente evidente, sino también lo que no lo es y sin embargo forma parte del yo. Pues las actitudes son *predisposiciones para actuar*, algo así como «programas de acción» memorizados por nuestro «ordenador», conscientes y también inconscientes, listas para ser utilizadas como un esquema fijo y estable, de donde se derivan estilos subjetivos de operar y criterios para elegir, estereotipos para juzgar a los demás, simpatías y antipatías, atracciones y repulsiones inmediatas, estados de ánimo y nerviosismos. Esa incoherencia, como cualquier otra, hunde aquí sus raíces.

Así, por ejemplo, cuando alguien se siente rechazado o tiene problemas para relacionarse, puede haber «aprendido» a reaccionar cerrándose buscando en sí mismo una contrapartida gratificante (como la masturbación), echando la culpa o rechazando a su vez a los demás, o tratando de llamar la atención de los otros haciéndose el simpático. Pero podría suceder que la finalidad de todo esto (el aislamiento autogratificante, el rechazo o la acusación como reacciones defensivas, o el intento de «seducir» para lograr una ventaja afectiva…) no la percibiera inmediatamente ni siquiera el mismo sujeto, a quien no le gusta descubrir sus propias contradicciones. Y mientras tanto la actitud sigue adelante y se refuerza, justamente porque no es descubierta en su origen.

De ahí la importancia de que el joven aprenda a escrutar este área y no se contente con examinar sus comportamientos, sino que profundice en lo que los precede y está en su raíz. Así podrá descifrar y juzgar su propia mentalidad y conciencia, su modo de valorar o de «sentir» una cosa y una conducta, o una forma ya habitual de ver y de valorar las cosas.

> Nuestra misma conciencia, en su capacidad de juzgar el bien y el mal, tiene su historia y su prehistoria; es el producto de un laborioso y misterioso proceso que tiene lugar dentro de nosotros, a veces sin darnos cuenta, y del que advertimos claramente más el resultado y las consecuencias («sentir» algo como bueno o malo) que cada una de las fases de su evolución[3].

---

3. A. Cencini, *Vivere riconciliati*, 46. En mi trabajo de consulta y debido a este principio, desgraciadamente he aprendido a no maravillarme ante

La verdad es que se necesita un poco de coraje y honestidad para no contentarse con decir: «me parece que aquello es justo o no», actuando en consecuencia, y decidir ir más allá y preguntarse: «¿Cómo es que me concedo esa gratificación o vivo esa relación afectiva sin sentir la más mínima culpabilidad?, ¿cómo es que he cultivado esa sensibilidad (y no otras)?, ¿cómo es que me sale espontáneo ese tipo de juicio...?»

Si mientras se hace este análisis se siente una cierta turbación es buena señal, porque indica que el joven camina en la dirección correcta y «está descubriendo dónde están sus fallos». Normalmente las actitudes no son muchas y no se identifican con los comportamientos sino que afectan a las áreas estratégicas de nuestro ser, la relación con nuestras opciones vitales, con los demás y con Dios.

Lo normal es que estemos apegados a las actitudes y por eso no es nada fácil ni limarlas ni cambiarlas. Sobre todo si no son objeto de una atención crítica.

c) *Sentimientos*

El tercer paso viene por sí mismo. Una vez superada la barrera de lo que se percibe de inmediato no debería ser difícil sobrepasar el análisis para constatar con sinceridad lo que la persona *siente o ha sentido en su interior* en aquella circunstancia concreta cuando ha recibido una afrenta o se ha sentido marginada.

---

casos en sí mismos muy extraños, como el de dos personas consagradas que habían logrado vivir tranquilamente y sin problemas de conciencia una relación casi conyugal de muchos años. O el caso de un religioso de cierta edad con tendencias pedófilas activas que justificaba en virtud de una «Energía sólo unificante» que debería llevar a «una nueva conciencia y a una nueva comunión». En estos casos no hay patología (o no la hay necesariamente); lo que hay mucho más a menudo son actitudes que han crecido sin verse molestadas y que jamás han sido verificadas en su raíz, que en un momento concreto han condicionado también el modo de pensar y valorar (para después ser totalmente justificadas).

El sentimiento es *una resonancia afectiva con la que el joven vive sus estados afectivos en su relación con el mundo exterior*. Nace como una emoción que a veces se estabiliza y se vuelve tan intensa que se convierte en pasión.

En el fondo no es sino una forma de conocer el objeto o el acontecimiento, valorado en relación a la propia persona. Justamente por eso el sentimiento es un *profundo revelador del yo y del posible apego real a algunas cosas así como del rechazo de otras*.

Así pues, si el joven ve que sufre y que sufre demasiado por haber sido marginado por alguien, habría que tratar de ayudarle a comprender que esto se debe a la excesiva necesidad que tiene de lo contrario, es decir, de ser el centro de atención. De esta forma el sentimiento desvela el egoísmo que hay en el corazón y ayuda a entender la naturaleza de la contradicción. De cualquier modo, el sentimiento es lo que permite entender y escrutar las profundidades de la conciencia. No hay, por tanto, ni que penalizarlo ni que ignorarlo, sino reconocerlo con precisión justamente para captar lo que significa o lo que esconde. En sí mismo el sentimiento no significa pecado (a no ser que la persona no favorezca con las actitudes correspondientes un determinado tipo de sentimientos); lo más que señala es una debilidad o una falta de libertad interior que es importante reconocer.

Hay varias clases de sentimientos: amor, odio, alegría, tristeza, esperanza, desesperación, dicha, éxtasis, plenitud, vacío interior... Lo normal es que una misma persona tenga varios tipos de sentimientos que en el fondo, aparte de ser una magnífica señal, son una riqueza del corazón humano. Pero también hay quien los teme o los demoniza, se avergüenza o teme ver que es capaz de sentimientos negativos, de rencor o resentimiento, y trata en cierto modo de negarlos hasta convertirse en una persona «anemotiva», absolutamente incapacitada para todo tipo de sentimiento, fría y rígida como el mármol. ¡Enorme fallo en un consagrado! Porque si no conoce su corazón, ¿cómo va a ser capaz de comunicarse con otros corazones?

El joven debería aprender este principio: *El yo se revela a sí mismo mediante la implicación emotiva y el tipo de emoción que se siente.* Vale la pena, pues, ser sincero consigo mismo para educar (=sacar fuera) los sentimientos.

d) *Motivaciones*

De los sentimientos a las *motivaciones*, es decir, al intento de identificar *lo que realmente mueve al joven a actuar, las necesidades más importantes que tiene, aunque sean inconscientes.*

La motivación es el factor dinámico-direccional que activa y dirige el comportamiento humano hacia un objetivo preciso. Es energía cuidada, fuerza intencional, es lo que el sujeto quiere de verdad, aunque a veces sin pretenderlo e incluso en contraste con otros objetivos expresos y... nobles. Aquí el joven debe tratar de captar *la orientación general* de su vida, de lo que quiere hacer, tal como brota de las distintas motivaciones que observa en la base de su ser y de su obrar.

No basta, pues, ya con la sinceridad, hay que llegar a la *verdad de uno mismo*. Y eso a través de interrogantes concretos: ¿actúo por razones egoístas o por motivos trascendentes? Si sufro tanto cuando me veo rechazado o tengo algún fracaso, ¿qué es lo que ocupa el centro de mi atención psíquica, qué es a lo que está apegado mi corazón?, ¿cuáles son mis aspiraciones y hasta qué punto soy libre para realizarlas?, ¿cómo es que para algunas cosas estoy dispuesto a grandes sacrificios, mientras que otros compromisos y deberes me dejan completamente frío?, ¿por qué ni siquiera he caído en la cuenta de que algunas personas me necesitaban?, ¿por qué no he captado la tristeza de aquel hermano que pedía comprensión?, ¿cómo es que otros han sabido ver signos de los tiempos tantas cosas que yo ni siquiera he percibido?

Estas y otras preguntas hacen que la persona vaya entendiendo poco a poco qué es lo que motiva que actúe o no actúe, que vea o no vea, que se apasione o se quede fría como un témpano. Del coraje de las preguntas y de la verdad de las respuestas depende que se pueda empezar a dar un nombre preciso a la inconsistencia central.

e) *Opción de fondo*

Debería ser el punto de llegada, al menos en esta fase. Todo el camino anterior tiene el objetivo de identificar la *opción de fondo*, la que constituye la raíz y el centro de la vida, la que contiene el tesoro y el corazón del joven.

Aunque las motivaciones pueden ser diversas, la opción es una sola. En realidad es la respuesta a la pregunta estratégica del camino formativo: ¿pero creo en esto o no creo?

Y de esta pregunta central surge un montón de interrogantes:

> ¿actúo como creyente o como pagano? Incluso antes de actuar, ¿siento, amo, razono, elijo... con la libertad del hijo o con el temor de siervo? ¿Es capaz mi fe de definir mi identidad y de influir en mis decisiones? ¿Estoy dispuesto a pagar un precio personal por permanecer fiel a mis valores? ¿Empiezo ya a saborear la sabiduría de la cruz, los sentimientos de Cristo, el placer de las bienaventuranzas? ¿Sé ya lo que es no preocuparme demasiado de lo que opinan los demás de mí cuando alguien ha hablado mal de mi persona?, ¿sé lo que es perdonar cuando quien me ha ofendido no se ha dado cuenta del mal que me ha hecho?, ¿sé lo que es dejar que el fruto y el mérito de mis desvelos se apunten en el haber de otro?, ¿sé lo que es aceptar obediencias difíciles y humanamente poco convincentes para cumplir la voluntad de Dios?, ¿sé qué es decidir algo sólo «in verbo tuo» y sin ninguna garantía humana?, ¿sé lo que es seguir adelante en una tarea cuando tengo la sensación de pasar por un estúpido?[4].

Esta clase de investigación debería poner al joven de rodillas o en condiciones de identificar qué es lo que en él se opone al proyecto de Dios, es decir, su inconsistencia central, que explica también la falta de coherencia entre lo que se proclama y lo que se vive.

---

4. Algunos de estos interrogantes han sido extraídos libremente de K. Rahner, *La experiencia de la gracia*, en Id., *Escritos de teología* III, Madrid 1967, 103-107.

Y si él no se atreve a formularse estas preguntas, entonces es al educador a quien corresponde «sacarlas fuera»... Pues plantear las preguntas justas en el momento justo es un arte muy fino con gran carga de espiritualidad y psicología.

Gracias al conflicto ineludible y a la provocación inteligente, la persona puede iniciar un camino de conocimiento propio y trabajar con eficacia en su persona, sabiendo muy bien dónde ha de centrar sus esfuerzos.

3. «*Estad atentos, vigilad...*» *(Mc 13, 33)*

Este tipo de análisis no es natural en nadie y mucho menos en el joven. Para hacerlo es preciso estar muy motivado y tener paciencia con uno mismo.

Quien se decide a emprender este viaje alrededor de sí mismo tiene al principio la sensación de entender bien poco y de complicarse inútilmente la vida. Y quizás, en el secreto de su conciencia (o de su inconsciente), maldice la suerte que ha puesto junto a él a alguien que no lo deja en paz y que le somete sin cesar a preguntas comprometedoras.

En realidad, no se trata ni de hacer ejercicios diarios de autoanálisis, como si se tratase de una gimnasia mental, ni de soportar un interrogatorio indagador, sino de ir adoptando una actitud constante de atención a uno mismo, de vigilancia inteligente, que permita a la persona no sólo saber en tiempo real qué es lo que hace, sino también *por qué* o *por quién* se está comportando de ese modo, por qué secreta finalidad o por qué necesidad.

Es decir, se trata no sólo de aprender a hacer el examen de conciencia, sino de salvar el precioso don de la conciencia, que es lo que nos asemeja a Dios, porque es la premisa de todo discurso sobre la verdad y la condición básica de ese otro formidable don que es la libertad. Hay que educar al joven para que comprenda que no puede ser libre si no conoce su interior, porque será dominado por fuerzas oscuras. Pues lo que uno desconoce de sí mismo, es lo que acaba apoderándose de su corazón.

Tampoco tiene ningún sentido objetar que así se convierte uno en un escrupuloso y en un perfeccionista, porque lo que pasa es justamente lo contrario: el que llega a conocer algunos de sus pliegues secretos y sabe lo difícil que es descubrir las motivaciones reales del obrar, no juzgará fácilmente a los demás, ni le atribuirá ningún tipo de intención, sino que será misericordioso con su hermano e invocará sobre él la misericordia de Dios. Es decir, aprenderá a orar y, en definitiva, a ser misericordioso consigo mismo. Y esto no es poco. Porque ahí reside la auténtica perfección, la perfección del amor.

Es obvio que todo esto no puede reducirse a una simple introspección de la persona, que debe estar abierta a todas las aportaciones que le vengan de fuera, desde el maestro de formación a sus hermanos. Pues hay cosas en nosotros que no somos capaces de ver y que ni siquiera nos imaginamos, pero que se ven perfectamente desde fuera. La persona libre e inteligente no tiene el más mínimo resentimiento cuando alguien (quizás bromeando) «le saca punta» a su forma de comportarse, sino que toma nota de todo e intenta extraer de estas observaciones, sobre todo de las que le resultan antipáticas y tiene la tentación de negar, indicaciones útiles para conocer ese gran enigma que es nuestro yo.

17
Liberación del yo

Para un cierto tipo de pedagogía algo ilumimista basta con saber para crecer, basta con conocer los defectos para superarlos (algo así como lo que dice ingenuamente cierta publicidad: «si lo conoces, lo evitas». Así pues, desde esta perspectiva, la formación sería básicamente una cuestión de información de orden intelectual. Lo malo es que todo esto sea después totalmente desmentido por los hechos, pues muchos jóvenes, con la ayuda adecuada, logran proyectar cierta luz sobre sus puntos débiles, pero no son capaces de acabar con ellos.

¿Pero es que no le sucedía también a Pablo que veía y quería hacer el bien, y sin embargo se encontraba con que estaba actuando según una «ley» contraria? (cf. Rom 7, 21-25). No basta, pues, con descubrir dónde están los puntos débiles, sino que hay que utilizar los mecanismos operativos precisos que permitan al joven atacar la inconsistencia en el punto adecuado, es decir, en sus mecanismos vitales.

1. *Dinamismo de la inconsistencia*

Debemos, pues, precisar cuál es el dinamismo de la inconsistencia y su forma de propagarse y de extenderse a toda la personalidad, enumerando sus consecuencias a distintos niveles.

a) La inconsistencia crea, en primer lugar, una *fractura* en la persona, un contraste entre el ideal que se elige y subraya, que se propone a los demás y se acaricia como garantía de positividad personal, y las distintas manifestaciones de la vida de cada día (desde el comportamiento hasta la opción de fondo). El joven percibe normalmente los efectos de esa fractura interior (nerviosismo, tensión en las relaciones, falta de entusiasmo, menos interés por lo espiritual, problemas en la observancia de los votos o a la hora de concentrarse en el estudio...), pero no es capaz de relacionarlos con ella, y entonces se meterá con la institución o con los demás, con los profesores o con los superiores, con su temperamento o... con sus problemas de digestión y el cocinero. Lo que es claro es que no sabe a qué se debe ese contraste.

b) Esta incoherencia produce un *desequilibrio en la distribución de la energía emotiva*. A la hora de la verdad, la persona inconsistente, sin darse cuenta, da demasiada importancia a algunos aspectos o exigencias del yo (de por sí normales) y se la quita a otros. Siente una excesiva necesidad de gratificación en determinadas áreas del yo y teme o ignora otros componentes de su personalidad.

A lo largo de la formación del joven, las áreas normalmente más problemáticas son las relacionadas con la afectividad-sexualidad y la identidad-positividad. Será por tanto a alguna de estas áreas a la que se le dará una excesiva importancia emotiva en perjuicio de otros aspectos de la personalidad y de la vida. Así pues, el mayor deseo será el de ser amado, y nada tendrá sentido si no gratifica sobre todo la necesidad de sobresalir o de ser apreciado por los otros, con todo lo que directa o indirectamente conllevan estas dos necesidades (como el uso de la sexualidad o de la agresividad), quedando desgraciadamente en segunda fila otras dimensiones, costosas o gratificantes, de la existencia y de una existencia consagrada. La incoherencia se va desplazando, pues, hacia el terreno de la atracción, de lo que el joven «siente» dentro de él. Y esto tiene consecuencias a dos niveles.

c) Sobre todo en el nivel estructural-relacional. El sentido de la *autorrealización*, que se manifiesta en el sentirse saciado y aquietado, feliz y satisfecho, dependerá inevitablemente de lo que la persona crea más básico para ella (y ligado a la inconsistencia), que a su vez tendrá siempre menos que ver con la lógica evangélica de las bienaventuranzas.

También la percepción del *otro* y la *relación interpersonal* sufren en ciertos casos una auténtica distorsión perceptiva, que puede extenderse a la forma de concebir *la vida comunitaria y apostólica*, dando lugar a expectativas manifiestamente irreales. Lo que pasa en realidad es que al otro se le concibe interesadamente, en función de las propias necesidades, y por tanto la relación será positiva con quien le gratifica, negativa con quien no le aquieta, y neutra con quien le es indiferente. Y con el compromiso apostólico sucederá exactamente lo mismo: se dosificará utilizando el mismo cálculo.

Esta distorsión ni siquiera exceptuará a *Dios*, la interpretación de su Palabra y el anuncio de su mensaje. Es decir, la inconsistencia crea en la psique como una especie de campos de reacción diferenciados, que a ciertos temas y contenidos de la Palabra responderán con una reacción fuerte e inmediata, mientras que a otros no ofrecerán la más mínima reacción, como si en la psique (o en el corazón) hubiera como una anestesia local, una especie de bloqueo perceptivo-interpretativo. Puede suceder también que el mismo pasaje sea interpretado unilateral o tendenciosamente para no perturbar tanto el equilibrio inconsistente de la persona (por ejemplo, la parábola de los talentos, interpretada en el sentido de justificar el uso egoísta de las propias dotes).

d) A nivel dinámico-funcional, la inconsistencia determina sin embargo *falta de libertad y pérdida progresiva de control sobre una parte de uno mismo*. A lo largo de un recorrido que se compone de estas cuatro etapas: al principio la persona se concede *pequeñas gratificaciones* en las áreas afectadas por la inconsistencia; estas concesiones veniales se van transformando poco a poco en *hábitos* cada vez menos controlados y sopesados, que se convierten al final en *dinamismos automáticos* cada vez más ocultos y exigentes, para terminar situándose en el centro de la vida y transformarse en *motivaciones inconscientes*. En realidad, la persona se sentirá cada vez más atraída y dependiente de lo que se concede regularmente, pero la atracción, a la par que aumenta sus pretensiones, será cada vez más automática y hará que cada vez se perciba menos la disonancia, favoreciendo la lógica de «es espontáneo-luego-lícito». Con ello, pues, el círculo está cerrado. Más aún, la fractura dentro de la persona será cada vez mayor, en un círculo vicioso que tenderá a repetirse y que cada vez será más inconsistente.

Tratemos de mostrar este mecanismo en el siguiente esquema.

El esquema muestra el círculo vicioso típico de la inconsistencia: la fractura que hay en la persona produce no sólo un desequilibrio emotivo, sino que genera consecuencias que cada vez se extienden más a toda la personalidad. Es decir, se produce una especie de metástasis cancerígena de la psique y del espíritu que termina aumentando cada vez más la división interior.

TABLA 11. *Dinamismo de la inconsistencia*

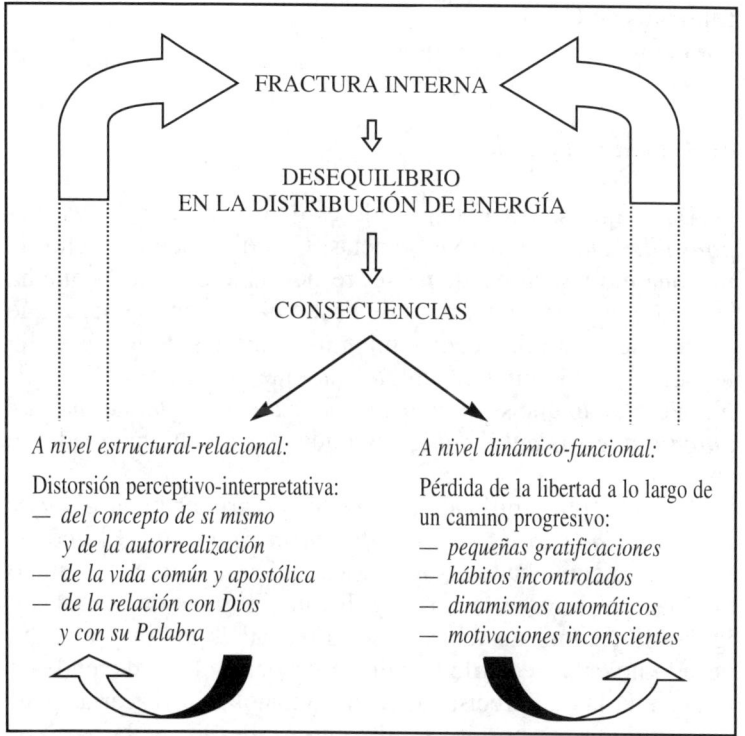

2. Superación de la inconsistencia

No basta con saber todo esto. El primer paso es enseñárselo y hacérselo patente al joven en su comportamiento y en su estructura lógica, para que ante sus inconsistencias adopte un comportamiento distinto, responsable y libre, adulto y creyente.

Superar las inconsistencias que uno tiene no significa acabar con ellas, cosa que todos querríamos (también Pablo lo quería), sino restablecer de algún modo la unidad interna convirtiendo el dinamismo centrífugo típico de la inconsistencia en dinamismo centrípeto, o tratando de llevar y reconducir al centro lo que amenaza sin cesar de alejarse, de evadirse. En resumen, no eliminar ni amputar, sino hacer lo posible para que todo gire alrededor del quicio clave de la vida, que son los sentimientos de Cristo.

Veamos las cosas por orden.

a) *Actitud responsable*

De lo que se trata sobre todo es de que el joven viva *responsablemente* sus inconsistencias. Como ya hemos dicho, la persona individual puede no ser responsable de todo lo que ha sucedido en su pasado, pues de hecho hay inconsistencias que pueden ser fruto de acontecimientos o heridas de los que ella no sólo no tiene ninguna culpa, sino que es más bien su víctima. Pero de lo que sí *es ahora responsable es de la actitud que adopta ante sus debilidades*, incluidas las que ha heredado de su pasado.

Y por responsabilidad entendemos en primer lugar *el valor de admitirlas una a una y de afrontarlas día a día*. El que las niega, está condenado a soportarlas; quien las ignora, lo único que hace es reforzarlas. Y hay distintas formas de negarlas e ignorarlas, como no advertir su gravedad («¡al fin y al cabo pecado no es!»), echarle la culpa a los demás («no depende de mí, es ella la que precisa de calor humano»), justificarlas pensando sólo en los propios sentimientos («desde que la conozco estoy más sereno e incluso rezo mejor»), racionalizarlas y sublimarlas («es una amistad para bien, el Señor es quien la ha puesto en mi camino»), mantener el tema oculto sin hablarlo con nadie (porque «desde fuera no se puede entender»).

> Engañarse a sí mismos sin darse cuenta –dice Rochefoucauld– es más fácil que engañar a los demás sin que se aperciban.

Y sin duda es también más perjudicial. Pues quien así obra cree que «se acepta», pero está herido por dentro. Y eso mientras una especie de carcoma invisible resta eficacia a lo que hace, a pesar de su eficiencia.

b) *Renuncia inteligente*

Ser responsable es propio de la persona adulta, y de lo que se trata en realidad es de adoptar una postura *adulta* ante las propias debilidades, optando por *renunciar* a ciertos comportamientos gratificantes. Quien quiere de verdad superar sus inconsistencias sabe perfectamente que no puede permitirse todas las libertades; sabe que ha de estar atento a ciertas situaciones, sabe que en algunos momentos debe ser capaz de decir no a ciertos hábitos o tratar de bloquear ciertos automatismos. Todo el mundo tiene sus puntos débiles y por lo tanto debe prestar atención a algunas cosas aparentemente pequeñas que a otros podrían parecerles insignificantes.

Antes se hablaba de «huir de las ocasiones próximas de pecado», un consejo que podría suscribirse incluso desde una perspectiva psicológica. Sólo se salva del peligro el que está con los ojos bien abiertos aun cuando cree estar seguro (¿es que alguien puede estar totalmente seguro?), y es capaz de decirse a sí mismo no, renunciar y ser fiel a una ascesis inteligente. El hombre normal es el que ha aprendido a renunciar a algo.

> El que cree que puede leerlo todo, oírlo todo, verlo todo; el que se niega a dominar su imaginación y sus necesidades afectivas, no debe comprometerse en el camino de la consagración... Dios no podría permanecerle fiel, ni se podría exigir a Dios que le pusiera a él una protección milagrosa[1].

¿Qué es lo que se pretende con esta capacidad de renuncia? Pues que la persona dependa cada vez menos de sus inconsistencias, que esté segura de que puede prescindir de algunas gratificaciones. De este modo su opción será cada vez más clara y coherente, más alegre y satisfactoria.

El que adopta una actitud de compromiso, ni disfruta de la alegría divina de su entrega a Dios, ni de las alegrías humanas de la plena gratificación de los sentidos. En consecuencia, y

---

1. A. Ancel, citado por M. Pellegrino, *Castità e celibato sacerdotale*, Torino-Leumann 1969, 22-23.

para mitigar su sufrimiento interior, poco a poco va languideciendo en la mediocridad. Mientras tanto, la carcoma, cada vez menos invisible, lo sigue royendo con absoluta tranquilidad.

c) *Aproximación a la libertad*

Pero el adulto que elige responsablemente la renuncia se acerca poco a poco a la *libertad*. Pues al intervenir en los comportamientos, se atenúan o modifican a su vez los afectos. Como hemos dicho, la persona se va haciendo más independiente de algunas necesidades (esas justamente que aprende a no gratificar) y experimenta otras conductas alternativas más coherentes con su identidad y cada vez más atractivas. Y comienza ahora a saborear una nueva libertad, porque puede *redistribuir la energía emotiva más de acuerdo con la verdad de su ser*, es decir, ama lo que es llamado a amar. Y en esto consiste precisamente la libertad, en poderse realizar según la verdad del propio yo, en ser atraído por esa verdad, como veremos más adelante.

Si, por ejemplo, la inconsistencia es de tipo afectivo, el joven que decide y trata de frenar el hábito de conquistar el afecto de los demás, de llenar su vida de relaciones o de constituirse en el centro de atención, advierte con desagrado primero y con sorpresa después, no sólo que es capaz de vivir una cierta soledad, sino incluso una soledad nueva y sorprendente, en absoluto oscura e impenetrable, vacía y neutra, sino una soledad amiga, un espacio del alma incluso fecundo y entusiasmante, necesario para sondear sus posibilidades y descubrir el proyecto absolutamente personal pensado por Dios para él, una soledad que es fuente de la palabra y de la relación.

De esta forma, el que buscaba afecto como un esclavo o como un mendigo, el que estaba incluso dispuesto a venderse para arrancar un poco de consideración y benevolencia, descubre ahora que tras la valla de sus miedos y esclavitudes hay otro país, lleno de luz y de hermosura, inmensamente más vasto y rico que su pequeño mundo de conquistas, extorsiones, celos y compromisos anteriores. Su vida y su energía tienen ahora otro punto de referencia radicalmente distinto que da consistencia y eficacia a todo lo que hace.

Más fuerte que la carcoma que todo lo roe.

d) *Hacer que la vida gire en torno al centro de la vida*

Justamente aquí es donde se manifiesta el *creyente* y el *consagrado* como alguien que, en vez de girar como un satélite alrededor de realidades que lo alejan de su órbita natural y debilitan su vitalidad, sitúa en el centro de su vida la potencia de la gracia. Y desde este centro, desde esta opción de fondo, se va reconstruyendo poco a poco.

Es como un nuevo nacimiento que por sí solo no elimina todas las imperfecciones y debilidades, sino que se limita a devolver al yo a su punto de partida y de llegada, al amor de un tiempo (cf. Ap 2, 4) y a lo que más allá del tiempo lo revela a sí mismo, al centro del misterio de su vida, de donde emana una fuerza que lo atrae y unifica. Si la inconsistencia divide y separa, este punto alfa y omega concentra y pacifica.

Y si este punto central manifiesta el yo y los sentimientos del corazón de Cristo, entonces sí que tiene el joven la posibilidad de recopilar toda su vida y su historia en torno a un núcleo vital lleno de calor. Convertirse de la inconsistencia es la voluntad paciente y testaruda de que todos y cada uno de los fragmentos de la vida, que todos los pensamientos, gestos, proyectos, afectos y sentimientos giren alrededor de este sol, para que reciban luz y calor, para que se llenen de vida y se transformen, para que se quemen sus escorias en el horno ardiente del corazón divino. Es entonces cuando empieza a consumarse el gran proyecto del Padre de «recapitular todas las cosas en Cristo» (Ef 1, 10), «de reconciliar consigo todas las cosas, pacificando por medio de su sangre derramada en la cruz» (Col 1, 20) todos los conflictos tanto de dentro como de fuera del hombre.

Por eso es sólo ahora cuando el joven puede aceptarse en todas sus dimensiones, incluso en eso que le cuesta entrar en el dinamismo unitario del reino de Dios. La potencia de la gracia es lo que se muestra en la debilidad del hombre, y lo que acaba atrayendo hacia ella todos los latidos del corazón humano.

Superar, pues, la inconsistencia no consiste ni en volverse impecable ni en eliminar de repente toda imperfección y tendencia, sino en poner en marcha todo este humilde y lento trabajo de toma de conciencia y de asunción de responsabilidades, de renuncia y disciplina inteligentes, de búsqueda de actitudes y comportamientos nuevos, de descubrimiento sobre todo de este nuevo centro en torno al cual debe girar toda la vida.

Y finalmente, la síntesis en la tabla que ofrecemos a continuación, elaborada en torno a los puntos estratégicos de la vía para superar las inconsistencias: la responsabilidad frente a ellas, la capacidad de renuncia que abre a la libertad, y finalmente el motivo resolutor, el corazón de Cristo como centro de irradiación que todo lo acoge y recoge en torno a él, para que nada escape de su calor (cf. Sal 18, 7).

TABLA 12. *Superación de la inconsistencia*

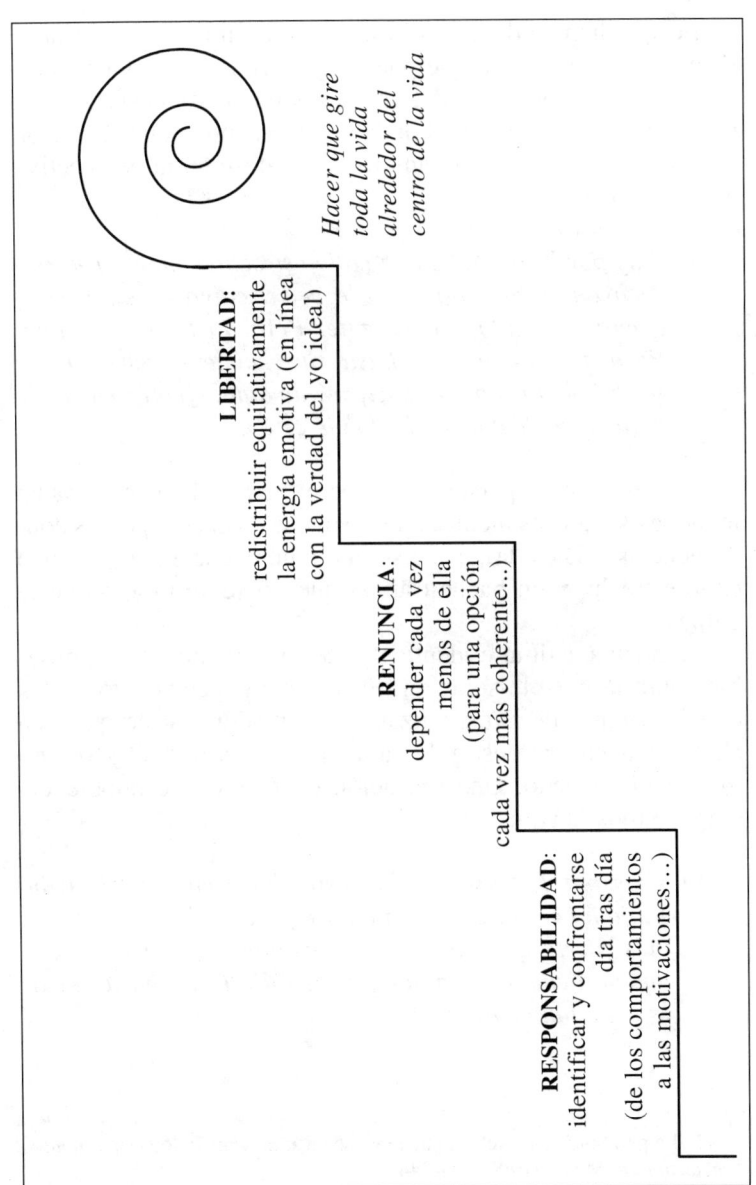

3. El socavón en la calle

Lo que hemos dicho hasta ahora podríamos contarlo también con una parábola que puede ayudarnos a entender mejor el proceso de liberación del yo de sus inconsistencias. Es una reelaboración mía personal de la parábola con la que P. Nelson presenta la dinámica del cambio, situándose en la perspectiva de la persona[2]:

> a) «*Voy por la calle. Es una calle estrecha con un profundo socavón en el centro. No lo veo y caigo en él. Me encuentro perdido e impotente. Pero no tengo la culpa. Pasará una eternidad hasta que encuentre el modo de salir. Sólo otro podrá sacarme de aquí. Quiera Dios que alguien se dé cuenta de dónde estoy...*»

Al principio, la persona no sabe ni ve absolutamente nada: la inconsistencia es inconsciente. Sólo se da cuenta por las consecuencias (=la caída), que a su juicio no puede evitar, con una calle estrecha y un bache-trampa que no se ve («no tengo la culpa»).

La misma actitud e idéntica pretensión de no ser responsable sobre la posible solución. Puede que dependa sólo de los demás, incluso de Dios, quizás del formador, puesto que está ahí justamente para eso y le va tanto en ello, pero el joven no mueve ni un dedo. Una sensación de fatalidad e impotencia empapa toda la situación.

> b) «*Voy por la misma calle, estrecha y con un socavón. Finjo no verlo. Caigo en él. Me parece absurdo, pero es más fuerte que yo y no tengo ninguna culpa. Pasará mucho tiempo hasta que pueda salir. Grito para llamar la atención de alguien*».

---

2. La parábola de P. Nelson puede verse en J. Stewart-P. Joiness, *L'analisi transazionale*, Milano 1990, 343-344.

La inconsistencia está bastante arraigada: la misma calle y otra caída. Es como un comportamiento automático que se impone inevitablemente. Pero algo empieza a moverse por dentro, es decir, la persona empieza a ver, advierte una especie de desajuste interior, tiene una vaga sensación de que algo en ella no funciona aunque no sabe por qué y todavía no se atreve a cambiar de conducta (y de camino).

Más aún, «finge» que no ve, es decir, recurre a mecanismos defensivos para negar, desplazar, proyectar, racionalizar su inconsistencia y simular que se sorprende... Y para librarse de todo sentimiento de culpabilidad.

Hay contradicción, pero hay también un mínimo de acción personal, pues grita para que la oigan (quizás empieza a rezar, o ha empezado ya a mostrar cierto malestar con la persona que lo guía).

> c) *«Voy por la misma calle con su consiguiente socavón. Lo veo. Pero vuelvo a caer en él..., es ya una costumbre. Mis ojos están abiertos. Sé dónde estoy. Tengo yo la culpa. Y salgo inmediatamente».*

Al principio el mismo guión comportamental: la inconsistencia se resiste a morir. El hecho de conocerla un poco no basta para no volver a caer. Pero el comportamiento interior está ya cambiando, pues a la larga la persona no puede seguir fingiendo. Ahora «ve», los ojos perciben no sólo la incoherencia de su conducta, sino también cuál es su raíz y a qué se debe. Ahora sabe *dónde* está, donde radica su inmadurez, lo que basta para decir: «tengo yo la culpa». Y esto cambia radicalmente la forma de situarse ante la confrontación interior.

> El que dice: «es más fuerte que yo», quizás no ha experimentado aún el profundo cambio que se inicia cuando en vez de atribuir la responsabilidad a otros (a cualquier fuerza indomable), se empieza a decir: «tengo yo la culpa»[3].

---

3. M. Danieli, *Liberi per chi? Il celibato ecclesiastico*, Bologna 1995, 45.

Y he aquí la señal del cambio: la persona sale «inmediatamente» del socavón y sale por sus propios medios, sin esperar a que nadie la saque (y sin delegar en Dios). Lo que no quiere decir que la inconsistencia haya sido vencida, sino que la persona es libre frente a ella y que cierta conducta que tiene que ver con ella puede estar a punto de ser modificada.

> d) «*Voy por la misma calle estrecha con un gran socavón. Lo rodeo y tengo mucho cuidado de no caer en él...*»

La inconsistencia sigue ahí todavía, pues el joven se siente impulsado a ir aún por el camino donde sabe que está el socavón. Es una fase decisiva de contraste interior entre el viejo afecto que sigue atrayendo y la novedad de una belleza y de una libertad apenas descubiertas, pero que dan fuerzas para «rodear» el obstáculo y no caer en él.

Pero el equilibrio sigue siendo aún delicado y la situación arriesgada, pues mientras siga viva la atracción basta que decaiga algo la atención para que el joven voluntarioso y algo ingenuo pueda volver a caer en la situación anterior. Y además no puede pretender pasarse la vida sorteando escollos o reducir su consagración a una constante carrera de obstáculos. La solución está en otro sitio.

> e) «*Voy por otra calle. Es ancha y no tiene socavones, por lo que se va muy a gusto por ella. No echo de menos la calle anterior...*»

Por fin la solución radical, que es la más sencilla y la más inteligente, es decir, se elimina el obstáculo o se va por otro camino, imprimiendo otra dirección al ser y al obrar y reconstruyendo sobre nuevas bases la identidad y la actividad.

Es la verdadera libertad, la que se basa en la verdad de uno mismo, pero que pide la colaboración de la voluntad, con los sacrificios y renuncias necesarios para romper la cadena de los viejos hábitos y esclavitudes. Pero además, ¿dónde está escrito que hay que caer siempre en el mismo socavón cuando tenemos la posibilidad y la libertad de ir por otro camino?

¿Y el camino anterior? Posiblemente siga ahí, pero poco a poco va dejando de atraer y llega un momento en que es como si hubiera desaparecido. De todos modos, ni la más mínima nostalgia de la esclavitud de antaño. Pues es demasiado hermosa la libertad de ser y de amar lo que se está llamado a ser y a amar.

18
El hombre nuevo

Estamos ahora en la segunda articulación del proceso pedagógico visto desde la perspectiva del candidato. Tras el *educar*, que lleva al descubrimiento de la verdad del yo y a la identificación y progresiva superación de la inconsistencia central, viene el *formar* siguiendo el modelo en que cada institución encuentra su inspiración carismática. Este modelo está destinado a convertirse en la «forma», en la norma de vida o en el yo ideal del joven consagrado.

Si la inconsistencia lo dividía por dentro, este modelo puede unificar ahora todas las expresiones de su vida en torno a esta forma, que es ahora su nueva identidad. Así pues, el trabajo no es en este momento sólo negativo, no se limita a eliminar exclusivamente las inmadureces, sino que también tiene una vertiente positiva, para construir en la libertad una nueva madurez, dando a la propia persona un nombre nuevo y a la existencia un objetivo preciso.

1. *«Estrenad un corazón nuevo y un espíritu nuevo»*
   (Ez 18, 31)

Insistimos y dejamos las cosas claras: de lo que se trata es de entrar en una realidad nueva; no basta con llevar a cabo lo que se siente por dentro, el objetivo no es simplemente autorrealizarse, no basta con liberarse de las esclavitudes y luego seguir felizmente adelante... El joven debe entender que la formación lo introduce en un contexto nuevo de significados y valores, que es como un proceso que lo hace entrar poco a poco en una tierra prometida tras el desierto purificador de la educación.

Es decir, la propuesta de consagrarse a Dios es algo inédito que no puede programarse, Cristo es algo nuevo que en cierto modo rompe con el pasado, su palabra desconcierta y abre horizontes inimaginables, su propuesta da vértigo, el choque con él hace caer del caballo, quien no se siente conmovido por él, lo único con que se ha encontrado ha sido con sus fantasmas. En una fase cultural como la nuestra, que todo lo homologa y sitúa en el mismo plano, es indispensable que la formación mantenga toda la fuerza de su novedad, su propuesta originaria de una forma como nuevo modo de ser que abarque la mente, el corazón y la voluntad, los sentidos y sentimientos...

De este modo podrá nacer de verdad el hombre nuevo. Pues de otra forma, como ya hemos dicho, seguiremos teniendo jóvenes que pasarán por todo el proceso canónico, desde el postulantado hasta la profesión perpetua, sin que la formación les roce lo más mínimo, sin cambiar absolutamente nada, sin convertirse en seres nuevos. Pasarán como turistas en un largo viaje de recreo, todos bien alineados y atentos a las in-formaciones que les da su jefe de ruta. Pero la formación no es una suma de informaciones, ni el formador es un simple jefe de ruta que les da las instrucciones oportunas.

Todas las familias religiosas tendrán luego que marcar la referencia ideal del camino formativo, que siempre será una especificación de lo que *Vita consecrata* define como «el fin de la vida consagrada», esto es, la asimilación de los «sentimientos de Cristo»[1]; a la *Ratio formationis* le corresponderá, por su parte, decir cuáles de estos sentimientos deberá tratar de revivir en su interior.

Veamos a través de qué fases intermedias.

---

1. *Vita consecrata*, 65.

2. «Convertíos y viviréis» (Ez 18, 32)

El punto cero es el interés de la persona por emprender este camino, es decir, sus ganas de cambiar y crecer en una dirección distinta a la seguida hasta ahora.

Esta determinación está estrechamente unida a lo que acabamos de decir. El joven debería sentir, al menos en teoría, la necesidad de conversión en la medida en que percibe la novedad del proyecto vocacional, justamente porque no coincide con lo que él es en este momento. *Docibilitas* es esto sobre todo. Si no hay ni ganas ni motivos para cambiar, la formación es inútil, lo único que sirve es para homologar a la persona, y en definitiva acaba en deformación.

Las ganas de cambiar no hay que darlas desde luego por descontadas. Pues muchos jóvenes creen que se pueden consagrar sin cambiar gran cosa en sus vidas, sin una voluntad real de conversión. De ahí que la formación acabe pareciéndose sorprendentemente no sólo a una gira turística donde por lo menos se ven cosas nuevas y se sale de uno mismo, sino incluso a un tratamiento de belleza que cambia sólo lo externo, la apariencia. Es decir, una falsedad y una ficción.

Así pues, estas ganas han de ser educadas y formadas. Y ello siguiendo normalmente estas líneas:

a) Sobre todo partiendo *de abajo*, es decir, de la constatación de que el modo anterior de vivir no sólo no realiza los valores de la consagración, sino que ni siquiera permite obtener la plena gratificación de las necesidades. Pues con el obrar inconsistente sólo se logra una satisfacción aparente del instinto, y al final deja un fuerte amargor en la boca porque la necesidad satisfecha aumenta las pretensiones, crea dependencia, en realidad no está radical y definitivamente satisfecha, contenta sólo la parte menos adulta, más codiciosa e incontentable del yo, y se revuelve contra los intereses mismos de la persona. Para darse cuenta no es preciso ser santos, basta con ser astutos.

Hay otro asunto digno de tomarse en serio en este camino, a saber, que no se trata de algo sencillo que se resuelve con un poco de buena voluntad o con pequeños proyectos comportamentales. Pues de lo que aquí se trata es de construir la casa, no de algunas reformas secundarias. Y lo que hay que hacer es demolerla y no conformarse con repararla y apuntalarla.

b) Pero al mismo objetivo puede llegarse también partiendo *de arriba*, es decir, de la consideración de que la inconsistencia no ofende inmediatamente a la virtud sino a la verdad del yo, es decir, a esa verdad que para un creyente está definida en el proyecto vocacional pensado por Dios.

Cambiar, pues, abandonar el obrar inconsistente equivale a recuperar la propia libertad, a recobrarse a sí mismo, y a sentar las bases para realizarse coherentemente en un plano que exige y ofrece lo máximo. Muchos jóvenes se asustan ante las exigencias y el don de Dios, les parece que no están a su alcance. Pero en este caso no basta con ser astutos, hay que aprender a fiarse de los sueños de Dios.

Por consiguiente, es Dios mismo quien pide el cambio, y no la institución ni el formador. El joven ha de tener muy claro que al convertirse no da ningún gusto a nadie, y que no tiene que hacerlo porque alguien se lo imponga. En todo caso es el proyecto de Dios el que lo llama a la santidad, evidentemente que por su bien y para que se realice totalmente como persona.

En este tiempo de crisis numérica de vocaciones hay jóvenes que quizás inconscientemente están convencidos (o hay quien les convence) de que son unos benefactores de la institución cuya supervivencia o equilibrio generacional garantizan con su decisión. Estos tendrán muy pocos motivos para cambiar, sobre todo si observan que por parte de la institución hay demasiada tolerancia o complacencia, un estilo (de)formativo que lo consiente todo y no exige nada, una falsa bondad por parte de la madre-maestra (más mamá que maestra) tan auténtica como una flor de plástico, discernimientos vocacionales tan alegres que «se tragarían el camello» (Mt 23, 24) o que dejarían pasar a todos, «oves et boves», con tal de que entren... El miedo de la institución (a desaparecer o a contar menos) o de los formadores (a exigir demasiado y no caer bien) es siempre un pésimo consejero. Es importante, pues, que todo el mundo tenga claras las ideas, y no sólo los jóvenes en formación.

Ambas vías, la que viene de arriba y la que viene de abajo, deberían cruzarse y lograr entre las dos que aparecieran estas benditas ganas de cambiar, que surgiera un proyecto de conversión que abarque idealmente todas las dimensiones de la vida, pero que luego se fije concretamente en un aspecto particular, en el que se concentra la inconsistencia de la persona.

De ahí es de donde parte el proceso de formación, para recorrer a continuación las fases que ya conocemos donde se descubrió primero la inconsistencia. Pero ahora el camino sigue la dirección contraria, es decir, parte de dentro, de la opción de fondo, para salir fuera, a los comportamientos.

3. *«Con todo el corazón» (Dt 6, 5)*

El principio es el mismo que ya hemos visto, a saber, que igual que el joven es educador de sí mismo, también debe ser *formador de sí mismo*. No en el sentido de que haya autoformación, sino en el de que ha de ser capaz, con la ayuda del guía, de identificar el objetivo del camino y sobre todo de sentirlo como «forma» de su persona y como su nueva identidad, y de entregarse a ella.

Pero aquí justamente surge la paradoja. Porque esta entrega supone a la vez el máximo de actividad y de pasividad, de la autonomía y de la confianza; esto es, supone la libre decisión de dejarse construir y trabajar por ese modelo ideal. Éste es el que señala las etapas del camino; los sentimientos de Cristo son quienes plasman la vida del joven, son su forma y su norma, su regla de vida y también su vida.

Entender esto significa entender el verdadero sentido de la formación de uno mismo, en la obediencia y en la libertad, a lo largo de los cinco pasos clásicos a partir del más interno.

a) *Opción de fondo*

En el centro y en el origen de la vida está el *acto de fe*. No una fe genérica, ni sólo intelectual, sino una fe en el Señor Jesús contemplado a la luz del carisma de la institución y por tanto desde una óptica especial en la que resaltan de forma original algunos de sus sentimientos para con el Padre y para con los hombres como su forma de ser y de situarse ante la vida y la muerte...

El joven debería ser capaz de leer en los sentimientos de Cristo no sólo el modelo de fe de todo creyente o el ideal institucional que todos están llamados a imitar en la congregación, sino también el modelo humano que ahora se le propone *a él*, la respuesta o la alternativa a *su* inconsistencia, y por consiguiente el ejemplo vivo y estrictamente personal de un modo distinto de vivir, más pleno y liberador.

En *este* Cristo es en el que ha sido llamado a creer con una fe personalizada, reconociéndolo como camino, verdad y vida para *su* persona, como el único que tiene palabras de vida y le puede decir la verdad, como el único que le indica exactamente el camino a seguir para superar sus contradicciones y heridas internas, como el único por cuya palabra puede apostar.

Creer en él significa para el joven creer que es bonito ser como él, creer que vale la pena aunque cueste, creer que ello es posible porque es él quien da la fuerza necesaria.

Está claro, pues, que todo programa de formación del hombre nuevo ha de partir una y otra vez de la relación con el Señor Jesús, de estar ante él, de sentirse tocado por su mirada, por esos ojos que «miran» al joven con amor (cf. Mc 10, 21). Ahí, en esa mirada, el joven aprende a captar la profundidad de un amor eterno e infinito que llega a las raíces del ser[2] y envuelve la vida, y que pide concretarse naturalmente en opciones coherentes.

> La persona que se deja seducir por él tiene que abandonarlo todo y seguirlo (cf. Mc 1, 16-20; 2, 14; 10, 21.28). Como Pablo, considera que todo lo demás es «pérdida ante la subli-

---

2. Cf. Juan Pablo II, *Redemptionis donum*, 3: EV 9/723-725.

midad del conocimiento de Cristo Jesús», ante el cual no duda en tener todas las cosas «por basura con tal de ganar a Cristo» (Flp 3, 8). Su aspiración es identificarse con él, asumiendo sus sentimientos y su forma de vida[3].

El hombre nuevo no es un campeón en madurez humana ni un héroe en perfección. Es un joven que se ha sentido copado por la mirada de Cristo y conquistado por su amor. Y no ha podido hacer otra cosa que dejarse amar, liberándose de todo lo que podía llevarlo hacia otra parte, despojándose de cualquier otro amor siempre más pequeño que el amor divino, porque como escribía Dostoyevski a su sobrina Sonia,

> en el mundo sólo hay una persona positivamente bella: Cristo. La aparición de esta persona, ilimitada e infinitamente bella es ya un milagro infinito[4].

Todo lo demás no resiste ante su belleza.

He aquí la opción fundamental. La «forma» de la vida del joven consagrado es el amor con que lo ama Jesús, «su» Señor. Y está toda entera en aquellos ojos que le siguen mirando, en aquella belleza que lo continúa fascinando.

Cuando la opción de fe es así de específica y personal, así de intensa y de motivada por el amor y la belleza, es que el camino de la reconstrucción del yo ya ha comenzado y sigue el camino de los sentimientos del Hijo.

b) *Motivación*

Si Cristo es ya la raíz y el centro de la vida, de lo que se trata ahora es de que la fe en él anime poco a poco todos nuestros gestos y opciones.

La motivación es un factor dinámico-directivo porque pone en marcha y dirige el ser y el obrar. Y si alguien escoge los sen-

---

3. *Vita consecrata*, 18.
4. F. Dostoyevski, citado por G. Ravasi, *La bellezza*, en «Avvenire», 10 febrero 1997.

timientos de Cristo como motivación esencial, entonces los fundamentos de la vida se estremecen como sacudidos por un terremoto. El joven debe saber que, por su naturaleza, la formación implica una *trans-formación*, es como un nuevo nacimiento, significa entrar en una lógica que transfigura las cosas y las personas, donde proyectos y deseos asumen un sentido inédito desde aquel que ha traído el fuego a la tierra (cf. Lc 12, 49).

Poner a Cristo al principio y al final de todo, buscarlo siempre y en todas partes: éste es el secreto que transforma y transfigura. Es el típico dinamismo vocacional cristiano que permite al joven soslayar el riesgo, hoy tan fácil, de malgastar la vida y las energías juveniles, de adormecer y domesticarlo todo, de dejarse condicionar por la cultura del calmante y del somnífero que, con la excusa de evitar lo duro y lo difícil, le impide disfrutar de lo que es bello y de ser joven por Cristo. No se trata de retornar al tiempo en que se mitificaba el sacrificio a veces en formas de renuncia[5] extrañas y aisladas, por ser un fin en sí mismas, sino de tener la libertad y el valor, humano y espiritual, de vivir la *ascesis de la motivación*, el heroísmo constante, humilde y discreto de motivar *todas* las acciones con la pasión del Señor Jesús.

Tampoco basta la experiencia de la contemplación o la pretensión de una relación inmediata y directa con Cristo, quizás con el consiguiente riesgo de intimismo, sino que es necesario encontrar en todas partes esa su mirada divina, sentirse constantemente bajo ella y detectar su amor en todas las circunstancias de la vida. Todavía más, reproducir esa mirada, difundirlo en el propio entorno y dirigirlo a todas las criaturas para que todas se sientan bajo ella y se sientan amadas por el Eterno.

La vocación del consagrado consiste justamente en buscar y ver a Dios en todas las cosas para convertirse en su mirada sobre ellas. En aprender esta mirada consiste justamente la ascesis de la motivación.

---

5. Cf. sobre este tema las interesantes observaciones de E. Francini, *Il sacrificio è ancora una virtù*: Settimana 35 (1996) 1.11.

c) *Sentimientos*

Ya hemos dicho que se pueden *educar* los sentimientos para conocerse y dominarlos, pero también se les puede *formar*. Pero además, ¿qué sentido tendría una formación que no llegara a cierta profundidad psíquica, donde el corazón siente y se resiente, vibra y ama, sufre y goza?

El joven tiene ante él un horizonte increíble, el corazón de Cristo. Aquí no hay ni ley, ni regla, ni prohibiciones, ni técnicas condicionantes. Aquí, de lo único que se trata es de aprender pacientemente a tener los mismos sentimientos del Hijo, a reaccionar ante la vida con su misma forma de sentir, con esa gratitud con que desde toda la eternidad se deja amar por el Padre, con esa libertad con que decide dar su vida por los hombres, con esos sentimientos de compasión, bondad, perdón y ternura con que responde a las necesidades del hombre, con esa fuerza y pasión con que se opone al mal.

No basta con hacer algunas cosas buenas, por importantes que sean, no basta con reaccionar con suavidad a la violencia, con ser misericordiosos cuando se ha recibido una ofensa o con ser puros de corazón, pobres de espíritu y pacificadores, sino que es necesario *ser «por dentro»* mansos, puros y purificadores, y experimentar la mansedumbre, la misericordia y la pureza como sentimientos cada vez más normales, como algo no sólo obligado y santificador, sino como algo *en sí mismo bello y satisfactorio*, como un modo de compartir el corazón de Cristo, a pesar de la dureza que comporta.

Aquí reside justamente el sentido de las bienaventuranzas, y sólo aquí la formación se convierte en transformación-transfiguración, en nacimiento del hombre nuevo que vibra con los sentimientos de Dios. En cualquier otro caso, la formación es sólo un esfuerzo que oprime y una renuncia que deprime, tan costosa como débil, más «musculosa que mística», sólo inicial y nada permanente.

Así pues, lugar propio de esta transformación del corazón es la oración, permanecer en silencio ante Dios, dejando que el Padre, que engendra al Hijo desde toda la eternidad, genere también en el consagrado los sentimientos del Hijo. ¡Ojalá nuestros jóvenes, que tienen tanta prisa, fuesen capaces de descubrir la eficacia tan misteriosamente transformadora del «tiempo perdido» ante el Padre!

d) *Actitudes*

Si el corazón empieza a palpitar de forma nueva, entonces sí que cambia la vida. Pero, para que la conversión sea real y permanente, hay que adquirir hábitos nuevos.

Se trata concretamente de poner en marcha nuevos dinamismos o nuevos estilos de vida, sabiendo muy bien que se ha encontrado un tesoro extraordinario, pero que todavía no es nuestro.

Muchos jóvenes empiezan a intuir dónde está ese tesoro, pero luego no son constantes a la hora de aprender nuevos estilos de vida o nuevas predisposiciones a responder a los retos de la existencia. Y así no sólo no cambia nada, sino que incluso terminan por olvidar dónde está el tesoro.

Sin embargo, el objetivo de esta fase no es todavía la conducta externa, sino algo anterior: la formación de la conciencia, cierta sensibilidad y finura psicológica, deseos libres y de calidad, gusto por los valores, intuición de la verdad-bondad-belleza; es decir, todo lo que permite moverse con mayor soltura y naturalidad a la hora de hacer el bien.

Un ejemplo. Cuando la madre Teresa de Calcuta veía a un pobre, no podía evitar un impulso instantáneo de benevolencia que la movía a socorrerlo. Pero este impulso era el resultado inmediato de un hábito, convertido ya en un estilo de vivir y de comportarse, sostenido y provocado por una conciencia interior que le hacía ver a Jesús en el pobre, mirándolo y amándolo con el corazón de Dios, y a la vez por una sensibilidad psicológica que la tenía siempre dispuesta a cargar con el peso de los demás.

Así nacen y se convierten las actitudes, porque nada sucede por casualidad o por don de la naturaleza. Y por supuesto, tampoco con la sola ayuda de la gracia.

e) *Comportamientos*

La última etapa de la ascensión tiene que ver con los comportamientos.

Es algo así como la prueba decisiva. Los sentimientos, deseos y actitudes tienen que confrontarse en algún momento concreto con la cruda y dura realidad de la vida, y convertirse en gestos y opciones precisas. Sin esta implicación con la praxis de cada día, que se compone de pequeñas cosas, de los ritmos normales de la vida, de las mismas personas y ocupaciones, a veces bien poco atractivas, no es posible ningún tipo de formación-transformación. El mundo se renueva desde grandes ideas y pequeñas decisiones. Y el mundo de cada persona y del joven que se está formando no constituye una excepción.

Más aún, desde esta perspectiva no hay cosas pequeñas, pequeñas opciones, pequeñas acciones existenciales, porque todo es significativo e importante si es expresión de un camino de crecimiento que lleva poco a poco a cambiar la vida. Y ello a través de un recorrido bien perfilado, de etapas definidas, que correspondan a lo que hemos visto en el capítulo anterior sobre el dinamismo de la inconsistencia.

Igual que la acción que hace que una atracción sea especialmente esclavizante, así es también la *acción* constante (esto es, disciplinada) que convierte a un valor en algo peculiarmente familiar, permitiendo conocerlo desde dentro, no de oídas, sino por un trato continuo. Pero este valor *sólo* podrá atraer el corazón si se convierte en un *hábito*, sólo si se traduce normalmente en actos concretos, porque sólo entonces hace que el corazón y la mente vayan descubriendo y experimentando poco a poco gustos y deseos en línea con ese valor. Ahora es cuando el ideal se convierte cada vez más definitivamente en mentalidad y sensibilidad, en criterio de discernimiento y en componente estructural de la propia identidad, en opción cada vez más natural y espontánea para quien reencuentra en él su «forma». Y aquí es justamente donde reside la *libertad* del consagrado, la libertad de ser lo que está llamado a ser, libertad del Espíritu y en el Espíritu: «los que viven según el Espíritu piensan en las cosas del Espíritu» y desean según los deseos del Espíritu (cf. Rom 8, 5-6).

Lo que realmente cuenta es que este proceso sea lineal, como se manifiesta en el fragmento de la conducta de cada día, a saber, de la opción fundamental que sitúa a Cristo en la raíz de todo, a la decisión de buscarle en todo y de dejarse encender por su fuego; del coraje de afrontar las situaciones con sus mismos sentimientos, a la paciencia de crear nuevos hábitos de vida eligiendo responsablemente nuevos comportamientos.

En ese fragmento se concentra, pues, todo un proyecto de formación transformadora. Ahí nace el hombre nuevo, en un día nada banal ni ferial, sino transfigurado en el «día en que actuó el Señor» (Sal 118, 24).

Ese día podría durar toda la vida, en un proceso de transformación permanente.

Uniendo lo que vimos en el capítulo anterior sobre la superación de las inconsistencias desde una perspectiva formal, con lo que acabamos de ver ahora, podríamos representar así el laborioso camino de descubrimiento y superación de las inconsistencias, a la vez que de formación del hombre nuevo.

TABLA 13. *Descubrimiento de la inconsistencia y nacimiento del hombre nuevo (o descenso a los infiernos y... resurrección)*

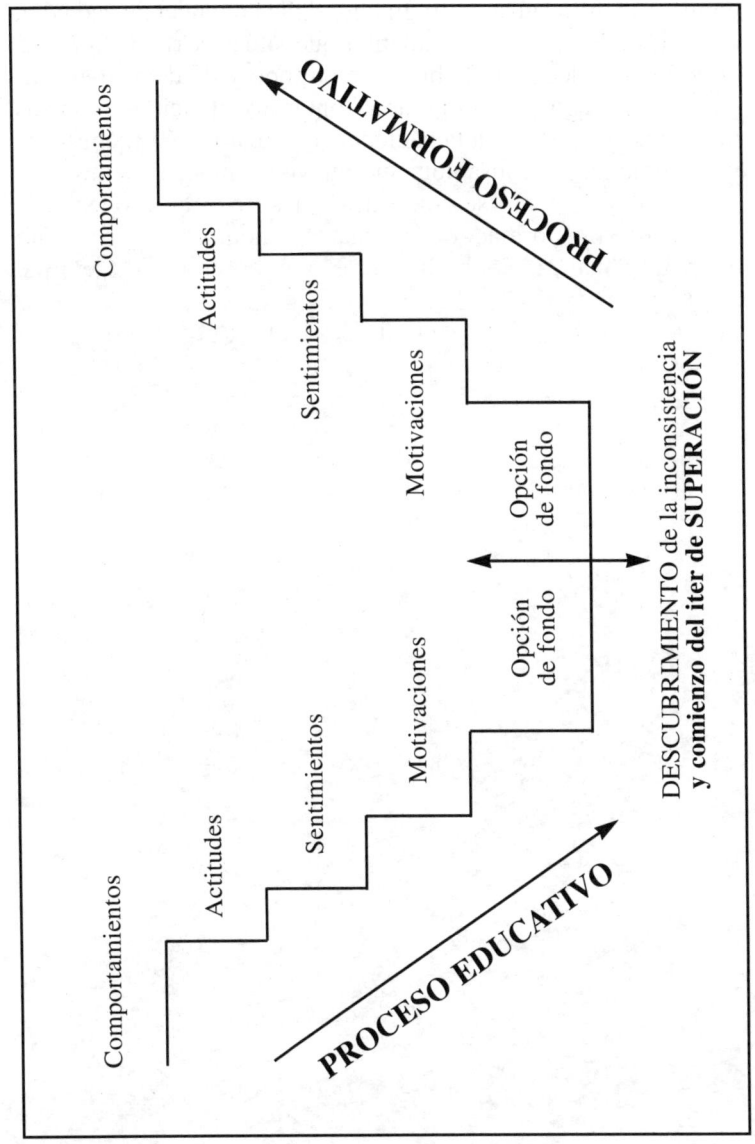

19
Libres de corazón

Hemos dicho básicamente hasta ahora que la formación es *el proceso pedagógico que, al proponer una forma como norma de vida, lleva desde la progresiva liberación del yo a la libertad de realizarse según su propia verdad, reconocida en esa forma.* En el joven consagrado la forma de los sentimientos de Cristo, según el matiz específico del carisma, es el objetivo y el signo de la libertad del hombre nuevo.

Está claro, pues, que el concepto de formación está estrechamente unido con la idea de libertad. Además, una vertiente particular y estratégica de esta conformación que da libertad es la vertiente afectiva. Conformarse con Cristo es experimentar la libertad de corazón, esa libertad que todo el mundo desea, pero que desgraciadamente suele confundirse con lo que sólo es apariencia de libertad. Es un aspecto demasiado importante de la formación en una cultura como la de hoy, tan sensible a este valor, para permitir que permanezca la confusión en el corazón de tantos de nuestros jóvenes.

1. *El concepto*

Comencemos clarificando los términos. Y no para construir una teoría inútil, como ya hemos dicho en el capítulo primero, sino porque sin un diseño teórico-práctico (o teológico-antropológico) que defina el objetivo pedagógico y las estrategias de fondo, falta una condición básica de todo proceso educativo-formativo. Estoy convencido de que hemos hablado y predicado con frecuencia de madurez y libertad afectiva sin señalar con precisión su contenido, sin conocer sus elementos estructurales. Y entonces será realmente difícil que el joven sea cada vez más libre en su corazón si el formador no sabe proponerle la pista justa. Tratemos, pues, al menos de indicar algunos puntos de referencia a este respecto[1].

Si ser libres significa poderse realizar según la propia verdad, libertad afectiva significa *amar lo que se es (el yo actual) y lo que se está llamado a ser (el yo ideal)*. Es decir, no basta con llevar a cabo el propio proyecto vocacional, pues se podría hacer sólo a la fuerza o como cumple un soldado las órdenes que recibe, sino que hay que sentirse atraído por él y captar su valor intrínseco hasta el punto de ser conquistados por él.

En el concepto de libertad afectiva hay algo paradójico y a primera vista contradictorio, porque su esencia radica esencialmente en ese «ser conquistados». Es decir, la máxima libertad de corazón está justamente en perderla, al ser poseídos por algo que atrae poderosamente. La libertad se presenta, pues, como una síntesis entre actividad y pasividad y a la vez entre objetividad y subjetividad. Tratemos de explicarnos.

El joven no es libre si se consagra a Dios *sólo* porque Dios lo llama, porque así hace un acto meritorio de filantropía o simplemente porque le place, sino porque descubre poco a poco y *a la vez* la belleza, verdad y bondad *objetivas* de esa propuesta, y aunque se da perfecta cuenta de lo mucho que cuesta decir sí, decide aceptar la invitación, porque en definitiva la fascinación *subjetiva* que siente es más fuerte que la resistencia que percibe en su interior. Así pues, este joven es libre porque se deja atraer por algo que *en sí mismo* es verdadero, bello y bueno y que poco a poco le desvela la verdad de *su* ser, haciendo que sea bello vivir y bueno el obrar.

---

1. Para un tratamiento relativamente completo nos permitimos remitir a nuestro libro sobre la madurez afectivo-sexual del consagrado, *Por amor, con amor, en el amor. Libertad y madurez afectiva en el celibato consagrado*, Salamanca ³1999, especialmente 564-603.

Pero, además, lleva a cabo otra operación muy importante en el camino de la formación, porque recupera con su mente la motivación teológica (el origen divino de la llamada), con la voluntad se apropia de la motivación ética (el bien y el servicio a los demás) y con el corazón de la motivación emotiva (la atracción interior); pero sobre todo coordina y vive a la par estas motivaciones. Ahora bien, esta implicación intrapsíquica total es lo que lo hace libre, es decir, activo y pasivo al mismo tiempo, conquistado y fascinado, y sin embargo con una gran iniciativa en esa misma implicación, seducido por el típico esplendor de la verdad y a la vez capaz de reconocer en él un rayo de su identidad personal. Pues la verdad atrae naturalmente al hombre, pero lo atrae aún más cuando descubre en ella *su* verdad, belleza y bondad, lo que está llamado a ser y a hacer resplandecer.

Aquí, pues, ya no hay contradicción, sino al contrario: la experiencia de libertad al aceptar la invitación se convierte en felicidad y sabiduría del corazón, en coherencia y fidelidad a los compromisos que de ahí se derivan, en resistencia en las pruebas y en tensión ideal. La libertad pone alas en los pies y hace todo más sencillo y más fácil, hasta las obligaciones más pesadas.

El componente básico de la libertad es, pues, la *verdad*. Sin verdad no hay libertad; aún más, como dice Jesús, la verdad es lo que nos hace libres (cf. Jn 8, 22). Pero si se habla de libertad afectiva, entonces se trata exclusivamente de una *verdad amada y realizada*, es decir, de una verdad acompañada del amor y de la voluntad, o del amor inteligente y volitivo que hace a la persona libre de corazón.

2. *El dinamismo*

No hay nadie que nazca ya libre, en todo caso se nace libre para ser libre. Al señalar el proceso de maduración en la libertad afectiva se seguirá sustancialmente lo que ya se ha dicho sobre el proceso general de maduración. De todos modos, y más en concreto, se llega a ser *libre* afectivamente en la medida en que se recorre este itinerario.

a) *¿Integración afectiva o religiosa?*

De lo que realmente se trata es de descubrir las propias esclavitudes y de identificar específicamente *que lo que realmente esclaviza a la persona es justamente lo que se opone a su verdad*, lo que la engaña con espejismos de felicidad, pero que luego no puede satisfacerla, sencillamente porque no es su verdad, no es lo que está llamada a ser.

El problema de fondo sigue siendo preguntarse y saber cuál es la propia verdad, que va evidentemente unida a la vocación, y para el joven, a su *status* de consagrado en la virginidad, pobreza y obediencia según un carisma concreto. Esta es su verdad, en la que ha de creer y a la que ha de amar, a la que ha de elegir y realizar. Todo lo que le aleje de esta verdad se opone a su felicidad y no le ayuda en absoluto a realizarse en la libertad, sino que lo esclaviza.

Se trata de una clarificación teórica, pero que pudiera evitar muchos errores de perspectiva e incluso puede que crisis futuras. Si el joven es llamado a vivir virgen, entonces no se puede pensar al margen de este modo de ser o de querer, ni puede pensar en construir su libertad afectiva viviendo relaciones según sus gustos instintivos, de acuerdo con otros modelos existenciales o simplemente según los modelos que estén de moda, aunque puede que crea lo contrario y le parezca que puede reivindicar el derecho a satisfacer sus necesidades o a la denominada *integración afectiva*.

Hoy se habla mucho, por ejemplo, de la oportunidad y necesidad de esta integración de cara justamente a recuperar cierta (presunta) libertad y a corregir en cierto modo un antiguo ideal ascético que ahora nos parece basado en una remoción de los afectos maniquea y ciertamente sospechosa. Pero hay que preguntarse si este es de verdad el objetivo de una existencia consagrada o está en línea con su verdad. Si «integrar» significa completar, atribuir un sentido pleno, recuperar y colocar cada fragmento de vida en una verdad total que la acoja y la valore por completo, descubrir que todo, dentro y fuera de ella, puede y debe girar en torno a esta verdad central, entonces

> lo que se ha de buscar no es nuestra integración afectiva, sino sobre todo nuestra *integración religiosa*, es decir, la integración de todo lo que somos y sentimos, de lo que alegra y entristece nuestra vida, de lo que nos «realiza» pero también de lo que nos «mortifica», en la perspectiva de lo que creemos[2],

esto es, en la perspectiva de la fe que fija la verdad de lo que somos y de lo que estamos llamados a ser.

> Pues nuestra vida no se celebra a sí misma, sino que celebra a Aquel que vale más que la vida: «Porque tu gracia vale más que la vida, te alabarán mis labios» (Sal 63, 4)[3].

Es fundamental hacer esta distinción en el periodo de la primera formación. Y que en consecuencia, ya a nivel de reflexión, de la forma de concebirse y de entender la relación interpersonal, el joven haya aclarado en qué consiste la libertad afectiva, así como el fundamento en la verdad de su libertad afectiva.

> La libertad no es hacer lo que se quiere, sino el derecho a hacer lo que se debe[4].

Y hay una sola cosa que el hombre «debe» hacer: la verdad y su verdad. A partir de esta verdad y en torno a esta verdad que viene de Dios puede integrar toda su vida y todos sus afectos. Y entonces será libre y feliz.

---

2. G. Angelini, *Meditazioni su Ezechiele. II: Il mutismo del profeta*: La Rivista del clero italiano 6 (1997) 444.
3. *Ibid.*
4. Juan Pablo II, en la homilía de la misa con jóvenes durante un viaje a Baltimore (USA). Cf. «L'Osservatore Romano», 8 octubre 1995.

Dice Rosmini:

> Conoced la verdad, contemplad su belleza, enamoraos de ella, obrad en conformidad con ella: el bien amado por la inteligencia os conduce a la verdadera felicidad.

Cuando se capta la ligazón, no sólo teórica sino también existencial-dinámica, entre verdad, libertad y felicidad se está en el buen camino que lleva a la libertad afectiva. Entonces ser libre de corazón es un modo de celebrar el primado de Dios en la existencia, y el joven no corre el riesgo de soñar y de situar la libertad donde se le obliga de hecho a renunciar a su identidad.

b) «*Ama y haz lo que quieras*»[5]

En este punto es decisiva la *capacidad de dejarse atraer* de que hemos hablado y que nada tiene que ver con la pasividad. Pues dejarse atraer significa entregar la vida a algo grande que permite realizar al máximo la propia identidad.

Es una acción no sólo activa, sino valiente, porque si por un lado se ve que el ideal que atrae está en línea con la propia identidad, por otro, al ser algo pensado por Dios, implica su superación y justamente por eso la realiza al máximo. El ideal de la consagración, y la libertad que de ahí se deriva, se basa íntegramente en la síntesis no sólo entre actividad y pasividad, sino sobre todo entre naturaleza y gracia, síntesis que introduce en el mundo de los horizontes divinos y abre espacios ilimitados a la consumación del yo.

Y también síntesis extremadamente significativa por la definición del concepto de libertad. Pues gracias a esa definición, la libertad no es por un lado hacer lo que me parece y me *agrada* a mí, sino lo que le agrada *a Dios*; y la libertad afectiva, por otro lado, no es sólo *hacer* lo que agrada a Dios, *sino encontrar paz y realización plenas* en eso que agrada a Dios y que al final

---

5. San Agustín, *In epistolam Joannis*: PL XXXV, VII, 8.

poco a poco me «agradará» también a mí o a quien se confía al Padre.

Es decir, la libertad afectiva recupera la dimensión subjetiva (lo que me agrada) «evangelizándola» a la luz de la dimensión objetiva (lo que agrada a Dios); se trata en realidad de una especie de evangelización de los sentimientos. Desde esta perspectiva, consagrarse a Dios es entregarse a él para experimentar cada vez más sus mismos gustos y deseos, que por una parte liberan y por otro sobrepasan la medida humana. Solamente ahora cabe entender la afirmación agustiniana de «ama y haz lo que quieras» allí donde lo que uno quiere es cada vez más lo que Dios quiere.

De cualquier forma, del mismo modo que la verdad es siempre mayor que nuestro corazón y no nos pertenece, sino que somos nosotros los que le pertenecemos, también la libertad no es algo que se conquista sino algo por lo que el creyente se deja conquistar.

Se manifiesta, pues, con plena evidencia la naturaleza compleja y compuesta, así como sintética e integradora de la libertad afectiva, punto central donde convergen y se funden unas polaridades aparentemente contrapuestas: actividad y pasividad, objetividad y subjetividad, yo actual y yo ideal, tensión de conquista y sensación de ser conquistados.

c) *La relación en la vida de la persona virgen*

Pero todavía queda por dar un paso decisivo y consecuente, a saber, dejar la esclavitud y los comportamientos que llevan a ella y *optar por un estilo de vida coherente con la verdad del propio proyecto ideal.*

La libertad afectiva no se queda ni en los sentimientos ni en las atracciones, sino que, como todo proyecto de conversión, pide un cambio concreto y decisivo de actitudes y comportamientos, de criterios y motivaciones. Sólo se puede gustar la libertad si se experimenta en concreto y esto sólo sucede cuando la voluntad decide cambiar adoptando nuevos estilos. Pensemos en el joven afectivamente dependiente, acostumbrado a llenar su vida de relaciones y a situarse en el centro de las mismas; hasta que no se decida a estar solo o escoja una cierta soledad como estilo de vida, no será capaz de entender cuánta verdad y libertad afectiva se esconden en la soledad de la intimidad con Dios y consigo mismo.

Pero entonces es importante responder a otra cuestión: ¿es que *hay un estilo de relacionarse propio de la persona virgen*, un modo característico de querer y de manifestar su afecto, de entablar y gestionar relaciones, de estar juntos y de gozar de la compañía de la gente, de participar en los momentos alegres y dolorosos de los demás, de buscar a los demás o de dejarse encontrar?

Muchos dicen en teoría que sí, que hay un estilo afectivo propio de la persona virgen por Cristo. Pero, siempre según ellos, no tiene por qué ser siempre visible, sino que es más bien algo interno, una especie de actitud interior o una intención espiritual. Pero con ello la virginidad termina por ser poco evidente (y poco convincente), como actualmente sucede.

Hay también quien dice que no hay que exagerar, que quizás sea demasiado hablar de una forma propia de relacionarse en el caso del célibe por el reino de los cielos; basta con que evite una excesiva implicación interpersonal, y que luego vea él... Salvo que haya alguien que no «vea» las cosas tan bien y termine confundiendo todo demasiado y enviando mensajes extraños y ambiguos.

Y en este caso la pregunta podría ser muy bien otra. La persona virgen, ¿es *una persona de relaciones* o *debe evitarlas*?, ¿debe entablar relaciones o adoptar sobre todo una actitud de reserva y prudencia?, ¿debe ser amigo de muchos o preocuparse de defenderse y defender su virtud de posibles tentadores y tentadoras?, ¿es su castidad el clásico talento que hay que conservar y custodiar celosamente o hay que hacerlo fructificar?, ¿la castidad se orienta a la propia santificación o es en sí misma un anuncio de salvación?

No se responda, más astuta que sabiamente, que la solución está en el medio, que no excluye ninguna de ambas alternativas y trata de mantener unidas a la una y a la otra. Es obvio que no se puede adoptar una lógica exclusiva y unilateral, pero el modelo de formación que todo educador tiene o debe tener hace una opción en este terreno, se decanta más o menos por alguna de las alternativas que hemos propuesto, posiblemente de una forma sutil y nada explícita, pero muy real, con consecuencias evidentes y a veces deformantes para las personas.

Es importante pues que afrontemos ese dilema y tengamos el coraje de interrogarnos y de clarificar algunas cosas.

3. *El estilo*

Hemos dicho que libertad afectiva es amar lo que se está llamado a ser, aunque no sólo eso, pues la entrega total de uno mismo al ideal de vida lleva normalmente a reproducirlo en la propia persona, viviendo y amando de acuerdo con su lógica, bajo su influjo, dejándose inspirar y determinar por él.

Entonces podremos retomar y completar el concepto de libertad afectiva, diciendo que la libertad de corazón lleva a amar la propia vocación y *según la propia vocación*[6].

Es otra síntesis magnífica, lógica y existencial, que unifica la vida en el camino de la formación inicial y permanente. En la persona libre, *el objeto del amor (la propia identidad vocacional) se convierte en el estilo del amor mismo*. Pues todo ser humano está llamado a amar, pero cada uno en el estilo propio de su proyecto vocacional, sin copiar, a menudo con pésimos y ridículos resultados, modos y gestos que pertenecen a otros estilos de vida. Que el casado ame como casado, el prometido como prometido y el virgen como virgen. Y ello con la convicción de que su proyecto vocacional virginal le dicta un estilo relacional virginal muy preciso y correspondiente: si ama ese proyecto y se siente atraído por él, porque ve en él la fuente de su verdad, entonces deberá amar *según* el estilo que le caracteriza. Y entonces él mismo será verdadero y libre.

Así pues, encontramos aquí en una vertiente práctica el principio teórico que hemos afirmado anteriormente. El virgen

---

6. Cf. *La vida fraterna en comunidad*, 37: EV 14/434.

por el reino de los cielos que adopta en sus relaciones un estilo que no muestra lo suficiente la virginidad del corazón o que es ambiguo porque mezcla confusamente palabras y comportamientos, modos de relacionarse y actitudes propias de otro estado de vida, no sólo no es virgen, sino ni siquiera libre, porque está en contradicción consigo mismo y con su verdad.

Ahora podemos responder ya a la primera de las dos preguntas que planteamos en el párrafo anterior diciendo que hay por supuesto una forma de relacionarse propia de la persona virgen, un modo muy propio de amar y de manifestar su afecto con gestos y palabras, de hacer amistades y de vivir la relación en general según modalidades características intrínsecamente vinculadas entre sí e intencionalmente ordenadas al significado de su opción.

El joven tendría que llegar a estar celoso de su estilo virginal, no desde luego para alardear de él, sino para entender que hay un modo muy concreto y preciso de vivir la relación, con cordialidad y calor humano, pero también con fantasía y creatividad, un modo propio y peculiar de la persona virgen y que le interesa mucho respetarlo, porque por él manifiesta y gusta su verdad y libertad.

Podemos decir, como principio general, que el estilo del virgen es el estilo de quien ama con los mismos sentimientos del Hijo, una referencia muy precisa y a la vez muy preciosa. Según el documento *La vida fraterna en comunidad*, amar al estilo del virgen

> Es amar con el estilo de quien, en toda relación humana, desea ser signo claro del amor de Dios, no avasalla a nadie ni trata de poseerle, sino que quiere bien al otro y quiere el bien del otro con la misma benevolencia de Dios[7].

Indicaremos algunos rasgos de este estilo, sin pretender describirlo ampliamente.

---

7. *Ibid.*

a) «*Ponerse al margen*»

La persona virgen o el aspirante a ello «se libera progresivamente de la necesidad de colocarse en el centro de todo»[8] y aprende a adoptar en la relación un estilo discreto y a la vez capaz de amar intensamente y de vivir amistades profundas, pero dejando siempre claro que Dios es el centro de todo afecto humano, un lugar sólo reservado para él, sobre todo en el corazón de la persona virgen.

Es el estilo de «ponerse al margen», como diría Maggioni, que hace que la persona virgen pueda decir a quien lo ama y quisiera ponerlo en el centro de su vida: «tu centro no soy yo, sino Dios». Y se pone al margen, pero no sobre todo para evitar el pecado, sino para que quien le quiere bien se vuelva a Dios. Y si alguien quiere situarse en el centro de su vida de virgen y de sus afectos, como alardeando de tener prioridad en su amor y prometiendo una satisfacción plena, también a éste le recuerda con más tacto que firmeza: «no eres tú mi centro, sino Dios»[9]. Y una vez más, no primariamente para no hacer transgresiones, sino para afirmar que el amor a Dios es el único amor que satisface al corazón humano.

b) «*Rozar para hacer florecer*»

Siguiendo aún con el estilo, el joven ama según su vocación cuando logra expresar el calor de su afecto de forma profundamente humana, pero «como virgen», con sobriedad y respeto a los sentimientos de los otros, con buen gusto y utilizando un lenguaje simbólico, con fantasía y empatía, con rectitud y transparencia.

Al manifestar su afectividad, el consagrado debe poner toda su atención para que todas sus relaciones dejen bien claro, y

---

8. *Ibid.*, 22: *EV* 14/407.
9. Cf. B. Maggioni, *La lieta notizia de la castità evangelica*: La Rivista del clero italiano 7-8 (1991) 456.

que no se quede por tanto sólo en palabras y en intenciones, sino también en el estilo y en las formas, en los sentimientos y en los deseos, el punto de encuentro que es Dios. Por eso, al amar aprende el arte de «tocar rozándose»[10], un arte finísimo que se aprende mediante un amplio y costoso control y afinamiento del espíritu y de la psique, de los sentidos y de las actitudes, el arte de caminar juntos en paralelo, respetando cada uno el espacio del otro, para no vincular a nadie a uno mismo, para no enviar a nadie mensajes ambiguos. Es una sensibilidad del espíritu que permite estar junto al hermano (o a la hermana) «rozándolo» para dejar que florezca en su identidad vocacional, para conducirlo a la misma fuente de amor, hacia la plena realización de la personalidad de cada uno y de la belleza de su vocación[11].

Voy a citar un pasaje de J. Vanier, aunque está dirigido a un destinatario especial (las comunidades del Arca para personas con problemas mentales), porque creo que subraya un aspecto muy importante de la formación en la madurez afectiva que hoy a veces se olvida o se trata ambiguamente: *el respeto al espacio físico del otro.*

> Cada uno de nosotros, dice este testigo que da todas las garantías, necesita vitalmente de un espacio secreto. Generalmente cada uno conoce sus límites y sabe hasta dónde puede llegar. Debemos tener todos un inmenso respeto al espacio que necesita el otro y no tratar a toda costa de ir demasiado deprisa... A veces se ve a personas estupendas que acaban de llegar y que inmediatamente toman de la mano a los demás para hacer así el camino... Es realmente conmovedor, pero también una falta de respeto increíble. No se respeta el espacio del otro. Cierto que a veces hay personas que buscan el amor, que son muy sensibles a los gestos, pero hay que ayudarles a que encuentren su espacio y no es precisamente acariciándolas como eso se logra. Incluso a veces es el mejor medio para des-

---

10. S. De Guidi, *Amicizia e amore*, Verona 1989, 114.
11. Para el análisis y descripción del estilo afectivo y de los criterios para una sana amistad en la vida de la persona virgen, remitimos una vez más a A. Cencini, *Por amor, con amor, en el amor*, 770-804. En cuanto a las inmadureces en este terreno, cf. *ibid.*, 804-821.

concertarlas. Hay que ayudar, pues, a que cada persona encuentre su espacio y al mismo tiempo hay que respetárselo. Amar no es darle la mano a alguien cuando se va de camino, no es acariciar. Es ayudar a las personas a ser más libres, a ser ellas mismas, a descubrir su belleza, a darse cuenta de que son una fuente de vida. Se puede matar mientras se da, cree uno que ama y puede crear un estado de dependencia que lleva a la frustración y al odio; se puede hacer saltar todo el mundo de la sexualidad o de los celos, de modo que el otro ya no sabe cómo conducirse[12].

En una cultura tan facilona y ambigua en este campo, es muy importante que nuestros jóvenes aprendan el arte del respeto al otro. Y es extraordinariamente significativo que una enseñanza de este tipo venga de quien ha hecho del respeto a las heridas del otro una razón de su vida.

c) *Ser testigos de la belleza*

Y finalmente, el estilo de la persona virgen no pretende simplemente conservar, defender o esconder la virtud, no es el estilo de quien ve y vive desde la sospecha la relación interpersonal porque le parece peligrosa. El joven debe acostumbrarse a ver la virginidad no como un medio para su perfección personal, sino como un don para todos, como un signo puesto en el mundo para recordar que en el corazón de la persona hay un espacio que sólo puede ser llenado por Dios. En este sentido toda mujer y todo hombre están llamados a ser vírgenes. Y justamente porque esta verdad es frágil y corre el peligro de ser ahogada e ignorada por la cultura de hoy, es necesario que haya vírgenes que con su opción mantengan viva esta memoria, que con su virginidad den testimonio de la belleza del amor de Dios, es decir, que sepan decir y confesar la bienaventuranza de la virginidad. Si así se vive y se interpreta, con este significado tan abierto, la virginidad es incluso más viable y la renun-

---

12. J. Vanier, *La paura di amare*, Padova 1984, 25-26.

cia que comporta para el célibe es menos pesada. Y además, lo que es bello hay que decirlo y confesarlo, no puede quedarse ahí sin formular ni se puede tenerlo oculto.

Y así respondemos también al segundo grupo de preguntas que se formularon anteriormente. La persona virgen es un ser relacional, debe saber entablar muchas relaciones, debe saber cómo hacer visible su opción virginal justamente porque expresa la verdad del ser humano, y todos nuestros hermanos y hermanas deben poder leer en ella el sentido de su propia virginidad. Y ya que se trata de un anuncio difícil, con tantos adversarios y tanta gente interesada en proyectar sombras sobre él, es indispensable que el testimonio sea transparente, límpido e inequívoco, sin concesiones ni compromisos, sin enjuagues ni ambigüedades.

Así pues, el joven debe aprender a vivir una virginidad abierta que se confiesa y confiesa lo hermoso que es pertenecer sólo a Dios, y debe huir del celibato del consagrado-oso, del misógino, del que evita o vive asustado la relación. Pero además debe prestar la máxima atención a que todo su ser y su hacer manifiesten la belleza de esta opción con la mayor transparencia posible.

El joven consagrado que para aparentar ser moderno y desinhibido acaba jugando con los sentimientos de los demás y enviando mensajes ambiguos, es posible que no cometa grandes pecados, pero tampoco transmitirá lo bello que es pertenecer sólo a Dios. Y desde luego, que esté bien tranquilo, que no tiene nada de moderno ni de desinhibido; pues lo único que hace es manifestar la confusión que lleva dentro, hija de la manía conformista de ser como todos (y de ser aceptado como todos y todas) y de esa contradicción entre proyecto vocacional y estilo de vida que inhibe toda libertad del corazón. Y en definitiva no sé quién será más inhibido, si este joven «juguetón y pegajoso» que se avergüenza de su virginidad, o ese tipo tímido que se avergüenza de querer bien y es también un poco oso...

Pero vamos a ver, ¿es que hay algo más moderno que la virginidad?, ¿es que hay algo más actual que una virginidad límpida y libre, discretamente transparente y con una actuación lineal, que anuncia en toda relación, con valor y creatividad juveniles, que Dios es el origen, el centro y el destino de *todo amor humano*? Si ser moderno significa estar libre de cualquier tipo de condicionamiento, ser original y responder a las necesidades del momento presente, ¿acaso no es éste el testimonio que el mundo de hoy, tan pobre en libertad, pide a la persona virgen y en concreto al joven virgen?

4. *La paradoja*

Pero entonces continúa y retorna la paradoja de la libertad. Si la persona virgen es signo de libertad en el mundo de hoy, es que otro mito está a punto de caer, el mito de la libertad como independencia.

a) *Libertad como independencia*

Todos asociamos automáticamente las ideas de libertad y autonomía, pero en realidad las cosas no son así. El problema de la libertad no se plantea en términos de independencia, sino de amor o, más concretamente, de libertad afectiva, porque el hombre es libre no porque no dependa de nada o de nadie (algo imposible), sino *en la medida en que opta por depender de lo que ama y que está llamado a amar* (esto es, de la verdad de su identidad), hasta el punto de que la intensidad del amor a ella determinará también su libertad de depender y su nivel de libertad general. Y al contrario, el hombre se convierte en esclavo en cuanto depende de aquello que no puede (y no debe) amar y que no es digno de ser amado (es decir, todo lo que no corresponde a aquello que está llamado a ser).

Nadie, pues, puede decir que es libre si no tiene el valor de entregarse totalmente a lo que está llamado a amar, confiándole su libertad y dependiendo de ello. Y el joven debe estar celoso de su virginidad, pues tener celos es estar muy atento a depender de todo, y no sólo en los gestos, sino también en los pensamientos, deseos, sueños, proyectos y palabras de ese amor que ocupa el centro de su vida para que ocupe también el centro de todas sus relaciones. Por lo demás, como ya hemos dicho, en la cultura de hoy el testimonio de la virginidad es algo ciertamente urgente, pero por muchos motivos *débil*, muy a menudo acallada y ridiculizada por voces contrarias, y también bajo sospecha y sin credibilidad. Y si no es clara e inequívoca, acabará siendo irrelevante o ella misma se desacreditará al entrar en contradicción consigo misma. Una vez más, pues, es la libertad afectiva, es decir, es la libertad de depender del amor, la que confiere fuerza al testimonio y da unidad a la persona.

No le será desde luego nada fácil al joven dar con el paso justo en este testimonio, pero es un riesgo que ha de correr si no quiere vivir la virginidad como una simple y a menudo triste observancia de un montón de prohibiciones.

b) *La persona virgen y la fiesta*

Con este fin quiero contar el siguiente episodio. Una vez un clérigo mío profeso vino a pedirme permiso para asistir a la fiesta de cumpleaños de una catequista de la parroquia donde él mismo era catequista. La chica era muy buena, su familia magnífica (tenía una tía monja), la fiesta era en casa, tenía la aprobación del párroco, los asistentes eran todos de fiar, no habría nadie extraño..., es decir, todo parecía positivo, todo invitaba a aceptar la invitación como signo de atención y amistad y parecía mal decir que no. Pero además, ¿quién ha dicho que a los frailes y monjas nos van mejor los funerales o que nuestro rostro (por carisma) cuadra mejor con los pésames o que no hay quien nos gane cuando se trata de consolar a alguien «in hac lacrimarum valle»? Si queremos que nuestra imagen no sea asociada siempre a situaciones lúgubres y que ella y nuestra vocación no se consideren siempre lúgubres, hemos de tener el valor suficiente para ir cambiando alguna que otra costumbre.

Pero el problema no radicaba simplemente aquí ni yo podía limitarme a dar un puro y simple permiso. Y además, en un cierto momento el joven comenzó a titubear y a estar menos convencido, como si él mismo hubiera advertido otros aspectos del problema que era importante no dejar a un lado. Y entonces le dije una serie de cosas a lo largo de varios coloquios más o menos en estos términos:

«Eres libre, y por tanto puedes ir. Pero si vas recuerda que no puedes olvidarte ni siquiera por un momento de que estás allí con tu identidad de joven consagrado en la virginidad y de que esta identidad tuya tiene que estar bien clara, no sólo por el distintivo que llevas, sino por la actitud que debes adoptar. Y ello sin hacer cosas raras, sin poses embarazosas ni antipáticas, y, por favor, sin sermones de ningún tipo y sin poner cara seria (pues te cargarías la fiesta). Pórtate siempre con la naturalidad de quien no sólo está convencido y está contento con la opción que ha hecho, sino de quien está también convencido de que su opción significa también mucho para los demás, para todos los jóvenes que están allí celebrando la fiesta.

¿Que en qué consiste tu testimonio? Pues en que todo lo que haces y dices, en todos tus gestos y actitudes, en la forma de manifestar tu alegría y de divertirte con los demás, en el estilo y en el comportamiento general, hasta en el regalo y en las palabras de felicitación que pronuncies, seas coherente con lo que amas y estás llamado a amar y que quisieras que también los demás descubrieran en toda su belleza. Lo que nunca podrás poner entre paréntesis es ni tu verdad ni tu relación con el Señor Jesús, que te ha amado y escogido, de quien debes aprender a depender en cada instante de tu vida y de tu amor. Y ello para «decir» a todos, empezando por la joven Francisca (dieciocho años) y siguiendo por los demás invitados, que todo amor humano que sea auténtico ha de reconocer la primacía de Dios, que viene de él y a él debe volver, porque si no será un amor inquieto...

Piensa lo bien que podría salir esta fiesta si fueras capaz de vivirla con toda la frescura natural de tu juventud y la serenidad contagiosa de tu opción por la virginidad. ¿Dónde está escrito que la virginidad no es capaz de gozar ni de compartir la alegría de todos, que ser vírgenes significa carecer de creatividad y de inteligencia a la hora de manifestar el afecto?, ¿quién ha dicho que la persona virgen es una persona antipática y antisocial?, ¿o quién ha dicho que para desmentir este cliché haya que irse al otro extremo?

Eres pues libre de ir, pero no de ponerte una máscara y esconderte, de avergonzarte y negar lo que eres, de imitar lo que hacen todos y de dar coba al más desinhibido (que a la hora de la verdad está siendo un coaccionado). Si al final decides ir, sé tú mismo hasta el final. Quien te vea debe adivinar en tu persona y advertir en tu comportamiento una propuesta de vida portadora de paz y satisfacción, pero que a la vez inquieta y plantea interrogantes ineludibles.

Piensa en el fracaso y en la contradicción que supondría que se te tuviera por un joven cualquiera, exactamente igual a los demás, cortado por el patrón de esa cultura dominante que ha traído sólo ficticiamente la liberación sexual. Sería la negación de tu opción, una especie de suicidio espiritual, un desprecio de lo que eres que acaba privando a los demás de lo que estás obligado a darles.

Eres libre de ir porque eres libre de amar tu vocación y según tu vocación. Pero sólo experimentarás auténticamente esa libertad si tratas por todos los medios de amar de ese modo, según la 'forma de tu virginidad', con los mismos sentimientos del Hijo, que ha amado a todos con el amor más grande, y que en cuestión de fiestas no sólo ha aceptado de buen grado las invitaciones, sino que ha sabido aprovechar la fiesta del hombre para revelar el amor de Dios».

Naturalmente se precisó algo de tiempo para madurar y reelaborar estas reflexiones (que no le «descargué» así de golpe en un sermonazo de cuidado), y también un poco de paciencia para examinar y verificar el impacto que produjeron en su camino psicológico y espiritual y para captar sus distintos aspectos e implicaciones tanto en la cosa en sí misma como en el tipo de participación y de presencia.

Me acordé entonces, a propósito de fiestas, de la parábola con que Enzo Bianchi describe el sentido de la vida consagrada hoy. El prior de Bose compara a los monjes (como tipo de vida consagrada) a

> esas personas que en el momento culminante de una fiesta llena de alegría, se sienten irresistiblemente atraídas hacia

fuera, hacia la noche, porque se dan cuenta de que estas fiestas son solamente la pregustación de la fiesta futura de Dios[13].

Propuse al joven esta imagen que aportó más motivos de reflexión, pero siempre dentro del mismo núcleo de significados o del mismo símbolo: el consagrado acepta ser invitado a la fiesta de los hombres, no sólo no desprecia la compañía sino que busca la relación, pero al mismo tiempo sabe «tomar distancia», esto es, sabe decir en el momento justo y de forma correcta que en el amor del hombre y en la alegría del encuentro humano se esconden misteriosamente el amor de Dios, la espera y el deseo del Eterno, que prepara para el hombre una fiesta sin fin en un domingo sin final. Ese «tomar distancia» expresa la capacidad de señalar la presencia de Otro, pero puede mostrar también el valor de dejar bien claro lo que todavía en el hombre no está en sintonía con el deseo de Dios.

La virginidad es esta espera de Dios, vivida en la irresistible atracción de la noche y por tanto también a una cierta distancia de lo humano, y sin embargo testimoniada a todo hombre y a toda mujer, para que la fiesta humana no ahogue la espera y la necesidad de Dios, sino que sea su anticipo.

No le resultó fácil a mi clérigo el discernimiento, pero el cumpleaños de Francisca fue una fecha y una etapa en el camino hacia la libertad afectiva de su joven virginidad.

5. Las raíces

Estamos al final de las reflexiones que han propuesto un itinerario para la formación en la libertad del corazón. Con este último párrafo lo que hacemos en realidad es volver a los orígenes del recorrido. ¿De dónde viene esta libertad?, ¿cuáles son las condiciones estructurales de la libertad afectiva?

Digamos esquemáticamente que tiene dos clases de raíces, una espiritual y otra psicológica.

---

13. E. Bianchi, *Il monaco, nel deserto di fronte alla città*, en «Avvenire», 28 julio 1995, 15.

a) *Mística y libertad afectiva*

A nivel *espiritual* la libertad tiene raíces *místicas*. Pues si mística es la capacidad de sentir, gustar y acoger en las fibras más profundas del ser lo que Dios hace en el alma del creyente hasta el punto de dejarse atraer y modelar por su acción, es claro que la libertad tiene una naturaleza y un sabor místicos. Porque la libertad no se conquista de por sí, sino que, como ya hemos dicho, significa dejarse conquistar, sentir una fuerte atracción, contemplar el esplendor de la verdad, ser iluminados por la belleza... Más aún, es extraordinariamente importante que el joven comprenda que, como afirma un maestro espiritual de la altura de A. Dagnino, «la verdadera libertad no puede empezar antes de la mística o antes que el amor haya alcanzado una cierta ebullición que provoca degustación o experiencia»[14], o sabiduría del misterio. Sólo después puede hablarse de libertad.

Dicho de otro modo: cuanto más místico es el amor, cuanto más atraído por el don de Dios, tanto más auténticamente libre será la opción por el mismo don divino. He aquí por qué la vocación religiosa es por su misma naturaleza una llamada a la libertad de un amor grande o al estado místico. Podremos incluso decir que la virginidad es justamente expresión del aspecto místico de esa vocación y que fuera de esa lógica no se puede comprender. Esa es la precisa razón de que nos hayamos referido anteriormente al «cromosoma místico» como condición indispensable en una auténtica formación para la consagración a Dios.

¿No sería el momento de recuperar la dimensión mística en la vida consagrada y en la formación para ella, quitándole ese aura celeste que la vacía y desnaturaliza su sentido? Por otro lado, «la mística cristiana pasa por la humanidad de Jesús o, en todo caso, se abre hacia la dirección donde se puede encontrar esta divina humanidad. Por eso la auténtica mística cristiana

---

14. A. Dagnino, *Il cantico della fede. I fondamenti biblici, teologici, ecclesiali della vita consacrata*, Bologna 1991, 77.

nace y vive de cruces y oscuridades»[15], justamente porque implica un conocimiento, una experiencia y una sabiduría plena y no parcial, concreta y no abstracta del misterio.

b) *Dos certezas*

A nivel psicológico, en la raíz de la libertad hay dos certezas: la certeza *de haber sido ya amado* y la certeza *de poder y deber amar.*
Podríamos considerarlas como premisas, o mejor, como condiciones en las que se basa la libertad afectiva. Y sobre la que se basa todavía más todo proyecto de consagración a Dios, que es amor.
El que tiene estas dos certezas, a las que todo el mundo tiene acceso pero que jamás se poseen de modo definitivo, es libre de querer bien sin vincular a nadie a su persona y sin pretender ningún recambio, y es también libre de dejarse querer bien sin presumir de que no necesita de los demás. Son certezas que nadie tiene como el que cree que el Eterno es amor. Por eso «los hijos de Dios tienen alas...»
Se trata de certezas que tienen que ver con la memoria bíblico-afectiva de que hemos hablado[16] y con aquel modelo histórico-hagiográfico de la fe que el joven debería aprender. Y el fruto más importante de esta operación psicológico-espiritual es alcanzar la certeza de que ya se ha recibido amor abundante y no simplemente suficiente, de modo definitivo y no incierto.
Veo aquí una especial y extraordinaria coincidencia con lo que el abbé Pierre escribe en su *Testamento*. Ya con 81 años y haciendo la operación de que acabamos de hablar, es decir, leyendo su historia a la luz de la fe, descubre que todo se reduce a algunas certezas sencillas pero grandes, grandísimas, como categorías psicológicas y también bíblicas para interpretar la vida:

---

15. G. Mucci, *L'attuale ambiguo interesse per la mistica*: La Civiltà Cattolica, 3559 (1997) 439-440.
16. Cf. capítulo 8.

El Eterno es amor. Este es el primer fundamento de mi fe.
El segundo fundamento de mi fe es *la certeza de ser amado.*
Y el tercer fundamento es la certeza de que esta misteriosa libertad que hay en nosotros no tiene otra razón de ser que *capacitarnos para responder con amor* al Amor[17].

Justamente aquí reside la grandeza del hombre, continúa el abbé citando a Pascal, pues

> no sólo sabe que muere, sino que puede morir amando...[18]

El consagrado aprende así a enfrentarse a la vida y a la muerte con la certeza de haber recibido un amor que por su naturaleza tiende a ser donado. Es libre en la medida en que puede combinar la conciencia de que ha recibido con la decisión de que puede y debe dar. Es libre en la medida en que descubre, sorprendido, que se vive y se muere por el mismo motivo, porque el amor recibido (= la vida) tiende naturalmente a ser amor donado (= la muerte).

Por esto es también libre de darse por completo a Dios, fuente del Amor, y a los hermanos, siempre con la conciencia humilde y discreta de recambiar el Amor sin pretender hacer nada extraordinario.

Por eso mismo puede tomar la decisión de ser virgen, renunciando a esa intimidad tan deseada de que una criatura sea suya para siempre. Es una elección nada fácil por la renuncia que pide, pero posible en la medida en que es una opción que muestra la libertad de quien tiene la plena certeza de que ha sido amado *desde siempre* y de que puede amar *para siempre*, hasta la muerte y más allá de ella.

Una vez más, el abbé Pierre observa con realismo:

> La libertad de los hombres se pierde a menudo y sin embargo no se puede eliminar... Por fortuna existe eso que llamamos gracia. Utilizo con frecuencia la imagen de la nave. Nuestra

---

17. Abbé Pierre, *Testamento*, Casale Monferrato 1994, 75.
18. *Ibid.*

libertad consiste en tensar las cuerdas para tender la vela... Pero esto no basta para que se ponga en marcha la nave. Es preciso que sople el viento. Pero si el viento sopla cuando la vela no está tendida, la nave no avanzará. Es justamente ahí donde funciona la complicidad entre nuestra libertad y la libertad infinita de Dios[19].

Las cuerdas que tienden la vela y que, hinchándose con el viento del Espíritu, permitirán que la nave surque por las olas de la vida, son justamente esas dos certezas que hacen que la persona sea libre en su corazón.

Gracias a ellas, el que opta por la virginidad será libre no sólo de darse a sí mismo y de dar su afecto a Dios y a los demás, si no que también será libre para dejarse amar, para apreciar cualquier signo de benevolencia humana para con él, y sobre todo para sentir las ternuras de Dios. Y libre para aceptar la renuncia que le permitirá saborear un amor más grande.

Es lo que dice una vez más de forma realmente incisiva este gran profeta, antiguo y moderno, que tiene mucho que decir al joven que está optando por la virginidad.

> Si volviera a tener dieciocho años, sabiendo lo duro que es carecer de ternura y no sabiendo nada más, no tendría la fuerza suficiente para pronunciar gozosamente el voto de castidad. Pero si supiera que a lo largo de este camino están las ternuras de Dios, volvería a decir sí con todo mi ser[20].

Para concluir, ofrecemos a continuación la imagen gráfica que define el concepto y el estilo de la libertad afectiva.

---

19. *Ibid.*, 76.
20. *Ibid.*, 62.

TABLA 14. *La libertad afectiva: elementos constitutivos y consecuencias*

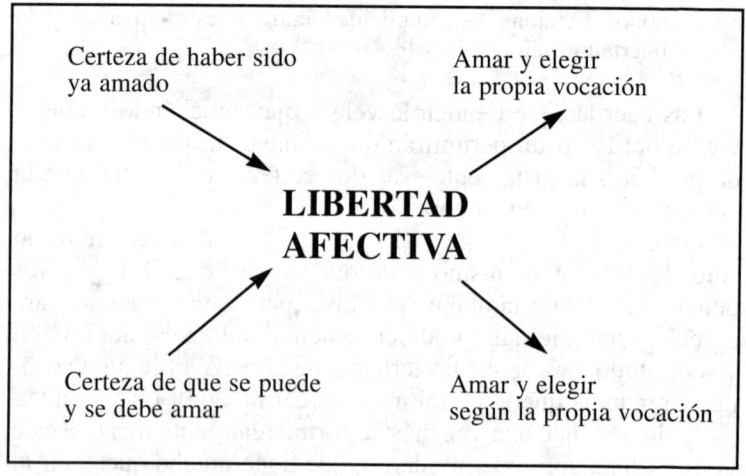

20
¿Solo? Jamás

La tercera articulación pedagógica del proceso educativo-formativo es la dimensión del *acompañamiento*.

Sus componentes de fondo ya los hemos definido, nos quedan por ver su dinamismo educativo específico, sobre todo desde la vertiente del joven en formación. Pues el acompañamiento es expresión y formación del *yo relacional*, y se propone capacitar al joven para relacionarse no sólo con el formador, sino también consigo mismo y con los demás, con Dios y con toda la realidad como acontecimiento educativo-formativo.

Si al educador-formador se le pide que sepa compartir el camino y el «pan del camino» con el joven que se está formando, a éste se le ruega que se deje acompañar por el camino que lleva de Jerusalén a Emaús para que salga a flote lo que hay en su corazón, para acoger la Palabra como palabra que hace arder el corazón, para reconocer a Cristo mientras parte el pan y para ir en busca de los hermanos para compartir esa experiencia... Emaús se convierte en un icono tanto para el formador como para el joven en formación, el icono del acompañamiento por los caminos del Espíritu, donde nadie está solo ni puede pensar en comportarse autónomamente.

Veamos ahora más en concreto algunas fases de este camino recorrido conjuntamente.

1. *Apertura*

La condición básica para una relación de acompañamiento es la *capacidad para abrirse*, la disponibilidad para dejar que salga fuera ese mundo a menudo caótico que se mueve dentro, con sus ambiciones y frustraciones, esperanzas y temores, bloqueos y heridas, ángeles y demonios... Jesús comenzó justamente así el camino y la catequesis con los dos de Emaús, pidiéndoles que contaran sus cosas, que manifestaran sus auténticos sentimientos y la depresión y desilusión que atenazaba su corazón.

La verdad es que el joven de hoy no puede pretender tener a Jesús a su lado (tampoco aquellos dos discípulos lo pretendían y ni siquiera lo sospechaban). Lo único que tiene es un hermano mayor que lo acompaña, pero la regla es la misma, a saber, que la formación sólo es eficaz si está dispuesto a abrirse, a desvelar la razón de sus estados de ánimo positivos y negativos, a confiar la verdad de su vida a quien está a su lado y que justamente por eso puede entenderle y ayudarle.

El joven ha de comprender que él es el primer responsable de su formación, que no puede esperar todo del otro, ni tampoco puede pretender que sea un mago y pueda leer y comprender por completo su historia sin que él ponga algo de su parte abriéndose sin reparos ni reticencias. ¿Acaso es posible que el guía pueda acompañar de verdad a quien no se abre lo suficiente o sólo le comunica la vertiente superficial de sí mismo?

Hay gente que va al director espiritual como un criado va a su amo a recibir órdenes, hasta que llega un momento en que ya no siente esa necesidad y hace todo por su cuenta y riesgo... En esos casos sí que se puede decir con toda razón que *cada uno tiene el padre espiritual que se merece*.

Es, pues, importante que el joven sepa escrutarse y no tenga miedo a reconocer sus sentimientos y los motivos reales que le llevan a obrar, que prepare los encuentros con su guía con un inteligente examen de conciencia (no de inconsciencia) que refleje sus problemas y dificultades, y trace un cuadro realista de su persona, de forma que colabore realmente con él en beneficio de su crecimiento.

Ya el simple hecho de comunicarse a otro tiene gran valor educativo, ya porque «obliga» a abrirse a uno mismo y a buscar la propia verdad, ya porque es una confrontación que viene muy bien, aunque a veces resulta embarazosa, con quien vive a nuestro lado y puede captar aspectos que se nos pueden escapar a nosotros. Por eso, quien es abierto en la dirección espiritual funciona también bien en la oración; pero el que no es abierto con el hermano, tampoco lo será con su Padre.

2. *Confianza*

Cleofás y su compañero de viaje no reconocen a Jesús, pero aceptan la compañía de este extraño que se une a su camino, aceptan dialogar con él, escuchan sus palabras incluso cuando les llama la atención y condena su dureza de corazón, desfogan con él su tristeza y desilusión, le insisten para que se quede con ellos... Es decir, se fían de él (para luego «creer» en él). La confianza es lo que les permite caminar juntos a nivel humano y espiritual.

En la relación de ayuda es fundamental la «alianza terapéutica», o sea, la certeza por quien pide ayuda de que el otro pueda y quiera dársela, y en consecuencia la convicción de que convenga abrirse y confiarse a él.

En la relación espiritual es también fundamental el crédito que el joven da al formador, que es importante subrayar que no sólo se debe a cálculos terrenos, como por ejemplo a su competencia, sino también y primero a la certeza de que ocupa ese lugar como mediación de la intervención de Dios y como signo de la paternidad-maternidad divina para con él.

Quien dice que se fía de Dios pero no de los hombres ni de las mujeres, y presume por eso de ser autónomo en las cosas del Espíritu, no es un auténtico creyente, ni en realidad se fía de Dios; y le pasa lo mismo a quien pretende que su guía sea perfecto y va en busca de él Dios sabe dónde. *La confianza (en el hombre) nace de la fe (en Dios) y reconduce a la fe; más aún, la fe «está hecha» de confianza* y al mismo tiempo la estimula, la apuntala, y a su vez es estimulada y apuntalada por ella.

Como ya hemos dicho al hablar del formador-acompañante, quien se fía del hermano mayor que se le pone a su lado en la formación inicial, está mostrando ahora que se fía de Dios y da pie para confiar en que en el futuro estará dispuesto a dejarse ceñir por otro y dejarse llevar a donde él no quiere (cf. Jn 21, 18). Tener un guía espiritual significa aprender a depender inteligente y confiadamente. El que no quiere o no sabe depender de nadie por temor a perder su libertad, acaba a menudo siendo esclavo, sin saberlo, de una infinidad de cosas y personas. Sobre todo de su miedo.

Porque, como dice Graf,

> el que se fía de todos demuestra tener poco discernimiento, pero el que no se fía de nadie tiene todavía menos.

3. Discernimiento

El camino de acompañamiento tiene una meta muy concreta: poner al joven en condiciones de descubrir el proyecto de Dios y de optar por él libre y responsablemente como revelación de su identidad. El acompañamiento no está, pues, en función de los planes del guía o de la institución, sino que se propone crear una *disponibilidad obediencial* ante el plan vocacional de Dios.

Si ésta es la meta, el método y el itinerario para llegar a ella deberá ser específico, una especie de aprendizaje progresivo para lograr una actitud *ob-audiens* típica del peregrino en la fe que, propenso a escuchar, se lleva una mano a la oreja para ofrecer resistencia a las ondas sonoras y así percibir mejor esa voz, ese guiño, esa señal que indica una dirección…, vengan de donde vengan.

La obediencia del que discierne, igual que antes la confianza, no hay que aprenderla y practicarla sólo e inmediatamente con el Altísimo, sino con toda la realidad que media su presencia, es decir, con la Iglesia, la regla, los superiores, la comunidad, las expectativas de los hermanos, las necesidades de los que sufren, con algunos hechos imprevistos, con los signos de los tiempos… Esta capacidad de discernimiento es lo que les faltó a los dos de Emaús que, al ser esclavos de una determinada concepción del Mesías, no fueron capaces de reconocer su presencia en sus mediaciones, a partir de esa mediación dramática que fue su pasión y muerte.

Paradójicamente podría ser fácil, pero a la hora de la verdad no tan frecuente, obedecer a Dios sobre todo si se estuviera seguro de que es el mismo Padre eterno el que hace la petición. Pero quizás es más complejo y continuo el reto que le viene al joven de las provocaciones de cada día, a menudo oscuras y con tantas limitaciones humanas, e incluso a veces debidas a debilidades terrenas. Pero justamente en esto consiste la obediencia que ha de aprender el consagrado, en una obediencia no sólo ejecutiva o que persigue certezas, sino una obediencia que busca humilde e inteligentemente, y sabe aprehender con libertad el misterio de la voluntad de Dios en *todas* las mediaciones humanas a su alrededor, y *ob-audire* no sólo a Dios, sino también *a los hombres*; y en todo caso obedeciendo *por Dios* y no por los hombres.

El acompañamiento se convierte así en el ejercicio de una obediencia-que-discierne, en aprendizaje de una disponibilidad obediencial que conduce poco a poco al joven a ser *siempre* obediente, no sólo en ciertas circunstancias oficiales y ante los superiores, sino *ob-audiens* hacia todos los hermanos y todas las realidades, para llegar a descubrir finalmente y a elegir el plan de Dios sobre él.

Pero el que guía debe estar muy atento a no sustituir jamás a quien debe discernir. Pues ningún mandato objetivo, ninguna regla externa, ningún parecer ni consejo de otras personas puede dar a la persona la certeza de que lo que decida hacer es lo que Dios quiere de él. San Ignacio, maestro en el arte de discernir, repite una y otra vez que hay que preparar al joven para no buscar fuera de él la certeza de que lo que siente como voluntad de Dios al final de un proceso de discernimiento sea de verdad lo que Dios quiere. Actuando así, no encontraría en nadie esa certeza y por tanto no descargaría sobre los demás una responsabilidad que es estrictamente suya, que forma intrínsecamente parte del proceso mismo de toma de decisiones. Pero hay que formarlo para que busque en Dios la certeza suficiente para realizar una buena opción, con todo el trabajo que ello comporta[1].

---

1. Cf. F. Rossi de Gasperis, *La Parola di Dio scritta, orizzonte indispensabile del discernimento spirituale*, en F. Rossi de Gasperis-I. De La Potterie, *Il discernimento spirituale del cristiano, oggi*, Roma 1984, 87-88.

La decisión y por tanto el discernimiento personal concretamente deben ser de la persona, del sujeto que se hace «dirigir». Para ello el discernimiento que hace el director espiritual se concibe como ordenado no a sustituir o a imponerse autoritariamente, sino a «conducir», a sostener el discernimiento del sujeto. Se trata, en definitiva, de personalizar en concreto la obediencia de la fe, y aquí no hay nadie que pueda sustituir y nadie puede sustituir a quien debe prestar obediencia. La ayuda para suscitar motivaciones auténticamente espirituales... es una ayuda para ver que «me conviene decidir así» e incluso por tanto «debo hacerlo». Pero soy yo el que ha de lograr ver todo esto y soy yo también el que, habiéndolo visto y estando convencido por dentro, decido de hecho[2].

Discernir, por tanto, no significa disponer del futuro, como si se conociera anticipadamente con certeza. Significa más bien saber leer una dirección en el presente, que rebasa el presente y se sitúa coherentemente con el propio ser de creyente y de consagrado. El joven debería poder decir:

> Creo que es cristiano que *yo* actúe así; me parece claro que *puedo obrar* así; es *prudente* que lo haga. Por tanto, Dios *quiere que lo haga,* y que al hacerlo *no encuentre la seguridad en saberlo anticipadamente, sino que la halle en el hecho de fiarme de él y de confiarme a él*[3].

Precisamente por esto, la seguridad del discernimiento en que es formado el joven es la seguridad de la *esperanza* y de la *confianza*. Se trata, pues, de un discernimiento motivado y por tanto no fideísta, de un discernimiento real.

> Sólo soy un hombre que busca tu voluntad, y desde que la veo me parece que camino mejor. Creo por tanto que debo partir. Este «partir» es bueno para mí, pues no me lleva lejos de ti, sino que me lleva junto a ti, cumpliendo un plan que en este momento todavía no conozco plenamente. En cualquier caso tú estarás conmigo y yo contigo. Este es el bien supremo[4].

---

2. G. Moioli, *Discernimento spirituale e direzione spirituale*, en L. Serenthà-G. Moioli-R. Corti, *La direzione spirituale oggi*, Milano 1982, 66-67.
3. *Ibid.*, 64.
4. *Ibid.*, 70.

Esto sí que es formación auténtica y acompañamiento en el discernimiento.

Por tanto, el formador-acompañante orienta, sostiene, ayuda a purificar las motivaciones y a liberar el corazón, ilumina y da seguridad; pero se abstiene de toda forma de autoritarismo y voluntarismo, y de todo lo que haría menos autónoma y persona, y en consecuencia menos creyente, la decisión por la obediencia de la fe[5].

Y cuando cada uno de los miembros de la comunidad en formación es «acompañado» así para que adquiera esta capacidad de discernir, entonces la misma comunidad se convierte en una comunión de peregrinos que buscan juntos, aunque con responsabilidades diversas, «lo que es bueno, lo que agrada a Dios, lo perfecto» (Rom 12, 2). En esta comunidad se practica el *discernimiento comunitario*, y no sólo cuando hay que tomar decisiones importantes, sino como estilo normal que prepara a cada uno a dar su contribución a la búsqueda común permaneciendo abierto a la aportación de los demás, a reconocer en cada uno los signos de la voluntad divina y a ser libre para seguirla aun a costa de tener que renunciar al propio punto de vista. Ya recomendaba san Benito: *fratres sibi invicem oboedeant*[6].

Cuando los hermanos han aprendido a obedecerse entre sí, es más fácil descubrir juntos la voluntad de Dios y caminar unidos. Entonces el acompañamiento espiritual de cada uno se convierte en escuela de fraternidad.

4. *Compartir*

Ya hemos dicho que el formador no transmite una doctrina al joven que acompaña, que no es un maestro ni un simple informador, sino un creyente y un consagrado que conoce el camino, la voz y los pasos de Dios, y justamente por eso puede

---

5. Sobre la metodología de la formación para el discernimiento, cf. A. Cencini, *Formación para el discernimiento*, en Id., V*ida consagrada. Itinerario formativo*, 159-212.
6. Que los hermanos se obedezcan unos a otros.

ayudar a reconocer al Señor que viene al encuentro y a responder al que llama.

La comunicación educativo-formativa adopta la forma de la *confessio fidei*. Va de corazón a corazón, consiste en compartir una experiencia sapiencial, que es como decir que la formación se adquiere por contagio, en virtud de una pasión que ha invadido una vida y rebosa desde allí derramándose sobre otra existencia.

Un buen religioso no tiene por qué ser automáticamente un buen formador, en primer lugar porque no basta con ser «buenos» para hacerse cargo de la vida de otro, sino que hay que tener también algo de pasión y de locura; y también porque además de la santidad personal y privada hay que ser también capaces de compartir, de comunicar a otros el descubrimiento del tesoro, de contar lo bello que es eso que ha conquistado el corazón, ya que es imposible ocultar lo bello... Hasta el punto de capacitar al joven para que haga lo mismo, para que sea lo suficientemente libre para comunicar a otros su experiencia y dejarse iluminar hoy por el camino espiritual del hermano que vive junto a él, y mañana por el de cualquier otra persona.

El acompañamiento espiritual es, pues, una vez más una experiencia formativa cuando va más allá de sí mismo, cuando rebasa los objetivos parciales y puntuales, y se convierte en un estilo de vida, ofreciendo una experiencia tan rica en comunicación y comunión que el joven no puede evitar compartirla con otros. Esa experiencia es la que hace que se aprenda a crecer juntos en comunidad, compartiendo los bienes espirituales, la palabra de Dios y la iluminación de su Espíritu; y también dejándose corregir mutuamente y confesándose unos a otros sus debilidades para pedir juntos perdón al Dios rico en misericordia.

Una comunidad así es una auténtica comunión de santos y pecadores, en la que todo es común, no sólo los bienes materiales, sino también y sobre todo los bienes espirituales, de manera que nadie se cree propietario de lo que Dios le ha dado y a nadie le falta lo que necesita para la edificación del espíritu.

En esta comunidad es como si cada hermano «acompañara» al otro en el camino de la santidad, de manera que en esta comunidad nadie se encuentra solo, y cabe reproducir en ella el modelo de la Iglesia primitiva: «un solo corazón y una sola alma». Entonces la santidad es comunitaria y la formación permanente.

Es lo que sucedió en el fondo en la comunidad de los discípulos, cuando los dos de Emaús «partieron en aquel mismo instante» a contar a sus compañeros que habían visto al Señor y que lo habían reconocido al partir el pan. De este modo la fe incierta y débil de los apóstoles se vio confirmada por el testimonio «ardiente» de Cleofás y de su compañero. Cuando se comparte algo con Cristo se comparte también con los hermanos y mueve a compartir el don para que arda el corazón de todos.

¡Qué hermoso es vivir en una comunidad donde la experiencia de unos se convierte en riqueza del otros, donde el cansancio del débil (¿y quién no lo es alguna vez o… siempre?) es sostenido por la fuerza del grupo, porque se hace juntos el camino en la única peregrinación de la fe, alimentándose todos con este mismo pan que hace menos fatigoso el camino de cada uno![7].

Es la belleza y la fuerza de la compañía de la fe.

Gracias a ella, ya nadie está solo en el camino hacia el monte santo ni en la formación inicial ni en la formación permanente. Y no sólo porque goza de la vecindad física y moral de otras personas, sino porque comparte con ellas intereses, objetivos, apostolado, incluso sentimientos. ¡Los mismos sentimientos del Hijo!

Se produce así un movimiento doble y convergente en la vida del joven religioso: de una parte un movimiento de *ampliación* progresiva de sus horizontes psicológicos y espirituales (desde la apertura al guía hasta el hecho de compartir con todos); de otra, un movimiento de *concentración*, un ir siempre a lo esencial en su búsqueda personal, orientada por completo al descubrimiento de la voluntad de Dios, a la identificación con los sentimientos del Hijo. Un movimiento garantiza al otro, lo supone y abre a él.

---

7. Sobre este tema, cf. A. Cencini, *La vida fraterna: comunión de santos y pecadores*, Salamanca ²1999.

El punto ideal de llegada es la mesa en común de la experiencia espiritual de cada uno en el camino de identificación con los sentimientos de Jesús, y la confirmación de una imagen de comunidad en la que el camino formativo de cada uno se convierte en lugar de encuentro de todos (y al revés),

«hasta que lleguemos todos a la unidad de la fe,
y del pleno conocimiento del Hijo de Dios,
hasta que seamos hombres perfectos,
hasta que alcancemos en plenitud la talla de Cristo» (Ef 4, 13).

Es lo que trata de representar la tabla 15.

TABLA 15. *La com-pañía de la fe y de la plena madurez en Cristo*

INDICE GENERAL

Prólogo. La formación, ministerio y misterio 9

1. La formación hoy, entre problemas y esperanzas 11
   1. Complejidad de la acción educativa 11
      a) Un cuadro de referencia teórico y práctico 11
      b) Red de mediaciones pedagógicas 12
      c) Pluralidad convergente de dimensiones y niveles ... 12
      d) Tres dinamismos pedagógicos 13
   2. Discurso propositivo 14
   3. Ya no... *damnatos ad pueros* 15
   4. «*Vidimus Dominum!*» 16

PRIMERA PARTE:
EL MODELO FORMATIVO

2. La formación hoy 27
   Indefinición del modelo 28
   1. Ambigüedad del objetivo 28
   2. Confusión en las etapas intermedias 29
   3. Pobreza de indicaciones metodológicas 30
3. «Tened en vosotros los mismos sentimientos de Cristo Jesús» 35
   «Mirando hacia el futuro» 35
   1. Modelo teológico-antropológico 36
   2. Estrategias generales: ley de la totalidad y de la dinámica experiencial-sapiencial 38
   3. Método educativo: formación para la libertad 41

a) Pre-noviciado: libertad «de» 43
b) Noviciado: libertad «en» 44
c) Post-noviciado: libertad «para» 45

SEGUNDA PARTE:
LAS MEDIACIONES PEDAGÓGICAS

4. La mediación del formador.. 49
   1. La Trinidad, único formador 49
   2. El formador, «cultivador directo» 51
      a) Educar.. 52
      b) Formar 55
      c) Acompañar.. 58

5. Comunidad educativa 63
   1. Elementos estructurales... 64
   2. Elementos dinámicos 65
      a) Titularidad pedagógica de la comunidad 65
      b) Distinción de papeles.. 68
      c) Complementariedad de tareas.............................. 70

6. Ambiente educativo interno... 73
   1. Coherencia 73
   2. Belleza.. 75
   3. Capacidad de provocación 77
   4. Sentido de responsabilidad.. 80

7. Ambiente educativo externo.. 83
   1. Pre-noviciado: «Venid y veréis» (Jn 1, 39) 84
   2. Noviciado: «…y pasaron aquel día con él» (Jn 1, 39).. 85
   3. Post-noviciado: «…e inmediatamente lo siguieron» (Mc 1, 18) 88

TERCERA PARTE:
FORMACIÓN HUMANA

El misterio de la formación 94

8. La dimensión humana... 97
   1. Presupuestos... 97
   2. Contenidos 98

a) Conocimiento de sí mismo 98
   b) Madurez de mente, corazón y voluntad 100
   c) El recorrido de la libertad 102
   d) Libertad para confiarse 102

9. La vida como historia, la fe como memoria 105
   1. Una historia a trozos 105
   2. Memoria afectiva 107
   3. Memoria bíblica 109
   4. Memoria bíblico-afectiva 111

10. Madurez humana 115
    1. De la sinceridad a la verdad 117
    2. La fuerza en la debilidad 118
    3. La libertad de pro-yectarse 121
    4. La entrega de la vida 122

CUARTA PARTE:
FORMACIÓN ESPIRITUAL

11. La dimensión espiritual 129
    1. Presupuestos 129
    2. Contenidos 130
       a) El principio religioso 131
       b) La debilidad del amor 131
       c) La locura de la fe 133
       d) Los sentimientos del Hijo 135

12. El dinamismo de la fe 139
    1. Fe y vida pasada 140
       a) Modelo histórico-bíblico: la autobiografía 140
          1. Categorías bíblicas 141
          2. Categorías psicológicas 142
    2. Fe y vida presente 145
       b) Modelo mariano: aspecto genético 145
       c) Modelo paulino: aspecto dinámico 147
    3. Fe y vida futura 150
       d) Modelo evangélico: la tensión cristocéntrica 151

1. «...lo haremos y oiremos» (Ex 24, 7) 151
2. «¿...a quién iremos? Tú tienes palabras de vida eterna» (Jn 6, 68) 153
3. «...pero, puesto que tú lo dices, echaré las redes» (Lc 5, 5) 155

QUINTA PARTE:
FORMACIÓN CARISMÁTICA

13. La dimensión carismática 163
    1. Presupuestos 164
    2. Contenidos 165
       a) Sentido de identidad 166
       b) Experiencia mística 168
       c) Camino ascético 170
       d) Ministerio apostólico 172
       e) Sentido de pertenencia 174

14. El dinamismo del carisma 179
    1. Síntesis de las dimensiones humana y espiritual 180
       a) «...desde el seno materno» 180
       b) Personalizar el acto de fe 181
    2. Síntesis de la identidad y de la pertenencia 182
       a) Del yo al nosotros, del nosotros al yo 182
       b) Compartir 183
    3. Síntesis entre conocimiento, experiencia y sabiduría.... 184
       a) Conocimiento 184
       b) Experiencia 185
       c) Sabiduría 185

SEXTA PARTE:
DEL LADO DEL JOVEN

15. Disponibilidad formativa 193
    1. De la *docilitas* a la *docibilitas* 194
       a) La verdad del *yo actual* 195
       b) La libertad del *yo ideal* 196
       c) La apertura del *yo relacional* 196
    2. Del miedo a la *non docibilitas* 197

	a) El yo extraviado	197
	b) El yo distraído	198
	c) El yo acorazado	200

16. Hacia el descubrimiento del yo 203
    1. «La verdad os hará libres» (Jn 8, 32) 203
    2. «Porque del corazón vienen los malos pensamientos» (Mt 15, 19) 205
        a) Comportamientos 205
        b) Actitudes 206
        c) Sentimientos 208
        d) Motivaciones 210
        e) Opción de fondo 211
    3. «Estad atentos, vigilad...» (Mc 13, 33) 212

17. Liberación del yo 215
    1. Dinamismo de la inconsistencia 215
    2. Superación de la inconsistencia 219
        a) Actitud responsable 220
        b) Renuncia inteligente 221
        c) Aproximación a la libertad 222
        d) Hacer que la vida gire en torno al centro de la vida . 223
    3. El socavón en la calle 226

18. El hombre nuevo 231
    1. «Estrenad un corazón nuevo y un espíritu nuevo» (Ez 18, 31) 231
    2. «Convertíos y viviréis» (Ez 18, 32) 233
    3. «Con todo el corazón» (Dt 6, 5) 235
        a) Opción de fondo 236
        b) Motivación 237
        c) Sentimientos 239
        d) Actitudes 240
        e) Comportamientos 241

19. Libres de corazón 245
    1. El concepto 245
    2. El dinamismo 247
        a) ¿Integración afectiva o religiosa? 248
        b) «Ama y haz lo que quieras» 250
        c) La relación en la vida de la persona virgen 251

Índice general

3.	El estilo	253
	a) «Ponerse al margen»	255
	b) «Rozar para hacer florecer»	255
	c) Ser testigos de la belleza	257
4.	La paradoja	259
	a) Libertad como independencia	259
	b) La persona virgen y la fiesta	260
5.	Las raíces	263
	a) Mística y libertad afectiva	264
	b) Dos certezas	265

20. ¿Solo? Jamás 269
   1. Apertura 269
   2. Confianza 271
   3. Discernimiento 272
   4. Compartir 275

COLECCIÓN «NUEVA ALIANZA»

*«Nueva Alianza» es la Palabra de Dios
pasando por la teología, en su dimensión
catequética, pastoral, litúrgica, moral, espiritual.*

26. L. Rubio, *El misterio de Cristo en la historia de la salvación*
79. S. Sabugal, *El padrenuestro. Catequesis antigua y moderna*
91. F.-X. Durrwell, *El Espíritu santo en la Iglesia*
92. H. W. Wolff, *La hora de Amós*
93. H. W. Wolff, *Oseas hoy*
94. X. Pikaza, *Anunciar la libertad a los cautivos*
98. M. Legido, *Misericordia entrañable*
103. J. L. Martín Descalzo, *Vida y misterio de Jesús de Nazaret* I
104. J. L. Martín Descalzo, *Vida y misterio de Jesús de Nazaret* II
105. J. L. Martín Descalzo, *Vida y misterio de Jesús de Nazaret* III

110. G. Theissen, *La sombra del Galileo*
111. X. Pikaza, *La Madre de Jesús*
112. A. Hortelano, *Moral de bolsillo*
113. G. Calvo, *Cara a cara. Para ser un matrimonio feliz*
114. J. L. Martín Descalzo, *Vida y misterio de Jesús de Nazaret*, obra completa
117. G. Calvo, *Energía familiar*
118. A. Pronzato, *Palabra de Dios, ciclo A*
119. A. Pronzato, *Palabra de Dios, ciclo B*
120. A. Pronzato, *Palabra de Dios, ciclo C*
128. F. M.ª López Melús, *Desierto: una experiencia de gracia*

129. G. Barbaglio, *Espiritualidad del nuevo testamento*
130. G. Calvo, *Encuentro. Diálogos para parejas de novios*
131. G. Zevini, *Evangelio según san Juan*
132. A. Pronzato, *Orar, ¿dónde? ¿cómo? ¿cuándo? ¿por qué?*
135. G. Guareschi, *El breviario de don Camilo*
138. R. E. Brown, *101 preguntas y respuestas sobre la Biblia*
139. X. Pikaza, *Camino de pascua. Misterios de gloria*
140. M. Quoist, *Dios sólo tiene deseos*
141. A. Pronzato, *Creer, amar, esperar día a día*
142. F. Jalics, *Ejercicios de contemplación*

143. B. Forte, *En memoria del Salvador*
144. X. Léon-Dufour, *Dios se deja buscar*
147. J.-R. Flecha, *Buscadores de Dios* III
148. A. Cencini, *La vida fraterna. Comunión de santos y pecadores*
149. M. Trevijano, *¿Qué es la bioética?*
150. A. Pronzato, *La homilía del domingo, ciclo A*
151. A. Pronzato, *La homilía del domingo, ciclo B*
153. M. Quoist, *Construir al hombre*
154. F. M.ª López Melús, *María de Nazaret*
155. A. Pronzato, *Las parábolas de Jesús* I

157. Blázquez, *En el umbral del tercer milenio*
158. A. Pronzato, *En busca de las virtudes perdidas*
159. A. Cencini, *Vida en comunidad: reto y maravilla*
160. M. Zink, *El juglar de Nuestra Señora*
161. A. Cencini, *Los sentimientos del Hijo*
162. A. Schwarz, *La dragoncita Quiéreme*
164. R. Becker y otros, *Exposición de la fe cristiana*
165. J. L. Martín Descalzo, *Razones para la esperanza*
166. J. L. Martín Descalzo, *Razones para la alegría*
167. J. L. Martín Descalzo, *Razones para el amor*

168. J. L. Martín Descalzo, *Razones para vivir*
169. J. L. Martín Descalzo, *Razones desde la otra orilla*
170. J. L. Martín Descalzo, *Razones*, obra completa
171. A. Schwarz, *El amor es así*
172. A. Pronzato, *Sólo tú tienes palabras*
173. A. Cencini, *Por amor, con amor, en el amor*
174. Ben Zimet, *Cuentos del pueblo judío*
175. J. Martínez Camino, *Teología breve al filo de los días*
176. L. Rubio Morán, *Nuevas vocaciones para un mundo nuevo*
177. A. Pronzato, *Nunca hemos visto nada semejante*

178. M. Quentric-Séguy, *Cuentos de los sabios de la India*
179. F. Sebastián, *La verdad del evangelio*
180. G. Gutiérrez, *La densidad del presente*
181. A. Pronzato, *Las parábolas de Jesús en el evangelio de Lucas*
182. R. González Pérez, *Nos casamos en la fe cristiana*
183. J. L. Martín Descalzo, *Un cura se confiesa*

NUEVA ALIANZA MINOR

1. A. Grün, *Portarse bien con uno mismo*
2. A. Grün, *No te hagas daño a ti mismo*
3. A. Grün, *La sabiduría de los Padres del desierto*
4. A. Grün, *Cincuenta ángeles para comenzar el año*
5. C. M. Martini, *La vocación en la Biblia*
6. F. Imoda, *Acompañamiento vocacional*
7. P. García, *Las siete palabras de Jesús en la cruz*
9. Ch. Péguy, *Palabras cristianas*
10. J. B. Libanio, *El arte de formarse*
11. D. Lostado, *La alegría de ser tú mismo*
12. J. Arias, *El Dios en quien no creo*
13. D. Bonhoeffer, *Vida en comunidad*
14. J. M. Fernández Piera, *El kempis del enfermo*
15. M. Menapace, *El paso y la espera*